SOLEIL INVAINCU

ÉMILIE GUILLAUMIN

SOLEIL INVAINCU

roman

BERNARD GRASSET
PARIS

Photo de la jaquette : H. Hess/Gettyimages

ISBN 978-2-246-84208-8

En mémoire de :

Marie-Noëlle Guillaumin
(5 décembre 1944 – 25 juin 2019,
Maison Médicale Jeanne Garnier)

Jacqueline Lobjois
(28 juin 1929 – 17 mai 2017,
Maison Médicale Jeanne Garnier)

Rachid Haddad (David)
9 novembre 1958 – 21 février 2012,
Maison Médicale Jeanne Garnier)

« Le recours aux forêts demeure possible, lors même que toutes les forêts ont disparu, pour ceux-là qui cachent en eux des forêts. »

Ernst JÜNGER
Traité du rebelle ou le recours aux forêts
(Der Waldgang), 1951, trad. Henri Plard,
Christian Bourgois éditeur, 1995

I.

Assise à son large bureau de bois blond, Jeanne effleurait les chemises de couleur sur lesquelles des titres improbables étaient inscrits en gras. **Bébé Boss(e), Tous mutants ?, Le Karaoké magique.** La jeune femme en ouvrit quelques-unes. Il s'agissait des documents juridiques des nouvelles émissions qu'allait lancer WarmUp dans les prochains mois. Elle continua son investigation afin de découvrir les concepts qui seraient bientôt mis à l'écran. Sur le côté, deux dossiers à part attendaient d'être ouverts. Sur le premier, de couleur grise, un sticker indiquait « Attribution de fréquence ». Sur le deuxième, en carton noir, était écrit « Capitalisation boursière ». Mettre la main sur une chaîne pour y diffuser tous ses programmes et rentrer en bourse en capitalisant la société à hauteur de dizaines de millions d'euros représentait le Graal pour une boîte de production. Et pour un producteur ambitieux comme l'était Alexandre Fairchaud, son ex-mari, on pouvait même parler de jackpot.

WarmUp Productions, c'était une trentaine d'employés, répartis sur deux sites : les studios de La Plaine Saint-Denis pour les tournages, les bureaux de place de la Bourse, juste en face du palais Brongniart, pour l'administratif et les castings. En quinze ans, la petite société de production avait évolué jusqu'à occuper une des premières places dans l'empire européen de la téléréalité. Et de simple producteur, Alexandre Fairchaud était devenu créateur d'émissions et présentateur du « Choc du jour », le talk-show qu'il animait quotidiennement.

Qu'il s'agisse d'achat de droits ou de création originale, ses émissions suivaient un cahier des charges précis, que ses devises préférées « C'est con, ça va marcher ! » et « More trash, more cash » résumaient de manière lapidaire. Il connaissait en effet ses classiques, et plus encore son histoire : « du pain et des jeux », c'était aussi simple que cela. Capable d'organiser des défilés de nains ou des combats d'aveugles en passant par des courses d'estropiés, son génie avait été de ripoliner toutes ces émissions sous l'appellation de « télés citoyennes », de « programmes inclusifs » et autres pépites argumentatives que lui seul était capable d'invoquer à chaque interview. C'est ainsi que Fairchaud était devenu le chantre d'un concept inédit, l'« inclusif cathodique ».

Il avait ainsi adapté « The Littlest Groom », un show américain mettant en scène une personne de petite taille cherchant l'amour au milieu de douze jeunes femmes affligées du même handicap. Une sorte d'« Amour au premier regard » pour nains. L'émission, rebaptisée « Ce n'est pas la taille qui compte », avait généré des taux d'audience hallucinants. Encouragé par ce succès, Fairchaud n'avait pas hésité à créer des défilés de mode pour personnes de petite taille.

Surfant sur ce triomphe, il s'était ensuite intéressé aux aveugles et avait créé une émission de combat de boxe pour non-voyants. Son argument, imparable, avait été le suivant : « Pourquoi les non-voyants ne pourraient-ils pas connaître l'adrénaline des rings et le délire du public ? » Là encore, cela avait été une totale réussite et les journaux s'étaient empressés de louer son sens de l'inclusion et de l'ouverture. Seuls quelques journalistes avaient souligné que les combats d'aveugles dataient du Moyen Âge et qu'à l'époque, les combattants, armés de bâtons, se déchiraient jusqu'au sang sous les rires déchaînés de la foule qui payait pour les voir s'estropier. Afin d'éviter la polémique, l'animateur avait proposé une version plus douce pour la saison suivante : deux aveugles avec des gants en train de se pourchasser sur un ring.

Ses trois dernières trouvailles se nommaient « Bébé Boss(e) », « Tous mutants ? » et « Le Karaoké magique ». De nombreux procès pour discrimination et atteinte morale lui avaient été intentés, mais Alexandre Fairchaud avait évité les foudres de la justice grâce à un moyen très simple. Avant chaque lancement, WarmUp versait de généreux dons à une multitude d'associations de défense de toute sorte qu'il aimait citer pêle-mêle sans les différencier : personnes de petite taille, becs-de-lièvre, non-voyants… Tout le monde avait droit à son chèque. Défendre d'une main un handicap et s'en moquer de l'autre, c'était imparable. Plus c'était idiot, plus le public adorait. Les émissions bon enfant comme « Intervilles », où des vachettes encornaient les candidats, étaient loin.

Fairchaud avait acheté les droits du « Karaoké magique » à la Corée du Sud, où le show avait fait un carton. Les candidats étaient masturbés par une hôtesse tout en chantant un tube sélectionné par les téléspectateurs. La performance était chronométrée ; seuls ceux qui réussissaient à finir leur chanson sans éjaculer avaient le droit de revenir la semaine suivante.

Il y avait aussi cette émission vénézuélienne, où des hommes faisaient du tam-tam sur les fesses de candidates. « Nalgada » – la fessée en espagnol – était également en cours d'adaptation. Car rien n'arrêtait Fairchaud. C'est ce qu'il avait compris depuis longtemps. Passé la limite, il n'y a plus de limites. Et les résultats d'audience ne le contredisaient pas. Ceux-ci explosaient pendant que les pages de publicité se vendaient à prix d'or et que les chaînes en redemandaient.

« Bébé Boss(e) » était né dans la foulée. La promesse de l'émission était la suivante : suivre pendant une année scolaire le quotidien de jeunes influenceurs. Le but était de leur faire parler de mode, de musique ou de leurs plats préférés, tout en mettant en scène, avec l'aide de leurs parents, leurs habitudes de consommation. Fairchaud avait déjà commencé à choisir les minuscules membres de ce « futur vivier » de ses émissions. Pour des raisons à la fois pratiques et légales, il avait débuté par la progéniture des stars de la téléréalité qui s'étaient déjà illustrées dans ses shows. Ces papas et ces mamans botoxés maîtrisaient les éléments de langage et n'attendaient qu'une chose de leurs enfants, avec ou sans leur consentement éclairé : qu'ils deviennent des célébrités.

Trois ans plus tôt, Jeanne avait appris que Fairchaud la trompait depuis plusieurs années avec la chargée de communication, une certaine Naomie, longue blonde aux yeux bleus, de dix ans sa cadette. Pour la première fois de sa vie, Jeanne s'était sentie vieille. La nouvelle avait déflagré dans sa vie avec une violence telle qu'elle se demandait parfois si elle amortirait jamais le choc. L'édifice qu'ils avaient construit ensemble était en train de s'écrouler et elle semblait être la seule à en souffrir.

Au moment du divorce, Jeanne avait pris ses distances avec cet écosystème. Avocate, c'était elle qui avait bâti l'infrastructure juridique de WarmUp, s'occupant peu du contenu. Actionnaire à cinquante pour cent de la société, elle en avait revendu vingt pour cent à un associé extérieur que Fairchaud venait de faire rentrer. Elle savait qu'elle aurait dû prendre une décision plus radicale et elle avait parfois honte de son manque de courage. Un jour, il faudrait qu'elle parte.

Une fois que l'attribution de fréquence serait obtenue, l'objectif serait l'introduction en bourse, le Nirvana.

Fairchaud se souvenait très bien de M6 qui, à ses débuts, diffusait seulement des clips musicaux et des séries américaines. Il rêvait la nuit de cette intronisation et, le jour, faisait tout pour que cela lui arrive. Et après, pourquoi ne pas aller vers le cinéma, le documentaire, des projets plus convenables et qui sait, peut-être faire de la politique ? Fairchaud avait les dents longues et rêvait de se diversifier. L'avenir était ouvert.

Il y avait du brouhaha dans le couloir. Jeanne leva la tête au moment où Sonia, son assistante, apparaissait sur le seuil de son bureau.

— Vous voulez que je ferme la porte ? Vous savez, c'est jeudi… dit-elle, l'air entendu.

Jeanne acquiesça silencieusement. Le jeudi, c'était jour de casting. De la France entière, des hommes et des femmes aux talents les plus invraisemblables convergeaient vers la place de la Bourse où une queue interminable se formait devant le palais Brongniart, au pied de l'immeuble de WarmUp. Là, tous patientaient pendant des heures, dans l'espoir de pouvoir montrer leurs « talents » et d'être enfin reconnus à leur juste valeur. Une seule règle prévalait ce jour-là : le trash.

Jeanne avait tout vu circuler, dans ce qu'elle avait fini par surnommer « le couloir des enfers ». Créatures se prenant pour des Martiens ; jeunes femmes ou jeunes hommes jouant d'un instrument de musique avec leurs divers orifices ; hommes de petite taille pétomanes, géants improbables faisant des claquettes ; hommes élastiques. Et puis il y avait les autres. Les filles d'abord qui, semaine après semaine, ressemblaient de plus en plus à des putes. Lèvres gonflées, ballons prêts à exploser en guise de poitrine, elles avaient l'air produites en série dans la même usine. Les hommes étaient bâtis à partir du même moule : eux aussi sculptés, bronzés, huilés. Ces créatures s'exprimaient avec un mélange douceâtre de naïveté et de cynisme qui était la marque de fabrique de ces stars en devenir. Tous venaient pleins d'espoir officier devant Alexandre Fairchaud, devenu le roi de cette cour des miracles cathodiques. C'était d'abord la curiosité qui avait animé Jeanne. Comme une entomologiste, elle les avait observés attentivement. Mais très vite, elle ne les avait plus supportés.

Elle avait interdit à son fils Quentin de regarder les émissions de WarmUp. Le jour où elle l'avait entendu raconter à l'un de ses camarades ses dernières vacances avec son père à Ibiza, sur un yacht bourré de bimbos aux seins nus, elle avait téléphoné à Fairchaud comme une furie. « Tu deviens chiante » était tout ce qu'il avait trouvé à lui dire. Elle avait mis du temps à comprendre qui il était vraiment et que, derrière le mot « inclusif », se cachait uniquement une immense machine à cash qui rapportait des millions à la société.

— Tenez, dit sa jeune assistante en déposant sur le bureau les derniers résultats d'audience ainsi que la synthèse des articles parus dans la semaine.

La revue de presse était éloquente : « Jusqu'où ira Alexandre Fairchaud ? », « Dans le monde merveilleux d'Alexandre Fairchaud », « Fairchaud fait son show ».

Sur les photos associées aux titres, on voyait l'animateur assis sur des tas de billets ou entouré de quelques-unes des créatures participant au tournage de l'émission « Tous mutants ? ». L'une, tatouée des pieds à la tête, s'était implanté des excroissances sur le crâne, avant de se percer l'ensemble du visage. Persuadé d'être la réincarnation d'une entité maléfique du XIIIe siècle, un autre avait accepté que les caméras de WarmUp le suivent dans sa transformation au quotidien. Ces phénomènes ne s'appelaient plus Virginie, Jean-Luc ou Jordan, mais Scollbek le Mutant du futur, ou Aliénor la 8e Démone. L'espace d'un instant, Alexandre Fairchaud leur donnait l'occasion d'exister. C'était son talent.

Le jeudi, les salariés de WarmUp avaient la possibilité d'assister aux castings derrière une glace sans tain ou sur écran. Au début, Jeanne s'était prêtée au jeu. Mais devant la bêtise des candidats, les sélections s'étaient très vite muées en séances de vexations et d'humiliations orchestrées par les équipes de Fairchaud. « Plus ils sont cons, mieux c'est », ne cessait de répéter Alexandre. Abasourdie par la complaisance des candidats, Jeanne s'était rendu compte de la politique de plus en plus trash de la société de production et s'était retirée chaque jour un peu plus dans son bureau.

Aujourd'hui, elle se sentait détachée de ce cirque, mais elle se savait lâche puisqu'elle y restait.

II.

Le téléphone fixe sonnait. Enfin, Jeanne décrocha le combiné. Au bout du fil, Sonia avait pris sa voix des mauvais jours.

— Jeanne, la police vient d'appeler, ils n'arrivent pas à te joindre sur ton portable…

Jeanne se raidit.

— Passe-les-moi…

De l'autre côté de la ligne, elle entendit tout d'abord du brouhaha, puis une porte claquer.

— Madame Tardy ? Lieutenant Laurent Rapheau, brigadier-chef au commissariat du 5e arrondissement, à Maubert-Mutualité… vous m'entendez ? Nous sommes avec votre fils.

— Qu'est-ce qu'il s'est passé ? Il va bien ? Il lui est arrivé quelque chose ?

Quentin allait bien. En revanche, il fallait qu'elle vienne le chercher au commissariat. Il avait fait « une grosse connerie ».

À moitié rassurée, Jeanne essaya d'en savoir plus, sans succès.

— Venez, on vous expliquera tout sur place.

— Entendu, vous avez téléphoné à son père ?

— On n'a pas réussi à le joindre. C'est votre fils qui nous a donné votre numéro de téléphone au travail. On vous attend, le commissaire va vous recevoir.

Jeanne acquiesça avant de raccrocher.

Après avoir enfilé son manteau, elle fit signe à son assistante de venir.

— Je dois partir. Tu décales les rendez-vous à demain. Petite urgence familiale, dit-elle en se forçant à sourire.

L'après-midi était bien entamée. Jeanne serra son manteau autour d'elle tout en pressant le pas. Elle frissonna et sortit de son sac une longue écharpe en cashmere qu'elle s'enroula autour du cou. Dans les moments de doute, elle redevenait la provinciale qu'elle avait pourtant cessé d'être il y a près de vingt ans. La ville redevenait hostile et elle s'en cachait.

Un taxi venait de s'arrêter place de la Bourse. Après lui avoir donné l'adresse du commissariat du 5e, elle appela *Fairchaud*, puisque c'est sous son patronyme qu'elle l'avait réenregistré dans son smartphone lors du divorce. Il ne répondit pas. Les mains tremblantes, elle réessaya plusieurs fois, fut tentée de laisser un message vocal, puis se ravisa. Elle finit par lui envoyer un sms lui demandant de la rappeler en urgence. Une douleur sourde malmenait son ventre. Quentin, son bébé, l'attendait au commissariat. Elle n'arrivait pas à y croire.

Hier encore il posait son crâne recouvert de duvet sur ses genoux et elle lui caressait le dos.

Vingt minutes plus tard, le taxi la déposait devant le commissariat. Alexandre ne l'avait toujours pas recontactée.

En plein Quartier latin, l'immense cube de béton abritant le commissariat de Maubert-Mutualité semblait avoir été oublié par un architecte honteux du résultat, en plein milieu des immeubles haussmanniens.

Derrière la vitre, un gardien de la paix prit son nom et lui indiqua le couloir. Un homme d'une haute stature se présenta devant elle. Jeanne reconnut la voix au téléphone.

— Lieutenant Rapheau, merci d'être venue vite, le commissaire Grinbert va vous recevoir dans une minute.

Des yeux, Jeanne chercha son fils sur la rangée de sièges du couloir. Elle ne vit d'abord qu'une énorme tache rouge sur le sweat blanc de Quentin. Puis le visage de ce dernier, totalement abattu. Les yeux fixés sur la tache, elle se précipita vers lui.

— Qu'est-ce qui s'est passé ?... Mais c'est du sang !

Séchée, la tache avait viré au rouge carmin. Quentin, la bouche un peu molle, ânonna :

— Je t'expliquerai, maman.

Puis il se referma dans un silence buté. Elle s'affala sur la chaise à côté de lui.

— Tu t'es battu, c'est ça ? Qu'est-ce qui s'est passé ? Pourquoi ils t'ont arrêté ?

Il n'eut pas le temps de répondre. Déjà, un homme d'une quarantaine d'années se présentait devant eux.

— Commissaire Grinbert, veuillez me suivre.

Le bureau du commandant sentait le parfum bon marché.

— Que s'est-il passé ? Pourquoi mon fils est-il ici ?

Alors que le commissaire ouvrait une nouvelle page dans son logiciel de rédaction des procédures, Jeanne s'empara de la main de son fils qu'elle serra jusqu'à ce que ses phalanges blanchissent.

— Maman, arrête. Tu me fais mal !

Jeanne relâcha aussitôt son étreinte, puis déposa plus doucement sa main sur le genou de Quentin.

Enfin, le commissaire se décida à parler.

— Tout se passe bien à la maison ?

Jeanne garda le silence. Son cœur battait maintenant à un rythme proche de la crise de tachycardie. Elle savait qu'elle ne supporterait pas une minute de plus de jouer au chat et à la souris. Elle croisa ses bras autour de sa poitrine pour maintenir le tout tranquille et répéta sa question :

— Vous pouvez juste me dire ce qu'il se passe, et pourquoi mon fils a du sang sur lui ?

— Je comprends votre anxiété, mais je vais vous demander de répondre à mes questions. Pour ne rien vous cacher, je ne devrais même pas être en train de m'occuper de vous à ce stade. J'ai un commissariat à faire tourner, avec, vous devez vous en douter, des affaires plus urgentes. Mais quand ils l'ont arrêté, votre fils a cru bon de faire savoir à mes hommes que son père, donc votre mari, est Alexandre Fairchaud… Vous confirmez ?

Elle répondit à voix basse :

— On est divorcés depuis trois ans, mais oui, c'est bien son père.

— Très bien. Alors on reprend : on a trouvé votre fils au métro Cardinal-Lemoine, dans les couloirs. Il se tenait devant un homme allongé sur le sol et qui venait d'être poignardé…

Quentin fit mine d'ouvrir la bouche pour se défendre mais le commandant Grinbert l'interrompit. Jeanne était atterrée :

— Mais ce n'est pas lui qui l'a fait ?

— Non, ce n'est pas ce que je suis en train de dire. Par contre, il était en train de filmer…

— Comment ça, il filmait ? Je ne comprends pas.

La voix de Jeanne était montée d'un coup dans les aigus. Elle se tourna vers son fils, en quête d'une explication que l'officier se chargea de lui fournir :

— D'après ce qu'on sait, il y a eu une agression cet après-midi à la station Maubert-Mutualité, au niveau de la sortie de la rue Monge. La victime s'est fait attaquer à l'arme blanche par deux types, que nous n'avons pas encore identifiés malgré les caméras de surveillance. Quand la patrouille est intervenue, l'homme avait perdu connaissance. C'est là qu'ils ont trouvé Quentin, son téléphone braqué sur lui. D'après les vidéos, il a vu les agresseurs s'enfuir et, au lieu de nous appeler, s'est mis à filmer.

Jeanne déglutit péniblement. Derrière ses yeux verts et ses cheveux blonds, Quentin avait pâli. Elle eut soudain envie de saisir son minois d'ange à pleines mains et de le secouer jusqu'à ce qu'une autre version de cette histoire sordide en jaillisse. Dehors, la sirène d'un camion de pompiers l'empêchait de raisonner depuis plusieurs minutes. Jeanne sentit un relent de bile lui remonter dans l'œsophage tandis que le commissaire poursuivait :

— On a récupéré son téléphone pour en extraire la vidéo qu'il a faite. C'est une pièce à conviction. Pour l'instant, votre fils a l'air d'être le seul témoin. À ce titre, je dois vous prévenir qu'il devra sans doute être auditionné, si on retrouve les coupables.

Le commandant se leva pour fermer la fenêtre et le silence investit la pièce. Il ne reprit pas tout de suite la parole, peut-être pour laisser à Jeanne le temps d'encaisser. Enfin, un ton plus bas, comme pour susciter la confidence, il poursuivit :

— Je répète donc : ça se passe bien à la maison ? Vous avez remarqué quelque chose ces derniers temps ?

Jeanne expira plusieurs fois, jusqu'à vider complètement ses poumons. L'exercice ne lui fut d'aucun secours. Elle haleta :

— Je peux voir la vidéo ?

— Je ne suis pas sûr que ça vous plaise…

Quelques secondes plus tard, l'officier faisait pivoter son écran en direction de Jeanne. Quentin fixait maintenant ses genoux. Le film ne durait que quarante-cinq secondes. La simplicité de l'image renforçait sa crudité. Un homme allongé sur le côté se tenait le ventre. Il baignait dans une flaque de sang. Sur la droite, deux silhouettes s'enfonçaient dans les couloirs de la station. Quelques secondes avant que le film ne s'interrompe, Quentin avait zoomé sur les mains ensanglantées de la victime. Puis l'image se brouillait.

Jeanne déglutit à nouveau avec difficulté. L'officier reprit la parole :

— Vous comprenez la situation ? Je ne vous apprends rien, mais la « non-assistance à personne en danger » est un délit sanctionné par le code pénal.

— Mais cet homme, il va bien ?

— Heureusement les secours sont intervenus rapidement. Il est hors de danger, mais ça ne change rien à l'attitude de votre fils.

Jeanne balbutia :

— Mais c'est un enfant, il a treize ans !

— Si vous voulez dire qu'il est mineur, on est d'accord. En revanche à cet âge, on n'est plus un gamin. Alors je me permets d'insister, ça se passe comment, à la maison ?

Tout en tentant de chasser le dégoût qui l'avait envahie, Jeanne raconta ce qui était son quotidien : le boulot, la garde alternée. Elle ne s'étendit pas, elle avait honte. Comment son fils avait-il pu faire ça ?

La rédaction du procès-verbal dura quarante-cinq minutes supplémentaires. Quand ce fut le tour de Jeanne de signer, elle griffonna sur l'écran tactile de l'appareil relié à l'ordinateur du commissaire. Elle aurait voulu que son geste soit ferme, mais le stylet lui échappa des doigts. Après avoir ramassé ses affaires, elle enfila son manteau. Au moment de quitter le bureau, le commandant Grinbert s'adressa à Quentin, qui se tenait toujours recroquevillé sur sa chaise, évitant à tout prix le regard de sa mère.

— T'as intérêt à ce que ce soit la première et la dernière fois que je te vois ici.

— Oui monsieur, chuchota Quentin que la vision de ses baskets dernier cri absorbait, un énième cadeau d'Alexandre.

Puis, se tournant vers Jeanne :

— Vous savez, madame, c'est lui qui a merdé, mais c'est vous qui êtes « civilement responsable », ainsi que son père… alors je compte sur vous pour redresser la barre. Venez, je vous raccompagne. Et avant que j'oublie, je vous rends son téléphone, on a pu récupérer les images. Je suppose que vous n'allez pas le lui rendre tout de suite ?

Jeanne se crispa. Si elle avait pu, elle l'aurait fracassé sur-le-champ, ce smartphone. Du bout des doigts, comme s'il s'agissait d'un objet radioactif, elle saisit le téléphone et le glissa au fond de son sac.

III.

Lampadaires, phares des voitures, klaxons. Tout tournoyait. Jeanne jeta un coup d'œil à son téléphone. Il était déjà dix-sept heures. La journée était fichue et elle n'avait aucune envie de rentrer au bureau. Elle regarda son fils du coin de l'œil, détailla ses cheveux blonds ébouriffés, ses vêtements branchés. Un adulte en devenir, dont elle s'apercevait soudain qu'elle ne connaissait rien. C'est au prix d'un effort surhumain qu'elle avait ravalé sa nausée pendant tout l'interrogatoire. Maintenant qu'ils étaient à l'air libre, elle respirait mieux. Mais elle était profondément choquée.

Sentant ses jambes fléchir, elle finit par héler un taxi.

Après avoir donné leur adresse dans le 9e arrondissement, elle se tourna vers Quentin :

— Qu'est-ce qui t'a pris ? Comment t'as pu faire ça ?

— Je sais pas maman, je suis désolé…

De nouveau, elle l'observa. Des cernes bleutés sous un regard insondable. Le visage fermé d'un inconnu, dont le comportement l'écœurait. Elle avala sa salive et se força à parler calmement :

— Qu'est-ce que tu faisais dans ce quartier ?

— J'allais chez Antoine…

— Pourquoi t'as du sang partout sur ton pull-over ?

Il y en avait également sur son anorak, qu'elle avait récupéré dans la salle d'attente du commissariat. Il faudrait qu'elle passe le tout à la machine à laver sans tarder, à moins qu'il ne lui faille se rendre au pressing ? Jeanne se força à stopper le fil de ses pensées. Pour l'instant, il fallait que Quentin parle. Sinon, elle deviendrait folle.

— Hé, ho, je te parle là.

Quentin bafouilla un début de phrase. Elle dut se retenir pour ne pas hurler :

— Va falloir que tu articules, Quentin, je ne comprends rien à ce que tu dis.

— Le téléphone du gars, je l'ai ramassé… il était plein de sang, alors je l'ai frotté sur mon pull.

Puis, devant son air interdit, il précisa :

— Ça essuyait mal avec mon blouson, alors je l'ai ouvert et j'ai utilisé le pull.

Horrifiée, Jeanne entendit sa voix monter dans les aigus.

— Mais tu voulais prendre son téléphone ?

— Non, enfin, je sais pas, j'ai pas réfléchi…

Jeanne regretta tout de suite de lui avoir laissé le temps de préciser sa pensée. Comme elle le fixait, il reprit sans articuler :

— C'était l'iPhone 12, il fait des meilleures photos que le mien…

Jeanne se racla la gorge pour gagner du temps. Elle était sidérée.

— Attends, tu te fous moi, n'est-ce pas ?

Elle n'attendit pas sa réponse. Sa main s'abattit sur la tête de Quentin. Comme si elle s'était retenue trop longtemps, elle tapait maintenant le crâne de son fils en hurlant.

— Mais tu te rends compte de ce que tu as fait ?!

Elle ne s'arrêtait plus. Se protégeant de ses deux bras, Quentin restait mutique.

Leur chauffeur avait jeté un coup d'œil rapide dans le rétroviseur sans intervenir. Taxi la nuit depuis deux ans, il avait appris à faire la différence entre le grave, le très grave et l'anodin. Il continua sa route jusqu'à la rue de Caumartin.

Construit dans les années trente, l'immeuble où vivaient Jeanne et Quentin s'élevait sur dix niveaux avec un raffinement un peu désuet. C'est ce qui avait plu à Jeanne. Le dernier étage était son royaume. Elle l'avait acquis grâce à la revente d'une partie de ses parts de WarmUp à son ex-mari trois ans auparavant, au moment de leur séparation. Depuis, les cent mètres carrés étaient devenus son observatoire, d'où elle scrutait la capitale.

La porte refermée, elle s'assit sur le canapé de cuir, invitant son fils à faire de même.

— Faut que tu m'expliques maintenant. Je ne sais pas ce que t'as dit au commissaire, ni à la patrouille quand ils t'ont emmené, et je m'en fous. Je veux que tu me dises la vérité, Quentin. Pourquoi t'as fait ça ?

— J'ai rien fait, maman, je te promets. Sérieusement, c'est un malentendu, ils se sont trompés…

Jeanne se retint. Incapable de rester assise, elle se leva et vint se placer en face de lui.

— Pour la dernière fois, dis-moi la vérité !

— C'est papa…

— Quoi, papa ? Qu'est-ce qu'il vient faire dans cette histoire ?

— Il m'a promis que si je ramenais des images fortes, il les diffuserait dans son émission…

C'est une blague. Jeanne sentit ses organes rétrécir. Poumons, cœur, cerveau, trois petites boules sèches en train de se ratatiner.

— Dans ta chambre, fut tout ce qu'elle put dire.

Puis elle partit s'enfermer dans la sienne. Une jeune femme d'un mètre soixante-sept, cheveux longs et noirs, yeux verts, carnation pâle, c'est ce qu'elle était normalement. Dans le miroir ovale qui faisait face à son lit, elle vit un spectre à la tignasse en bataille et au teint jaunâtre. Tout son maquillage avait fondu, ne restait que les cernes. *Fairchaud.* Répondeur au bout de dix tonalités. Elle réessaya une deuxième, puis une troisième fois. De minuscules ridules étaient apparues à la commissure de ses lèvres. Lorsqu'à sa quatrième tentative, la voix d'Alexandre indiquant de laisser un message vocal retentit à nouveau, elle laissa libre cours à sa colère. « T'es complètement inconscient ? Je t'interdis de mêler Quentin à tes émissions. À cause de toi et de tes idées de merde, il a passé l'après-midi au commissariat. » Vider son sac, expier sa douleur. Jeanne avait beau continuer à raconter dans le moindre détail ce que Quentin avait fait, il lui semblait qu'aucun mot ne réussirait jamais à traduire l'aversion qu'elle ressentait. Elle éteignit son téléphone.

En passant devant la chambre de Quentin, elle vit qu'il ne lui avait pas obéi. Elle le retrouva à l'endroit où elle l'avait laissé, épaules enroulées, cuisses écartées et moue butée, ce qui l'horripila. Une mèche de cheveux blonds, comme ceux d'Alexandre, était tombée sur ses yeux clairs. Elle se réinstalla à côté de lui. Elle se sentait soudain faible.

— Et mon téléphone ? Quand est-ce que je peux le récupérer ? J'ai besoin de mon téléphone, tu comprends…

Une gifle partit de nouveau. Elle ne se retenait plus. Quentin se roula en boule, se protégeant tandis qu'elle hurlait :

— Tu n'as toujours pas compris ? C'est grave, ce que t'as fait aujourd'hui, un homme aurait pu mourir ! Ton téléphone, tu ne risques pas de le revoir avant un certain temps. Va tout de suite dans ta chambre, je veux plus te voir.

— Mais maman…

D'un geste ferme, Jeanne indiqua le fond du couloir à son fils. La honte, en se mêlant à l'écœurement, avait produit une substance collante et acide qui semblait désormais couler dans ses veines. Quelques secondes plus tard, elle entendit le bruit sourd de la porte de sa chambre qui claquait. Puis l'appartement redevint silencieux.

Jeanne se recroquevilla dans un coin du canapé, les yeux rivés sur la table basse où trônaient plusieurs photos de Quentin encadrées. Elle s'attarda sur le cliché le plus récent. C'était aux dernières vacances. Un Noël de copains. Un bonnet rouge crânement posé sur la tête, Quentin fixait le sapin. Elle ne voyait que de l'innocence sur son visage aux traits fins où subsistait encore la malice du petit garçon. Elle se redressa quelques secondes sur le canapé, doutant brusquement de la réalité des dernières heures. C'était forcément une erreur. Mais non.

Elle regarda machinalement son iPhone. Bientôt dix-neuf heures. Elle se frotta les bras et les cuisses pour se réchauffer, puis massa ses tempes. Elle se souvint des trop nombreuses vacances scolaires que Quentin avait passées avec son père. Moitié chez elle, moitié chez lui. À l'époque, elle n'avait pas senti quelles seraient les conséquences. Elle le voyait aujourd'hui. Tout ce qu'elle avait redouté était en train de se dérouler sous ses yeux et c'était elle, la principale responsable.

Par la fenêtre du salon, l'opéra Garnier s'illuminait dans la pénombre. Jeanne ne pouvait s'empêcher de dérouler le fil de ses souvenirs. Elle avala un comprimé de Doliprane. Puis, de retour sur le canapé, elle recommença à scruter une à une les photos de son fils, comme si elles pouvaient receler un indice : Quentin bébé, le miracle de l'amour fou. Les premières fois : le bain et son petit corps fripé ; le square et son nez rouge dépassant à peine de son cache-cou ; ses minuscules pieds sur le sable ; ses Moon Boots ridiculement petites sur la neige. Des dizaines d'instantanés sans originalité mais qui avaient immortalisé les moments les plus précieux de sa vie de maman. Il y en avait des milliers d'autres dans son portable et dans son ordinateur. Des photos avec Alexandre, aussi. Un grand blond aux épaules larges et aux cheveux mi-longs qu'il plaquait sur son crâne. L'assurance personnifiée, le nez busqué, le regard espiègle et le sourire de carnassier. Jusqu'aux dix ans de Quentin, ils avaient vécu comme une famille normale. C'est ensuite que ça avait dégénéré.

Elle avait rencontré Alexandre Fairchaud au début de ses études de droit. Elle venait d'arriver à Paris, lui était un pur produit de la capitale. Il en connaissait les quartiers, les secrets, les codes. Jeanne n'avait jamais vraiment réussi à définir son milieu d'origine, qu'elle devinait modeste. Dans cette faille, elle avait rangé tous les non-dits. Sa vulnérabilité. Alexandre lui avait toujours caché sa famille. Elle se souvenait encore de sa réponse sous forme de pirouette quand elle avait émis l'idée d'un déjeuner de présentation : « T'as déjà lu

Les Misérables ? » *Les Misérables.* Ça l'avait intriguée. De qui, des Thénardier, de Jean Valjean ou de Cosette, revendiquait-il la filiation ? Elle s'était imaginé une enfance étriquée auprès de parents tortionnaires puis une adolescence à traîner dans les rues, avant de décider qu'il s'agissait d'un peu des trois. Elle n'avait pas insisté, elle aussi avait fait table rase du passé.

Solaire, adaptable jusqu'à une forme de caméléonisme aigu, Alexandre était à l'aise dans toutes les strates de la société, et Jeanne l'admirait pour cela. Conquérir Paris, tisser un réseau d'amis utiles, gagner de l'argent, réussir. C'était là qu'était l'urgence. Elle l'avait suivi et ils avaient ainsi vécu une sorte de lune de miel qui avait duré quelques années. Le tableau avait commencé à se craqueler lors leur premier rendez-vous en tant que producteur du « Choc du jour ».

Ce matin-là, Alexandre devait convaincre une chaîne d'accepter de diffuser ce programme qu'il désirait à la fois produire et animer. Quand il avait parlé de « télévision citoyenne » pour décrire ce qui deviendrait le talk-show le plus trash du paysage audiovisuel français, Jeanne avait ressenti un premier malaise. Ils savaient tous les deux que le concept qu'ils apportaient n'avait rien de *citoyen*. Après l'entretien, Jeanne l'avait confronté : comment osait-il mentir délibérément ? La réponse d'Alexandre, « quand ils verront les parts de marché qu'on va prendre, ils n'auront plus trop le choix », l'avait abasourdie. Pourtant, elle était restée. Son aplomb la fascinait. Dix ans plus tard, l'argument invoqué pour vendre « Bébé Boss(e) » n'était qu'une variante de ce credo : « Les vidéos qui montrent un enfant comptabilisent trois fois plus de vues que les vidéos ne comportant aucun enfant. » Il suffisait de savoir faire des maths. *Pourquoi changer une recette gagnante ?*

La sonnerie du téléphone fixe qu'elle avait placé dans le séjour la fit sursauter. L'idée lui était venue peu après leur divorce. Elle en était arrivée à un tel niveau de saturation sur son portable qu'elle avait décidé de s'offrir un téléphone des années quatre-vingt-dix. Elle avait jeté son dévolu sur un vieux modèle, noir avec des touches et un répondeur. C'était ce numéro qu'elle donnait aux personnes qui souhaitaient la contacter d'urgence. Elle n'était plus joignable à toute heure, tout lieu, tout moment. Depuis, elle se sentait moins oppressée.

Sur le point de décrocher, elle suspendit son geste. Elle n'était pas en état de parler à quiconque. Le répondeur s'enclencha.

— Bonsoir, pardon de vous déranger à cette heure, je voulais simplement vous rappeler que votre ex-mari viendra récupérer Quentin au collège vendredi 15 février pour les vacances. Bonne soirée.

Jeanne reconnut le timbre juvénile d'Hana, l'une des deux assistantes d'Alexandre. Elle laissa la jeune femme terminer de parler tout en maudissant son ex-mari. Avait-il seulement consulté ses messages ?

Avant d'aller se coucher sans avoir dîné, elle alluma la télévision. Elle zappa quelques minutes, jusqu'à tomber sur une rediffusion du « Choc du jour ». « CDJ ». Impossible à rater, le logo du talk-show était inscrit en grosses lettres rondes et roses dans le coin inférieur droit de l'écran. Même sans lui, le programme était reconnaissable entre tous. Elle resta quelques instants sur la chaîne, fascinée. Musique de cirque pimpée à la techno tribale, plateau laqué de noir étincelant sous les stroboscopes et drag-queen en string et sandales de plexiglass, le décor donnait le ton. « CDJ » avait réussi à exploser les codes du talk-show et à imposer sa marque de fabrique dans tout l'Hexagone, et bientôt en Espagne et en Italie, puisqu'Alexandre avait récemment vendu les droits aux deux pays. Après l'inévitable chorégraphie languide des « fommes », des mi-hommes mi-femmes comme les appelait Fairchaud en coulisse, la musique s'arrêta soudain, et le plateau s'illumina violemment comme dans une salle d'interrogatoire. Fini de rigoler, Alexandre Fairchaud allait apparaître. C'est dans ce décor de bordel burlesque que « Le Choc du jour » diffusait chaque jour, à dix-huit heures, les images les plus choquantes filmées par les téléspectateurs français et envoyées sur une plateforme dédiée. L'idée était, par ce biais, de commenter l'actualité avec, sur le plateau, de nombreux invités : politiques, sportifs, acteurs et enfin chroniqueurs issus de ce qu'on appelait désormais la « télé-poubelle ».

IV.

Quentin affichait un visage morose, son front lisse toujours à moitié dissimulé par sa mèche de cheveux blonds. Depuis qu'elle s'était réveillée, à l'aube, après une nuit pendant laquelle elle n'avait dormi que quelques minutes, Jeanne ressentait à la fois une immense colère et l'envie de serrer son fils dans ses bras. Quand elle vit sa silhouette dégingandée qui, du placard où étaient rangées ses céréales jusqu'au réfrigérateur, se traînait comme un misérable, elle eut un élan de tendresse. Elle aurait dû le protéger. Du monde, de lui-même, de son père, se rappela-t-elle soudain en remplissant d'un mouvement abrupt le réservoir d'eau de la machine à café. Mais elle était suffisamment honnête pour savoir qu'elle faisait partie du problème. Elle était sa mère. Celle qui aurait dû lui inculquer des principes de base, comme porter secours à quelqu'un qui est tombé par terre. La nausée remonta le long de son œsophage, elle se dégoûtait. « Civilement responsable », avait dit le commissaire. Ce n'était pas tout. C'est moralement qu'elle était aussi la garante de Quentin. Tandis qu'elle s'accablait ainsi sans réussir à prononcer la moindre parole, elle surprit l'expression martyre de son fils. Elle n'était pas totalement dupe. La rage revint. Sitôt son smartphone récupéré, il se redresserait comme par magie.

— Comme tu t'en doutes, il y a des choses qui vont changer à la maison. Fini les écrans, les sorties le week-end et extinction des feux à vingt et une heures. On va redresser tout ça, et je vais mettre ton père au parfum… Je vais arrêter d'être sympa, tu vas voir, ça va être une autre ambiance à la maison.

Jeanne écoutait le discours qui sortait de sa bouche en se maudissant. Qu'est-ce que c'était que ces conneries ? Elle n'allait pas non plus se transformer en harpie… Ce n'était pas ça, le réel problème. Le vrai sujet était plus grave. Il fallait qu'elle trouve une solution. Elle reprit, un ton plus bas :

— C'est bien ce matin que tu as ton contrôle de maths ?

— Oui…

Jeanne venait de s'en rappeler. Sept heures cinquante-cinq sur l'horloge numérique du four. Tandis que Quentin déposait son bol dans l'évier, Jeanne ralluma son téléphone portable. Alexandre n'avait pas daigné retourner ses appels. Quentin la regardait.

— Je n'ai pas encore décidé combien de temps j'allais garder ton iPhone. C'est très grave, ce que tu as fait…

Elle n'eut pas le temps de finir sa phrase.

— Si tu me le rends pas, papa m'en achètera un autre, donc…

Jeanne se redressa brusquement. Elle l'aurait étranglé. Elle appuya de toutes ses forces ses mains contre ses cuisses pour se contenir.

— Ton père est d'accord avec moi, alors je te conseille de changer de ton et de te dépêcher, tu vas être en retard.

Une fois Quentin parti, elle s'aperçut que le voyant rouge de son téléphone fixe clignotait toujours. Le message datait de l'avant-veille : « Bonjour, docteur Huzan à l'appareil. Ma secrétaire a tenté de vous joindre sur votre téléphone portable la semaine dernière, mais sans nouvelles de votre part, je me suis permis d'utiliser ce numéro. J'espère que vous aurez bien cette communication, il faudrait que l'on se voie. Merci de contacter ma secrétaire au 0145362378. Rappelez-moi. Merci. »

Le docteur Huzan était son généraliste. Un médecin d'une soixantaine d'années, qu'elle consultait depuis son arrivée à Paris. Elle avait pris rendez-vous avec lui au début du mois pour des maux de ventre. Tout à fait le genre d'obligation qu'elle reportait ou qu'elle annulait au premier signe de mieux-être. Cette fois pourtant, elle n'avait pas repoussé l'échéance. Un matin, découvrant son ventre gonflé comme au quatrième mois de sa grossesse, elle avait pris rendez-vous sur Doctolib. Il existait bien un médicament pour cela.

Après l'avoir examinée, le docteur Huzan lui avait prescrit une échographie abdominale. Elle se dit qu'elle le rappellerait plus tard.

Au bureau, Jeanne ne leva la tête de son ordinateur qu'à treize heures.

À force d'enchaîner les coups de fil à des confrères, d'envoyer des mails, de relire des contrats et de vérifier des articles dans le Dalloz, elle n'avait pas vu la matinée passer et n'avait pas trouvé le temps de rappeler. Elle s'était noyée dans le travail pour oublier Quentin. Cela avait toujours été sa méthode pour maintenir l'angoisse à distance.

Elle finit par composer le numéro de son généraliste, dont la secrétaire lui trouva miraculeusement une place deux heures plus tard.

Quand le docteur Huzan la fit s'asseoir dans son cabinet, il était quinze heures. Elle songea qu'avec un peu de chance, elle aurait le temps de passer prendre Quentin au collège à dix-sept heures quarante-cinq. Peut-être obtiendrait-elle davantage de sa part hors de chez eux ? Obtenir quoi, d'ailleurs ? La promesse qu'il ne filmerait plus jamais une agression ? Des aveux ? Des excuses ?

L'accent légèrement chantant de son médecin la tira de ses pensées. Il la regardait par-dessus ses grosses lunettes en écaille.

— Madame Tardy ?

— Excusez-moi docteur, c'est la course ces derniers temps, déclara-t-elle pour justifier son air absent.

Je suppose que vous avez reçu les résultats de l'échographie ?

— Il y a une bonne semaine, oui. J'aurais préféré que l'on se voie plus tôt.

— Je suis désolée, comme je vous l'ai dit les journées sont chargées en ce moment…

Le médecin retira ses lunettes, puis passa une main dans son épaisse chevelure poivre et sel. C'est la première fois que Jeanne lui voyait cette expression inquiète.

— Il y a quelque chose qui ne va pas ?

Au lieu de répondre, il ouvrit la pochette rouge que Jeanne avait vu posée sur son sous-main. Il en sortit son échographie abdominale, ainsi qu'une feuille où étaient imprimées une dizaine de lignes.

— Voici votre examen, et les premières conclusions rédigées par mon confrère radiologiste. Je ne sais pas si vous arriverez à le voir sur l'image, mais vous avez de l'eau dans l'abdomen, au moins quatre litres d'après le compte rendu. Dans notre jargon, on appelle cela de l'ascite.

Jeanne fixa son attention sur la feuille en plastique noir où des formes blanches et grises apparaissaient. En vérité, elle ne voyait pas grand-chose.

— Qu'est-ce que cela veut dire ?

— Une telle quantité de liquide, ce n'est pas normal, il faut que vous passiez un scanner au plus tôt, afin qu'on précise le diagnostic.

D'une voix mal assurée, elle répliqua :

— C'est-à-dire, *préciser le diagnostic,* quel diagnostic ?

— Plusieurs raisons peuvent provoquer une accumulation de liquide dans l'abdomen. Pour le moment, je ne peux pas vous en dire plus. Tout dépendra du scanner. Je vais tout de suite appeler le centre d'imagerie médicale pour qu'ils vous examinent en priorité demain matin. J'aurais préféré que vous vous y rendiez dès ce soir, mais vous devez être à jeun.

— Dites-leur que je viens maintenant, je n'ai rien mangé depuis ce matin. Ça ira ?

— C'est parfait. Normalement, vous êtes supposée vous procurer un produit de contraste en pharmacie, mais ils vous le fourniront.

Le docteur Huzan appela son collègue du scanner et, après lui avoir exposé la situation, raccrocha.

— Ils vous attendent. C'est à dix minutes d'ici.

Puis, tout en vérifiant l'heure sur sa montre, il ajouta :

— Ils ferment à dix-neuf heures. Allez-y tout de suite, qu'ils puissent me transmettre leurs conclusions dans la soirée. Ce que je vous propose, c'est de repasser au cabinet quand vous aurez fini.

V.

Tandis que l'ascenseur descendait, Jeanne composa le numéro de téléphone de l'appartement. Au bout de huit sonneries, la boîte vocale s'enclencha. Jeanne s'éclaircit la voix : « Quentin, c'est maman, je vais revenir plus tard ce soir, j'avais oublié que j'avais quelque chose de prévu, tu as de la quiche dans le frigo. Je te rappelle que tu es interdit de télévision… » Elle se racla la gorge. Sa voix sonnait tellement faux. Heureusement, Quentin décrocha.

— Ok maman, c'est bon, j'ai compris, à toute.

— À toute…

Elle aurait tellement aimé un « merci », un « je t'aime » pour rattraper ces dernières vingt-quatre heures. Pour finir, elle envoya un sms à Sonia pour qu'elle annule tous ses rendez-vous du lendemain matin. Il fallait qu'elle dorme.

Une heure plus tard, elle prenait de nouveau place en face de son médecin. L'examen n'avait duré qu'une quinzaine de minutes.

— Tout s'est bien passé ?

— Oui, c'était rapide, répondit-elle en se demandant s'il avait déjà reçu le compte rendu du médecin radiologiste.

Comme s'il avait deviné ses pensées, il continua, d'un ton moins chantant que d'ordinaire :

— J'ai imprimé votre compte rendu, ils viennent tout juste de me le transmettre.

Là, il s'arrêta. Net. Sa bouche refusant de prononcer les mots qu'un confrère venait de pianoter sur le clavier de son ordinateur. Le ventre de Jeanne se relâcha. La masse dure qu'elle hébergeait, à laquelle elle avait fini par s'habituer, parut se liquéfier. Liquide, c'est ça, elle était revenue à l'état liquide.

— Et donc ?

— Je suis désolée madame, mais ce ne sont pas de bonnes nouvelles…

Elle le coupa, soudain tranchante :

— Allez-y, dites-moi.

— Vous avez des tumeurs cancéreuses dans l'abdomen. Il va falloir faire des tests sanguins pour en savoir plus, mais le résultat du scanner est déjà assez clair.

Après s'être excusé une seconde fois, comme s'il était responsable de l'état du ventre de sa patiente, le docteur Huzan se leva et leur servit deux verres d'eau.

Jeanne s'était mise à trembler. Un essaim d'abeilles vibrait dans sa boîte crânienne. Il était descendu dans ses bras, ses jambes, ses pieds. « Tumeurs cancéreuses ». CANCER. Il venait de prononcer le mot interdit. Elle eut envie de se frapper le visage de ses deux poings.

Ce n'est pas possible. C'est une erreur. Pas possible. Les mots hurlaient dans sa tête. *Bien sûr que c'est possible espèce d'idiote. Pourquoi serais-tu épargnée ?*

Le médecin poussa devant elle le verre d'eau qu'il venait de lui servir et but le sien d'une traite.

Elle ferma les yeux. Derrière ses paupières, l'obscurité était totale. Des cercles de douleur lui enserraient le crâne comme un étau. Elle se remit à trembler. Un mouvement incontrôlable que le docteur Huzan réussit à tempérer en prenant ses deux mains dans les siennes. Le contact avec la peau sèche et tiède du médecin la bouleversa. Une fois qu'elle se fut calmée, il reprit la parole :

— Maintenant, vous devez rapidement faire une ponction du liquide qui se trouve dans votre ventre pour qu'il soit analysé. Voici les coordonnées de l'Institut Curie dans le 5e. Je vais les appeler de mon côté, mais prenez rendez-vous dès demain avec un de leurs spécialistes. Je vous recommande le docteur Bertrand, c'est lui qui vous indiquera la marche à suivre.

Jeanne écoutait mais les mots de son médecin formaient des bulles opaques. Elle saisit le papier qu'il lui tendait, puis se força à boire une gorgée d'eau même si ses lèvres semblaient soudées. Le docteur se leva pour l'aider enfiler son manteau.

— Prenez un taxi, rentrez chez vous, dormez et surtout allez à l'Institut Curie demain à la première heure. Vous allez voir, ils sont très compétents.

VI.

Jeanne émergea un peu après neuf heures, la bouche pâteuse à cause des somnifères. Ses cils semblaient collés par de la glu. Dehors, elle percevait la rumeur de la ville.

Elle se réveilla un quart d'heure plus tard, en sursaut. Le docteur Huzan, le scanner, le cancer. Quentin. Les mots se fracassaient les uns contre les autres. Elle réentendait les phrases d'hier, qu'elle aurait voulu annuler : *un diagnostic fautif. Pardonnez-moi madame… la mauvaise échographie.* Mais c'étaient des mensonges. Elle avait les intestins en vrac, ses viscères étaient corrodés.

Les deux pieds sur la descente de lit au moelleux dérisoire, elle n'avait pas fermé ses volets hier soir. Elle tira les larges rideaux de toile imprimés. Un jour livide pénétra dans la chambre. Ciel blanc, immeubles noirs, fumée grise. Sous la douche, elle passa la main sur son ventre. Sous ses phalanges, le liquide roulait. Tiède comme une averse tropicale. Elle appuya jusqu'à déformer ses chairs. De la graisse meuble. Elle avait *juste mal au ventre.*

Combien de fois l'avait-elle prononcée, cette phrase ? Je suis *légèrement ballonnée*. Une sensation à mi-chemin entre le honteux et le ridicule. Elle n'avait jamais rien associé de définitif à cette image de ballon gênant. Après s'être habillée, elle récupéra son téléphone portable dans son sac à main puis le brancha dans la cuisine. Elle se servit un verre d'eau et se força à grignoter un reste de quiche froide. Enfin, son smartphone s'illumina. Elle composa le numéro de l'Institut Curie.

« On vous attend. » C'est ce que la voix venait de dire. Un timbre de femme qui résonnait comme si elle se trouvait dans une piscine, ou une pièce tapissée de carrelage. Un peu lointaine, mais enveloppante telle une couverture de bébé. Jeanne raccrocha.

Alexandre n'avait toujours pas rappelé. Avant de claquer la porte d'entrée, elle vérifia que le téléphone de Quentin se trouvait toujours dans le tiroir du bas de la commode du salon.

L'hôpital était situé dans le quartier du Val-de-Grâce. Après vingt minutes de métro, elle monta la volée de marches qui menaient au bâtiment. Quand elle donna son nom à l'accueil, le visage de l'infirmière s'éclaira :

— Vous êtes la patiente du docteur Huzan ?

Elle opina du chef tout en suivant la silhouette replète de la jeune femme jusqu'à une salle d'attente peinte en jaune.

— Le docteur Bertrand va vous recevoir. Je vous sers un verre d'eau ?

D'une voix rauque, un timbre qu'elle ne se savait pas capable de produire, Jeanne accepta. Trois autres personnes patientaient dans la salle, un homme en costume, qui avait posé son manteau à côté de lui et pianotait sur l'ordinateur portable ultrafin qu'il avait posé sur ses genoux. Elle s'interrogea. Était-il souffrant ? Attendait-il une épouse, un enfant, un ami ? Et les deux femmes qui discutaient à voix basse en feuilletant un magazine ? Elles avaient un air de famille. Enfin, son nom résonna dans l'espace. *Jeanne Tardy.* Une voix d'homme, silhouette sportive et crâne rasé de joueur de foot, qui dénotait dans cette enceinte. Seule sa blouse blanche indiquait son statut. Elle se leva.

— Bonjour, madame Tardy. Suivez-moi, on va aller dans mon bureau.

Le corps de Jeanne fit demi-tour. Elle ne pouvait pas s'empêcher de partir. Ni de courir vers la sortie. Plus que quelques foulées avant l'air libre, l'air pollué, la grisaille, la ville cacophonique, tout plutôt que ces murs jaunes imprégnés de malheur. Le choc la fit stopper net. Elle avait mal appréhendé le virage, son épaule droite lui faisait mal. Le temps de reprendre son souffle, elle sentit une main sur la sienne.

— Venez avec moi, madame, tout va bien se passer, on va prendre le temps de se parler, d'accord ?

Jeanne s'excusa. Il lui dit de ne pas s'inquiéter, comme s'il avait l'habitude de courir après ses patientes. Tandis qu'ils retraversaient la salle d'attente, Jeanne sentit sur elle le regard effaré de l'homme en costume.

À peine entrée dans le bureau, Jeanne repéra tout de suite son échographie et son scanner affichés sur un écran lumineux. Après lui avoir fait signe de s'asseoir, le spécialiste posa son regard sur elle :

— Le docteur Huzan vous suit depuis longtemps ?

— Depuis que je suis arrivée à Paris, il y a une vingtaine d'années.

— Vous n'êtes pas d'ici ?

Jeanne resta silencieuse. À quoi bon lui expliquer que son arrivée à Paris avait coïncidé avec l'irruption de nouvelles pathologies, sinusites, bronchites chroniques et tout un tas de virus corrosifs ? *Je n'arrivais pas à respirer*. Elle ne pouvait détacher ses yeux de l'écran lumineux. Les ombres blanches et noires, illisibles pour la profane qu'elle était, la narguaient. Le docteur surprit son regard, ouvrit la chemise posée devant lui. Elle finit par parler :

— Vous pouvez me dire ce qu'il se passe ?

Le spécialiste croisa les doigts devant lui, puis les écarta comme s'il s'apprêtait à recevoir une passe de beach-volley. Enfin il écarquilla les yeux et se lança :

— Avant toute chose, vous allez faire un test sanguin et repasser un scanner, le plus tôt possible. C'est le protocole, madame Tardy. On n'envisage rien avant d'être sûrs de savoir de quoi souffrent nos patients.

Jeanne n'en pouvait plus. Soudain, elle haussa le ton :

— Je veux voir le compte rendu.

Le médecin hésita et céda en tournant la chemise rouge vers Jeanne. Le rapport était on ne peut plus clair. Pas besoin d'avoir fait médecine pour le comprendre.

« L'examen révèle que la patiente a des ganglions, de l'eau, mais également des tumeurs cancéreuses dans le ventre. Ces tumeurs forment des boules de différentes tailles, sur les ovaires, avec déjà des métastases sur le thorax, dans les poumons, et sur la zone abdomino-pelvienne… »

Un sang brûlant lui monta au visage. Son cerveau se vida. Elle reprit, la gorge soudain sèche :

— Qu'est-ce que ça veut dire ?

— Il y a des tumeurs mais je ne peux rien vous dire de plus tant que nous n'avons pas fait d'autres examens complémentaires…

Elle ne le laissa pas finir :

— Mais est-ce que j'ai un cancer ?

— Tout ce que je peux vous dire, si ce compte rendu est confirmé, c'est que vous avez développé des cellules cancéreuses.

— Mais vous êtes sûr ? Je veux dire… ils ont pu se tromper ?

Le médecin la regarda, l'air triste, presque navré de devoir lui répondre. Elle ne put s'empêcher de noter sa jeunesse. Un sportif de haut niveau, c'est à ça qu'il ressemblait, plus qu'à un oncologue. Il cligna des yeux plusieurs fois.

— Madame Tardy, il faut faire des examens complémentaires. Si le diagnostic est confirmé, il faudra envisager une chimiothérapie. Vous êtes jeune. Si nous le prenons à temps, nous pouvons le vaincre.

— Comment ça a pu arriver ?

— C'est souvent génétique, mais parfois, il se peut que les faits n'aient aucun rapport avec la science.

Jeanne pensa à sa mère. Elle ne l'avait pas revue depuis près de quinze ans. Jusqu'à preuve du contraire, elle respirait la santé dans le sud de la France, dans sa villa, avec son nouveau mari. Partie quand Jeanne n'avait que quatorze ans, elle n'avait pas supporté la vie dans les bois que lui imposait le métier de son mari. Un jour elle les avait quittés, ne laissant qu'un mot dans une enveloppe sur la table de la cuisine. Elle y expliquait qu'elle ne supportait plus cette existence à l'ombre des grands arbres et qu'elle ne rêvait que d'océan. Femme-enfant, elle ne se sentait pas d'élever plus longtemps une fille qui l'épuisait. Dans la lettre, la liste des reproches était longue. Le plus violent était l'aveu qu'elle avait fait : elle aurait voulu un garçon. Jeanne se rappelait son père, comme KO debout dans la cuisine, la lettre à la main. Il n'avait pas dit un mot. Il s'était équipé, puis était parti seul dans la forêt tronçonner quelques arbres.

Jeanne rompit le silence.

— Je peux repasser le scanner aujourd'hui ?

— Je vais vous raccompagner à l'accueil, ils vont vous indiquer la marche à suivre.

Trois heures plus tard, elle était de retour devant l'oncologue. Le second scanner était déjà affiché dans son bureau. Dès que Jeanne le vit, sans réfléchir, elle le prit en photo avec son téléphone portable. Le médecin la laissa faire, puis se pencha sur son bureau, comme pour réduire le plus possible la distance avec sa patiente.

— C'est bien d'avoir fait le scanner aujourd'hui…

Jeanne serrait les dents. Quand le spécialiste recommença à parler, elle réprima un hurlement.

— Je suis désolé, mais vous avez bien des cellules cancéreuses dans l'abdomen et sur les ovaires. Suivez-moi, je vais vous conduire auprès d'une de nos infirmières d'annonce. C'est elle qui va vous expliquer tout le protocole.

Le jour commençait déjà à décliner quand Jeanne quitta le centre hospitalier. Son mal de tête lancinant était toujours là et elle ne pouvait s'empêcher de penser qu'il s'agissait d'un sinistre canular. Une caméra allait bientôt surgir pour faire cesser cette farce terrible.

Le taxi la déposa rue de Caumartin au moment où son téléphone commençait à sonner. C'était Sonia. Elle ne prit pas la communication. Une dizaine d'autres appels en absence s'affichaient, aucun de son ex-mari. Comme tous les mercredis, Quentin avait son entraînement de football. Il reviendrait heureusement beaucoup plus tard dans la soirée.

VII.

Elle eut l'impression de pénétrer par effraction dans l'appartement d'une inconnue. Lambris, parquet en chêne massif, tapis tuftés. Clair-obscur, doux amer. Cent mètres carrés de raffinement. Qui auraient dû la protéger.

Sur la table basse, elle attrapa une photo d'elle. C'était il y a deux ans, lors du marathon de New York. L'image avait été prise par une amie new-yorkaise, sur le pont de Brooklyn. Elle apparaissait rouge, pantelante, et on pouvait deviner la sueur ruisseler sur son front. Mais sa bouche, qui affichait un sourire ouvert sur d'infinis possibles, symbolisait bien plus que sa joie d'avoir passé la ligne d'arrivée. Ce sourire, c'était une revanche sur son divorce, la certitude que le futur était plein de promesses. Jeanne fixa son regard sur la photographie. Son brassard qui cachait sa poitrine, sa tenue technique qui moulait son corps musclé. À quoi bon les heures d'entraînement qu'elle s'était imposées s'il la trahissait ?

D'un coup sec sur un coin de la table, elle brisa le cadre en verre. Déchira la photo. Un autre portrait, celui-ci jauni par le temps, attrapa son regard. C'était son père, mis en valeur par un cadre argenté. Il portait la tenue réglementaire des gardes forestiers. Debout devant un gros chêne, il tenait à la main un petit panier d'enfant. Sur ses larges épaules, une petite fille se tenait assoupie, le visage penché. La tension contenue toute la journée explosa. Elle éclata en sanglots.

Elle mit quelques minutes à réaliser que ses deux téléphones, fixe et portable, sonnaient en même temps. Elle n'avait aucune idée de l'endroit où elle avait laissé son iPhone, mais elle entendit le message que son fils enregistrait sur le fixe d'une voix blasée.

— Maman, à quoi ça te sert d'avoir un portable si tu ne réponds pas ? Bref, je t'appelle du numéro du père d'Antoine. On vient de terminer l'entraînement de football et il propose de nous emmener au McDonald's, donc je serai à la maison un peu plus tard que prévu. À toute…

— Allô Quentin ? C'est maman – elle avait réussi à l'intercepter avant qu'il ne raccroche –, j'ai fait un test Covid. Il est positif. Reste chez Antoine ce soir. Demain tu iras chez Magda pour le reste de la semaine, je n'ai pas envie que tu l'attrapes et que tu le transmettes à tout le monde. Je t'aime.

Elle raccrocha sans le laisser répondre. Le silence retomba, lourd comme un rideau de plomb. Ses pensées allèrent vers Alexandre, puis elle se souvint qu'il était en province. Il n'avait toujours pas rappelé. Elle téléphona à sa voisine.

Méthodique, carrée. C'est ce qu'elle était. Pas une fantaisiste. *Putain de rigide*, disait Alexandre. Elle s'installa à son petit bureau. Sur le fond d'écran de son ordinateur portable, Quentin, en slip de bain, faisait des châteaux de sable. Un petit bonhomme têtu, pour qui elle allait se battre. Ce cancer, c'est elle qui allait le tuer. Elle se remémora le brouillard des dernières heures. Après avoir confirmé son diagnostic, le docteur Bertrand l'avait confiée à l'infirmière d'annonce, une femme d'une cinquantaine d'années, aux cheveux coiffés en chignon et au visage expressif. Elle lui avait tout expliqué, commençant par le principal, un détail à la fois futile et primordial : elle ne perdrait pas nécessairement ses cheveux, surtout si elle optait pour la chimiothérapie par comprimés. Jeanne voulait tout mettre par écrit. Sur son clavier, elle tapa le nom de son cancer puis le remonta en haut de la page qu'elle venait d'ouvrir sur Word, comme s'il s'agissait d'un titre dont elle grossit la police de caractères. Elle le souligna. Puis elle nota le détail de l'ordonnance sécurisée qu'on allait lui fournir. Le traitement, une semaine par mois, six comprimés par jour à heure précise – « programmez trois réveils sur votre téléphone », avait dit l'infirmière – pendant trois mois. Renouvelable jusqu'à observer une amélioration ou, à défaut, un arrêt de la croissance des tumeurs. Elle nota aussi les bilans sanguins qu'elle allait devoir faire au même rythme, pour voir comment son corps réagirait. Elle répertoria les effets secondaires : la fatigue qu'elle ressentirait, les pertes de mémoire, la difficulté à se concentrer. Les antiémétiques, qu'elle devrait se procurer. Elle tapa le contenu de la deuxième ordonnance sécurisée qui lui permettrait de se faire prescrire la morphine. Renouvelable elle aussi au bout de trois mois. Elle inscrivit les aliments qu'elle devrait éviter : thé vert, pamplemousse, curcuma. *Je ne mange jamais de curcuma, je déteste le pamplemousse.* Elle nota quand même. Puis le reste : la peau sèche, desquamée, les morceaux de derme blanc qu'elle sèmerait et les crèmes qu'elle devrait appliquer. L'écran total pour éviter les taches. Enfin, elle sauvegarda le document puis l'imprima.

Le lendemain matin, elle était de retour à l'Institut Curie pour sa biopsie. L'opération, indolore, dura un peu plus d'une heure. Les résultats seraient prêts d'ici quinze jours. Sur le chemin du métro, elle rentra dans la première boulangerie pour s'acheter un croissant et une bouteille de jus d'orange. Elle se sentait faible. Une fois installée dans un wagon, elle sortit son portable.

Un appel en absence de Fairchaud. Malgré le vacarme qui régnait sur les rails, Jeanne rappela aussitôt. Il répondit à la première sonnerie mais elle ne lui laissa pas le temps de s'exprimer :

— Tu te rends compte que t'as mis pratiquement trois jours à me recontacter ! C'est quoi ton problème ? C'est ça, les valeurs que tu veux inculquer à Quentin ?

— Calme-toi, t'es complètement hystérique. Il a tué personne, non ?

— Tu plaisantes j'espère ? T'as écouté mes messages ?

— Tu surréagis, là, il n'a juste pas eu de chance, s'il était parti avant les flics, on n'aurait même pas cette conversation.

— Mais tu ne comprends rien…

Elle n'avait plus de mots. Elle était abasourdie. Lui reprit :

— Au fait, t'as eu le message d'Hana ? On va à Courchevel ! Faudra que tu lui rendes son téléphone d'ici là. Je suppose que tu le lui as pris, je tombe directement sur son répondeur quand j'appelle. C'est mon fils aussi et je veux pouvoir le joindre.

De retour à la maison, Quentin préparait son sac. Quand elle apparut dans l'entrée, il la regarda d'un air étrange.

— Je pensais que tu serais couchée, ça va mieux ?

— J'y vais de ce pas.

— Tu pourras me rendre mon téléphone ?

— Je vais te prêter un vieux Nokia. Je te rappelle que t'es puni.

Demeurée seule, Jeanne s'installa sur son canapé pour réfléchir. Comment avait-elle pu en arriver là ? Après quatre années de droit, elle avait suivi une formation de dix-huit mois dans un institut d'études judiciaires pour préparer l'examen du barreau. Elle avait obtenu son CAPA dans la foulée. Elle avait prêté serment l'année précédant sa grossesse puis avait exercé quelques années en droit social. Alexandre, lui, travaillait déjà comme producteur junior pour une chaîne du câble. Compte tenu de ses résultats d'audience et du réseau qu'il avait tissé, il s'y était rapidement trouvé trop à l'étroit. Avec WarmUp, tout s'était accéléré. Il y avait eu l'excitation, l'émulation, les rendez-vous avec les banques, les acteurs du milieu à convaincre et les nuits passées à réfléchir à des programmes tous plus extravagants les uns que les autres. Parfois, Alexandre extirpait de son cerveau en surchauffe des idées outrancières qui donnaient naissance à des scènes tellement absurdes que Jeanne explosait d'un rire nerveux, ignorant le regard impérieux de son mari. Un jour, Jeanne verrait les délires d'Alexandre Fairchaud à la télévision, puis relayés sur YouTube, TikTok et Instagram.

Il lui avait demandé de travailler avec lui, et elle avait accepté. Elle aimait son énergie, sa détermination, sa fièvre. Que cet homme aux mille idées l'ait choisie. La vie dans la forêt de son enfance avait quelque chose d'austère, de silencieux, de sombre. Elle était maintenant avide de rire, de lumière. Assez vite, ils avaient déposé les statuts et trouvé un bureau à louer dans le centre de Paris. Elle s'était spécialisée dans l'audiovisuel pour devenir l'avocate exclusive de la boîte de production. C'était risqué, mais le succès était arrivé si vite qu'elle n'avait de toute façon pas eu le temps de prospecter ailleurs. C'est lui qui l'avait poussée vers une branche plus « sexy » que le droit social, en se moquant doucement d'elle et de son côté « Mère Teresa ». *Sexy.* C'est ainsi qu'il l'avait formulé.

À l'époque, elle n'avait pas regretté d'avoir suivi ses conseils. Elle exerçait un métier excitant, entourée de *talents* qui deviendraient les nouveaux visages de la grille de demain, discutait *codicille* et *addendum* avec des confrères avocats de célébrités qu'elle n'aurait jamais croisés dans sa vie d'avant. Elle avait pris du plaisir à vivre cette existence sous les projecteurs. Celle dont elle rêvait, enfant.

Après leur séparation, Jeanne avait hésité à quitter WarmUp. Mais Alexandre l'avait convaincue de rester. « T'es la meilleure avocate que je connaisse », n'avait-il cessé de répéter. Même sans ses flatteries, elle serait restée. Dix années de vie parisienne et de succès n'avaient pas gommé le manque de confiance qu'elle avait en elle. Déjà éprouvée par son divorce, elle n'avait pas eu la force de prospecter ailleurs.

À vingt heures, elle avala un plat surgelé qu'elle fit réchauffer au micro-ondes, puis elle se rendit dans la chambre de Quentin. C'était une tanière d'adolescent classique, où de vieilles peluches résistaient tant bien que mal face aux assauts des piles de mangas et de la console de jeux que son père lui avait offerte pour son anniversaire. Dans quelques mois, lapins et koalas poussiéreux disparaîtraient. Jeanne était même étonnée qu'ils n'aient pas déjà fini dans un vieux carton « à donner ».

La vision du petit écureuil au poil roux qu'elle lui avait acheté quand il devait avoir trois ou quatre ans la transperça. Pourquoi l'avait-elle envoyé chez la voisine ? Elle avait soudain envie de l'étreindre de toutes ses forces. Il lui manquait tellement qu'elle en avait le souffle coupé. Elle se força à ne pas téléphoner à Magda. Elle avait besoin d'être seule pour établir un plan. Elle s'allongea sur le lit et s'enroula dans la couette de son fils, respirant à pleins poumons son odeur.

Une vision glaçante l'éjecta de son sommeil trois heures plus tard : Quentin, torse nu, le visage et le corps couverts de sang, répondant aux questions de son père sur le plateau du « Choc du jour ». Minuit. Impossible de se rendormir. Elle retourna dans sa chambre où elle alluma sa lampe de chevet pour essayer de lire. Mais les phrases n'avaient pas de sens. Elle finit par ouvrir son ordinateur. Elle se connecta sur Internet. Ses doigts pianotaient sur le clavier. Les mots se formaient tout seuls, comme s'ils n'attendaient que ça. « Espérance de vie » + « cancer des ovaires » + « malade à trente-sept ans ». Les réponses fusèrent. Elle lut alors tant qu'elle put :

« Lorsque le cancer crée des métastases dans d'autres organes, la guérison est rarement possible. On parle, dans ce cas, de stade quatre. » « Pour le cancer métastasé, la médiane de survie est actuellement de l'ordre de 2 à 3 ans. Certaines patientes sont en vie plus de 10 ans après le diagnostic de métastases ; mais cela veut dire aussi que certaines peuvent décéder en quelques mois. » « La survie médiane est de 12 à 16 mois lorsqu'un traitement est mis en place au stade localisé ; en revanche, il peut descendre à 7-11 mois dans les stades diffus. »

Page un, page deux, page dix, page mille. C'était fascinant, le nombre de sites internet qui recensaient des témoignages, la quantité d'articles de vulgarisation, de publications scientifiques, d'analyses méthodologiques, de critiques académiques. Jeanne lut en retenant son souffle, passant d'un flux à l'autre sans discontinuer. Parfois, elle fermait les yeux. Malgré l'échographie, malgré le scanner, malgré son rendez-vous avec l'oncologue, elle devait se pincer : c'était bien elle dont il s'agissait.

VIII.

Elle avait pris sa décision juste avant l'aube. Il lui fallait un deuxième diagnostic. Aussitôt levée, elle téléphona à l'Institut Curie. On lui donna un rendez-vous avec une certaine docteur Gallieni. L'oncologue la recevrait dans l'après-midi.

C'était une femme de type méridional, large de hanches, les yeux soulignés d'un large trait d'eye-liner. Elle reçut Jeanne dans son bureau.

— Bonjour madame Tardy, j'ai vu que vous aviez déjà rencontré un confrère la semaine dernière…

Jeanne ne lui laissa pas le temps de terminer. Il fallait qu'elle sache la vérité, et le plus rapidement possible. Les mains bien posées sur ses genoux, elle articula avec précision :

— Vous avez accès à mon dossier médical ?

— Pas du tout, seul votre médecin l'a en sa possession, et vous-même bien entendu, si vous en formulez la demande.

La spécialiste resta en suspens. Quelque chose dans l'expression de Jeanne indiquait qu'elle n'était pas là pour cela. Elle avait sorti son téléphone de son sac à main. Elle ne mit pas à longtemps à trouver la photo de son scanner. Après l'avoir posé en évidence sur le bureau de l'oncologue, elle prit dans son sac une chemise rouge cartonnée. Une feuille blanche imprimée s'y trouvait. Quand elle eut terminé de lire, elle plongea son regard dans celui de son interlocutrice.

— Ganglions, métastases, tumeurs... c'est moi, ça. Jeanne Tardy.

L'oncologue balaya du regard son bureau, ses yeux clignaient à toute vitesse. Elle était troublée. Elle se rappela enfin la photo que Jeanne venait de lui montrer. Elle agrandit certaines zones. Des formes grises, d'autres blanches, irrégulières. Cela ressemblait à une aquarelle menaçante.

— Écoutez, comme a dû vous le dire le docteur Bertrand, vous avez un cancer des ovaires.

La voix de Jeanne fouetta l'atmosphère.

— Je m'en fiche de ce qu'a dit le docteur Bertrand. Il faut que vous me disiez la vérité. La VÉRITÉ, c'est encore une chose à laquelle j'ai droit, non ?

— Qu'est-ce que vous voulez savoir ?

— Est-ce que je vais guérir ?

Elle regretta aussitôt d'avoir posé la question. Mais c'était trop tard. Ne jamais poser de questions dont on ne veut pas entendre la réponse.

— En fonction des résultats de votre biopsie, le docteur Bertrand déterminera la chimiothérapie la plus efficace pour ralentir la maladie et faite en sorte que les tumeurs arrêtent de grossir. Nous n'en sommes qu'au début, vous savez.

Jeanne entrouvrit les lèvres. Un goût doux et acide lui remontait dans la bouche comme de la bile.

— Je suis allée sur Internet, j'ai vu les chiffres.

Le docteur Gallieni fit mine de composer un numéro sur son téléphone de bureau, puis se ravisa.

— Je peux voir votre pochette ?

Jeanne lui tendit.

— C'est vous qui avez tout écrit ?

Jeanne confirma avec impatience.

— J'ai besoin de savoir.

La spécialiste avait repris sa contenance. Elle s'adressa à Jeanne d'un ton plus assuré, comme si elle s'adressait à un confrère.

— Le problème, dans votre cas, c'est que la chirurgie pour réduire la tumeur n'est même pas envisageable. Celle-ci est trop diffuse…

— Et ?

La voix de Jeanne pressait la médecin, dont la réponse jaillit avec clarté.

— Je suis désolée, mais vous êtes à un stade très avancé. Les métastases se sont répandues un peu partout.

Jeanne avait compris. Il lui était impossible d'être opérée. L'oncologue reprit :

— Si on vous opère, on enlèvera un certain nombre de métastases, mais il suffit qu'une seule échappe au curetage pour que le cancer continue à proliférer ailleurs…

— Ça veut dire quoi en temps… je veux dire, il me reste combien de temps ?

— Tout va dépendre de la manière dont vous réagirez à la chimiothérapie. L'idée est de ralentir le plus possible la propagation dans votre corps et d'en tuer le plus possible… Je suis sincèrement désolée. Vous savez, on ne s'habitue jamais à dire cela aux patients… De nos jours, la chimio peut beaucoup. Si vous suivez à la lettre le protocole, sans en dévier, tout est possible.

Jeanne sortit du cabinet, ébranlée. Les chiffres tournaient dans sa tête. Six mois, douze mois, quatorze mois, c'était beaucoup et très court à la fois. Des maux de ventre, elle en avait toujours ressenti quand elle était angoissée. À chaque mauvaise nouvelle, chaque période de stress, la boule grise – c'est la couleur qu'elle lui avait attribuée – revenait.

La boule venait de virer au noir.

L'appartement, baigné par le soleil de février, dégageait une impression de calme serein. Elle marcha d'une pièce à l'autre, elle ne savait pas par quoi commencer. Instinctivement elle s'enroula dans la couverture de fausse fourrure, les jambes sur le canapé. Elle n'avait appelé personne. Ni sa mère, ni aucune de ses amies. Elle ne voulait pas de leur pitié. Des phrases toutes faites qu'elles prononceraient. Le résultat, c'est qu'elle était seule, perdue, abandonnée. Mais quelque chose l'empêchait de se livrer. Ce n'était pas quelque chose, réalisa-t-elle soudain. C'était Quentin. Pour le moment, avant qu'elle ne décide quoi que ce soit, elle devait être la seule à savoir.

Malade, incurable, elle ne faisait déjà plus partie de la société. Elle se mit à haïr ce corps qu'elle avait protégé, entretenu. Tout ça pour ça. Elle repensait à ces milliers d'heures à courir sur des tapis. Aux milliers de kilomètres avalés, à tous ces exercices ridicules, à sauter en chœur et en criant sur des musiques cacophoniques dans des salles de sport. Aux litres de crèmes, toutes plus chères les unes que les autres, dont elle avait enduit son corps pendant des heures, afin qu'il soit doux, agréable au toucher, parfumé. Oui, elle le haïssait, ce corps qui l'avait trahi, n'avait rien dit, avait fait son coup en douce en laissant entrer ses « assassins invisibles ». Aujourd'hui, ces assassins avaient colonisé son être en secret dans le plus grand silence

Elle essaya de se remémorer les dernières années. Quand cela avait-il commencé ? Quand la première métastase était-elle apparue ? Avait-elle agi seule ? Ou est-ce que cela avait été tout de suite un tir groupé ? Est-ce qu'il avait existé un moment, rien qu'un seul, il y a des années peut-être ou bien seulement quelques mois, où elle aurait pu faire dévier ce diagnostic ? Elle voulait des réponses. Était-ce pendant un voyage ? un tournage ? à l'annonce de son divorce il y a trois ans ?

« C'est ridicule », dit-elle soudain à haute voix, brisant le silence de l'appartement. Une partie d'elle-même flottait, comme si tout cela n'existait pas. Tout ça n'était pas réel. Un miracle allait arriver. Ce n'était pas possible autrement. En l'espace de quelques jours, elle était redevenue la petite fille qui voulait que tout se finisse bien. Les méchants devaient payer et les bons triompher. Elle oscillait comme un pendule. Son côté cartésien reprenait le dessus. Préparer un plan B, elle avait fait ça toute sa vie. Toujours une échappatoire. Elle se mit à rêver : elle pourrait partir ailleurs, revoir les endroits qu'elle avait aimés, sentir le soleil encore et encore. Elle avait toujours aimé le soleil et sa vue l'apaisait. Elle tenait cela de son père qui l'été l'emmenait regarder le soleil se lever très tôt le matin en haut des promontoires de sa forêt.

Son regard se posa sur la vanité accrochée au mur. C'était un tableau qu'elle avait repéré chez un antiquaire parisien. Datant du XVIe siècle, les vanités avaient été inventées par les peintres pour rappeler aux humains qu'ils n'effectuaient qu'un court passage sur la terre. Sur la peinture, le crâne était ceint d'une couronne de laurier et trônait aux côtés d'une corbeille de fruits, d'une bougie allumée, de livres et d'un sablier. Après l'avoir fait restaurer, Alexandre le lui avait offert quelques mois plus tard, pour ses trente ans. « Pas ultra gai ton tableau, c'est vraiment parce que je t'aime. » L'huile avait fini dans le bureau qu'elle s'était aménagé dans leur appartement. Quand, après leur divorce, elle s'était installée avec Quentin rue de Caumartin, elle l'avait accrochée dans le salon, en majesté. Elle adorait cette vanité. La précision avec laquelle le peintre avait saisi les ombres et les lumières, la profondeur des couleurs, le réalisme avec lequel la flamme de la bougie éclairait les coulures de cire et l'aspect ridé des pêches alanguies dans une vasque. Il lui sembla qu'elle la découvrait pour la première fois. Huit mois, peut-être douze si le traitement fonctionnait et si ses organes vitaux ne lâchaient pas avant, semblait lui murmurer le crâne ivoire qui la scrutait.

Jeanne téléphona tout de suite à son assistante. Un Covid très dur la clouait au lit depuis cette nuit, elle serait en arrêt toute la semaine.

— Je vous laisse gérer les dossiers en cours. Surtout, pas un mot à Fairchaud.

— C'est d'accord, reposez-vous bien.

Après avoir augmenté le chauffage, elle se fit couler un bain. L'eau brûla sa peau glacée. Elle resta immergée jusqu'à ce que la mousse s'étiole comme de l'écume sale. Dans le miroir de la salle de bains, son reflet était intact. Corps blanc de l'hiver, corps neutre. Un ventre à l'innocente rondeur. Mais dur comme la peau d'un tambour. Ses seins aux aréoles sombres tenaient dans une main, ronds et fermes tels deux fruits à peine mûrs. Un corps de femme, unique, banal. Avec ses cicatrices de chutes d'enfant, ses hématomes, ses restes de vernis rose sur les ongles de pied et son grain de beauté sur la hanche. Une géographie mensongère comme une vitre sans tain. Sous sa chair, un film d'épouvante. Cette enveloppe lisse n'aurait-elle pas dû se flétrir ? Noircir ? Dans le miroir, un mirage la narguait, qu'elle se mit à insulter : « Espèce de traître, je te hais, je te hais, je te HAIS ! »

L'absence de Quentin la soulageait. Elle avait besoin d'être seule. Seule face à elle-même. Digérer la nouvelle. Y penser. Comme si ses yeux s'étaient dessillés, elle lui faisait l'effet d'une grande lumière. Elle voyait quelque chose d'indicible : sa propre mort, son engloutissement à jamais. C'était la première fois qu'elle comprenait sa fin. Elle n'avait jamais envisagé sa propre disparition. Elle ne pouvait hurler contre personne. C'était sans doute le pire de la situation. Personne sur qui faire peser la responsabilité. Elle était seule. Comme des milliards de personnes face à la mort qui s'avançait sûrement et implacablement.

Elle ne pratiquait pas de sport dangereux, avait une hygiène presque parfaite, buvait très modérément, mangeait de même, alors pourquoi ? Elle n'avait pas de raisons valables, d'explications. C'était ce qui la rendait folle. Elle avait mené une vie sans excès. Pas de saut à l'élastique les week-ends, de ski acrobatique ou de parachute pendant les vacances. Toutes ces disciplines lui faisaient peur. Une peur qui ressemblait à un jugement : qui étaient ces hommes et ces femmes pour se permettre de tutoyer les nuages alors que la vie était si fragile ? Elle l'avait bien préservé, elle, ce quotidien dans la production audiovisuelle. Quinze ans de travail. Elle pensa au stress, les *deadlines*, les contrats toujours plus longs à rédiger, les journées de travail de douze heures. Le stress, cela paraissait bien maigre comme explication. Elle sortit du bain et revêtit un peignoir avant de s'installer à sa place préférée, sur le canapé face à la bibliothèque. Place stratégique par sa forme en L : elle pouvait survoler les rayonnages et regarder en même temps l'opéra Garnier briller dans la nuit qui tombait.

La bibliothèque, immense, couvrait l'un des murs du salon jusqu'au plafond. Les livres l'avaient toujours rassurée, protégée. La fiction représentait son patrimoine intime. Elle se leva et parcourut du doigt les rayonnages de chêne. C'était son père qui lui avait donné l'amour des livres et des reliures anciennes. Elle en aimait la forme, la texture et l'odeur. Pensive, son regard passait d'un rayonnage à un autre. Ses doigts effleuraient le dos des livres qu'elle avait aimés ou qu'elle aurait aimé relire tandis que les mots de l'oncologue continuaient de résonner dans sa tête, « huit mois, peut-être douze… ».

IX.

Pendant plusieurs jours, elle flotta dans les limbes d'un quotidien dont elle n'avait plus la clé. Pour la première fois elle ne contrôlait plus rien, n'était plus maîtresse de son destin. Elle se sentait dans un état étrange. Un sentiment de liberté totale, complète, inextinguible. La nouvelle l'affranchissait des contingences du quotidien, du carcan de la vie en société. Quels que soient ses actes, elle mourrait de toute façon. Le petit soldat en elle était soulagé. La guerre était terminée, fini de se battre. Elle avait honte de cette pensée morbide et fataliste. Ce n'était pas ainsi que son père l'avait éduquée. « La joie de l'âme est dans l'action », disait-il en s'enfonçant à l'aube dans la forêt. Le cadre à la fois paisible et mouvant de Chêne-de-Cœur s'afficha soudain dans son cerveau. Pourquoi n'y avait-elle jamais emmené Quentin ?

Dans son corps, rien ne semblait avoir changé. « Ses assassins », comme elle les avait définitivement nommés, semblaient endormis. Pour combien de temps ? Elle craignait la perte de ses cheveux et de ses ongles, l'affaissement. Cela faisait maintenant soixante-douze heures qu'elle n'était pas sortie. Elle n'avait partagé la nouvelle avec personne. C'était sans doute le pire. Dire quoi ? *Bonjour, je t'appelais pour te prévenir que c'est mon dernier coup de téléphone car je vais bientôt mourir !*

Son cerveau était devenu un ordinateur, faisant ressurgir les bons et les mauvais souvenirs. Tout devait apparaître et s'étaler au grand jour, un peu comme on règle une addition avant de quitter un restaurant. Elle classait, triait. Elle savait que cela n'avait pas de sens mais elle n'arrêtait pas. Elle se leva soudain, elle avait besoin de bouger. Elle ne put s'empêcher d'émettre un petit sourire en s'observant agir avec sa nervosité habituelle. La nouvelle n'avait encore rien changé de son impatience naturelle. Remettre un cadre bien droit, rendre aux coussins du canapé leur moelleux en tapant dessus, étirer son dos en levant les bras face au dôme de l'opéra Garnier. En se dirigeant vers la cuisine pour boire un verre d'eau, son regard tomba sur le dossier que lui avait remis l'infirmière d'annonce, dans lequel elle avait rajouté ses notes. « Commencez le plus tôt possible votre traitement », avait-elle dit. Jeanne saisit les ordonnances sécurisées et les glissa dans son sac à main.

Deux heures plus tard, elle se présentait au guichet de la pharmacie de l'Institut Curie, où une préparatrice lui donna son traitement pour trois mois : six comprimés de chimiothérapie par jour, une semaine par mois. Pour la morphine, elle verrait en fonction de la douleur.

Celle-ci serait *déchirante, diffuse, erratique, exquise, fulgurante, irradiante, pulsatile, sourde, térébrante, vive.* Dix nuances de malheur, que l'hôpital avait officiellement répertoriées. En lui tendant son sachet blanc, la femme lui souhaita bonne chance. « On croise les doigts, madame Tardy, » dit-elle avec une sollicitude qui fit pleurer Jeanne.

Dans le métro, une idée germa dans sa tête. De retour chez elle, elle consulta sur Internet la liste des plus grands professeurs spécialisés dans le cancer des ovaires, puis prit son téléphone. Elle avait jeté son dévolu sur un certain docteur Christophe Boer, un sexagénaire à chevelure blanche et lunettes à monture rouge qui semblait passer le plus clair de son temps sur les plateaux de télévision. C'était parfait, il ne serait pas surpris de sa requête.

Elle fit un effort surhumain pour adopter le ton de voix à la fois chaleureux et professionnel qu'elle employait sans y penser au travail. *Sourire au téléphone.* Elle s'y efforça, il fallait qu'elle soit convaincante.

— Professeur Boer ? Je me permets de vous contacter de la part de WarmUp Productions. Nous produisons notamment l'émission quotidienne « Le Choc du jour ».

La voix du professeur retentit avec un temps de latence. Légèrement rogue. Jeanne eut soudain très chaud.

— En quoi puis-je vous aider ?

— Nous préparons une émission spéciale sur les cancers féminins, et aimerions beaucoup vous inviter sur le plateau…

Cette fois, la voix masculine se fit plus douce. Jeanne ne put s'empêcher d'en éprouver du dégoût.

— Avec grand plaisir, chère madame. Vous avez des questions en particulier ?

Jeanne sentit son cœur sur le point d'exploser. C'était maintenant. Après s'être éclairci la gorge, elle se lança :

— Nous nous intéressons tout particulièrement à l'espérance de vie de toutes ces femmes touchées par la maladie. Notamment celles qui ont un cancer des ovaires…

— Mais dites-moi, chère madame, est-ce bien ce dont vous voulez parler dans votre émission ? Il y a d'autres sujets moins désespérants qui peuvent intéresser vos téléspectatrices. Je pense par exemple au lancement de la nouvelle chambre implantable…

Elle le coupa. Une épée glacée lui traversait le corps. Il fallait qu'elle reste calme.

— Merci mais c'est vraiment la thématique du temps, c'est elle qui a été retenue.

De l'autre côté de la ligne, un rire désabusé. Le spécialiste répondit enfin :

— Bien, alors en toute honnêteté, le cancer des ovaires est une vraie saloperie. Indétectable, c'est souvent trop tard quand il est diagnostiqué chez la patiente, souvent à l'occasion d'un examen de routine.

Jeanne avait cessé de sourire. Elle s'en fichait. Il fallait qu'elle sache précisément.

— En général, la patiente atteinte en a pour combien de temps ?

— Je connais des femmes qui sont parties en six mois, d'autres en douze. Rarement au-delà. Mais dites-moi, l'émission sera en direct ?

Elle avait déjà raccroché, sous le choc.

Le matin du troisième jour, ses téléphones se remirent à sonner et les messages à s'accumuler. La numéro trois de la boîte et patronne du service juridique ne pouvait pas tomber malade. Jeanne avait tout délégué à Sonia, prétextant des complications dues au Covid. Elle répondit aux messages vocaux par SMS qu'elle dicta et par mails. Elle craignait que sa voix ne la trahisse et que l'on comprenne que quelque chose d'anormal était en train de se passer.

Il fallait qu'elle sorte. Lorsque la porte cochère se referma sur elle, elle eut un réflexe de recul. Comme si elle se rendait soudain compte de sa fragilité. Et si elle tombait dans la rue ?

Sans réfléchir, elle se dirigea vers la Seine. Le chocolat chaud du quai Voltaire des dimanches d'hiver était un rituel familial. Celui d'une existence de magazine. C'est Alexandre qui lui avait fait découvrir ce salon de thé niché dans une chapelle datant du Moyen Âge. Après son divorce, Jeanne avait continué de s'y rendre avec Quentin. Ces moments précieux, elle les chérissait. Elle n'y était pas retournée depuis des années. Elle poussa la lourde porte du café. Rien n'avait changé. Ni les tables recouvertes de nappes blanches, ni la musique qui jouait en sourdine. Un groupe de touristes sirotait un verre de vin chaud au fond de la salle. Ils lui lancèrent un sourire amical. Jeanne s'installa près de la vitrine. Son chocolat arriva quelques instants plus tard. Jeanne se mit à remuer sa cuillère machinalement dans sa tasse tout en s'imprégnant de la vue sur le pont du Carrousel. Elle ne but qu'une gorgée. Avait-elle rêvé l'onctuosité du chocolat ? Le liquide qu'elle venait d'absorber dégageait une saveur laiteuse et infecte. Jeanne s'essuya la bouche. Elle se pencha de nouveau. L'odeur de chocolat s'était volatilisée, remplacée par le citron du liquide avec lequel la serveuse aspergeait les tables pour les nettoyer. Elle ne commencerait son traitement qu'une fois la ponction d'ascite effectuée mais son cancer était déjà en train de gâcher ses derniers menus plaisirs. Après avoir demandé un verre d'eau pour avaler un comprimé contre la nausée, elle paya. Quelques minutes plus tard, elle était dehors.

Elle aurait voulu graver dans sa mémoire les souvenirs qu'elle avait vécus dans Paris. Les emporter avec elle. Elle se souvenait très précisément de la joie qu'elle avait ressentie à vingt ans, la première fois qu'elle avait arpenté le macadam de ces beaux quartiers : le quai de la Tournelle, l'île de la Cité, le Luxembourg, Montparnasse. Les façades anciennes, les ruelles pavées, la Seine aux reflets gris, les cafés où elle aimait aller. Il fallait qu'elle voie tout, comme si c'était la dernière fois. Elle courait, haletait, ne savait plus où donner de la tête.

Pendant trois jours, elle arpenta la ville. Le matin du troisième jour, elle tomba sur la gigantesque toile qui recouvrait les échafaudages du musée d'Orsay, fermé depuis quelques semaines. Ses pieds fatigués refusèrent soudain d'aller plus loin. La réouverture de l'établissement, après des travaux de grande ampleur, était prévue pour 2027. Tandis que Jeanne déchiffrait cette date inscrite en énorme qu'elle ne vivrait jamais, les bruits de la ville se transformèrent en un unique bourdonnement. Des milliers d'insectes dans ses oreilles. Un passant, qui la vit chanceler, la saisit par le bras d'une main vigoureuse. Elle ferma les yeux pour ne plus se concentrer que sur cette chaleur inconnue, se retint ensuite d'étreindre l'homme qui déjà s'en allait. Le musée d'Orsay. Elle n'y était pas retournée depuis cinq ans. C'était le premier musée qu'elle avait visité en arrivant à Paris. Elle s'était promis d'y emmener Quentin. Elle ne l'avait pas fait.

« Réouverture le 15 septembre », « Inauguration le 25 mai », « En réfection jusqu'à septembre 2026 ». Le futur l'agressait. Affichées en énorme, les dates semblaient la narguer, comme un juge. *Je ne serai pas là. Je ne serai plus là.* Elle n'y avait pas fait attention au début mais, depuis soixante-douze heures, elle ne voyait plus que cela.

La mort à trente-sept ans. Un immense sentiment d'injustice l'envahit. On ne mourait pas à trente-sept ans.

On vivait, on s'amusait, on profitait de la vie, on avait des enfants. On construisait une carrière. Cela ne pouvait pas se passer ainsi. Elle pensa à Quentin. Quand elle ne serait plus là, il resterait seul avec son père. Cette idée lui tordit le ventre. Il serait sans défense face à la laideur du monde, face à sa violence. Elle n'avait pas eu le temps de lui transmettre quoi que ce soit de beau, de grand, de bon. Elle se corrigea : c'était faux, elle n'avait pas PRIS le temps de le faire.

Elle descendit sur les berges, le visage de son fils dans sa tête. Rien que l'idée de lui avouer son cancer lui soulevait l'estomac. Et puis il y avait les autres. Ses amis. Alexandre. Tandis qu'elle accélérait en direction du pont de la Concorde, Jeanne réfléchissait à toute vitesse. La réalité venait de s'imposer : elle ne verrait pas son fils grandir, elle ne saurait rien de son avenir. Qu'allait-il devenir ? Quelles études ferait-il ? Pour quel métier ? La perspective du procès lui revint brusquement en mémoire. Celui-ci arriverait *rapidement*, avait dit le commissaire. Jeanne secoua la tête. Cette pensée l'exaspéra et lui insuffla de la hargne, une colère froide venue de loin.

On va se battre : les mots du docteur Bertrand, ceux du docteur Gallieni. La même phrase, assenée avec la même conviction. Se battre. Ce ne serait pas suffisant. Jeanne le savait au fond de ses tripes. Mais elle devait quand même essayer de mettre en place un plan pour cette bataille. Un programme précis, qu'elle suivrait à la lettre. Il fallait qu'elle s'organise pour Quentin. Elle n'avait aucune idée de la manière dont elle devrait s'y prendre, mais c'était sa seule certitude.

Il y avait tant de choses qu'elle ne pourrait pas transmettre à Quentin, tout ce qu'elle avait prévu de lui expliquer au fur et à mesure des années. Tout ce que le cancer était déjà en train de lui ôter. Jeanne se sentit submergée par l'émotion. Qu'allait-elle lui léguer dont il serait fier ? Dont elle serait fière ? Ce dont il pourrait dire « c'était ma mère », « cela vient de ma mère », « je tiens cela de ma mère ». Alors qu'elle passait devant l'Olympia, Jeanne entrevit l'immense gouffre qui venait de s'ouvrir sous ses pieds.

Qui était-elle vraiment ? Une avocate, une entrepreneure, une travailleuse. Les vingt dernières années de sa vie avaient tendu vers un seul but : réussir. Devenir quelqu'un dans sa profession. Un patronyme reconnu. Elle n'avait jamais cessé d'œuvrer dans ce sens. Si Alexandre avait donné l'impulsion, elle avait suivi sans se forcer, heureuse de cette rencontre providentielle qui avait donné corps à ses ambitions. Aux premières heures de la création de WarmUp, quand Alexandre avait lancé l'idée de surfer sur cette vague de télévision du réel qui ne cessait de grossir, elle avait été d'accord. Si elle avait parfois trouvé qu'Alexandre exagérait, elle n'avait jamais songé à partir. Sauter dans l'inconnu. En arrivant à Paris, elle s'était construite à ses côtés. D'une certaine manière, il l'avait façonnée. Et puis elle était devenue dépendante de ce quotidien et du confort qui allait avec. Elle maîtrisait son sujet, des gens qui passaient à la télé demandaient de ses nouvelles, l'argent s'accumulait. Le temps était passé sans qu'elle se rende compte que ce qui la constituait désormais, son CV, sa personnalité, c'était du vide. Elle n'avait rien bâti, rien guéri, rien créé, rien enseigné. C'était trop tard. Le passé était le passé, l'avenir n'existait plus. La seule chose tangible qui lui restait, c'était Quentin.

La veille, elle avait vidé dans un tiroir de son semainier le contenu de son sac à main luxueux : de la paperasse, ses clefs, son gros portefeuille, sa trousse de maquillage, des échantillons de parfum. Elle n'avait gardé qu'un peu d'argent et son trousseau, qu'elle avait glissé dans un petit sac à dos de toile léger, avec deux boîtes de paracétamol et d'antiémétiques.

Son ordinateur portable était posé sur la table basse du salon. Elle passa devant en observant ce qui, en quelques jours, était devenu un objet du passé. Un intrus. La présence de ce rectangle plat condensant la meilleure technologie informatique lui sembla presque comique. Elle avait été son esclave. La musique emphatique d'allumage, les cliquetis métalliques des touches, les mails rédigés puis envoyés avec un bruit de foudre donnant une impression de plénitude. Le soir venu, les séries visionnées pendant des heures, le ballet sans fin des recherches disparates et des fenêtres que l'on ouvre et que l'on referme sans autre certitude que celle qu'il faudra recommencer dans quelques heures. Enfin le bruit plat du clapet que l'on rabat. L'illusion d'une journée bien remplie.

Près du balcon, Jeanne avait entreposé quelques pots en céramique qu'elle avait achetés des semaines plus tôt dans une brocante. Les motifs d'azulejos, jaunes, verts et bleus, l'avaient séduite. La semaine suivante, elle était allée chez Leroy-Merlin pour se procurer un sac de terreau, une paire de gants en caoutchouc, une petite truelle et plusieurs sachets de semis de tomates, de menthe et de basilic. Le tout était depuis entreposé dans un coin du salon, dans l'attente du printemps. Si elle avait la main verte, elle planterait un potager dans la petite maison qu'elle venait d'acheter dans le Luberon. La vision des paquets remplis de graines la submergea.

Son téléphone portable se mit à sonner. Elle répondit sans réfléchir

— Oui, allô ?

C'était justement le maître d'œuvre. Jeanne avait signé le compromis de vente avant les vacances de Noël. Dès janvier, elle avait engagé une entreprise locale. La maison était une fermette qu'elle n'avait pas payée très cher, mais qu'elle ne pourrait pas occuper avant des mois de travaux. C'est là-bas qu'elle avait prévu de fêter l'anniversaire de Quentin avec des amis, le premier week-end de septembre. Dans un peu plus de six mois.

— Bonjour madame, c'est monsieur Gaume, j'ai une bonne nouvelle, on devrait avoir fini pour juillet…

L'homme parlait d'un ton de voix assuré, goûtant chaque mot avec une sorte de familiarité confortable, comme s'il parlait de sa propre maison. Sa maison à elle. Dont elle ne verrait sans doute jamais la fin. Maintenant, elle l'écoutait comme s'il s'exprimait dans une langue étrangère. L'homme, comme l'objet de son appel, faisait désormais partie d'une autre galaxie.

— Dans la salle de bains principale, on a finalement posé votre baignoire en face du lavabo. Je sais bien que vous vouliez qu'on l'installe le long de la fenêtre, mais c'est trop risqué au niveau du plancher, le bois est fragile à cet endroit, on ne voudrait pas que vous atterrissiez dans le salon.

Il était hilare.

— Je vous fais confiance…

Elle avait murmuré si bas que l'homme s'inquiéta :

— Tout va bien, madame Tardy ?

Elle le rassura d'une voix étranglée, puis raccrocha. Fallait-il stopper les travaux ? Elle devait encore de l'argent aux différents corps de métier. Devait-elle les payer maintenant ? Pouvait-elle encore attendre ?

Le rire débuta par un spasme. Une sorte de hoquet qui secoua sa cage thoracique avant de remonter dans sa gorge. Et tandis qu'elle recouvrait son visage de ses mains, sa bouche émettait de courtes saccades qui ressemblaient aux aboiements d'un chien.

Un livreur Chronopost a tenté de vous joindre. Son téléphone se remit à sonner. Jeanne répondit aussitôt. Le livreur était en bas de l'immeuble, il demandait la permission de faire monter le colis par l'ascenseur. Est-ce que Jeanne pouvait le réceptionner ? C'était un énorme paquet scotché de toutes parts. Elle accepta et attendit. Elle eut du mal à le faire glisser dans l'entrée.

La mémoire de cet achat ne lui revint qu'après avoir éventré le carton d'un coup de cutter. Les couleurs lui sautèrent aux yeux. Orange foncé, rouge clair, jaune, carmin. Il y avait aussi de l'indigo et du vert anis. Au moins une dizaine de petits coussins soyeux et trois tapis roulés très fins. Une odeur de lavande s'échappait d'un petit sachet de tulle rempli de ces fleurs violettes qu'une main délicate avait glissé entre les étoffes. Elle les avait achetés dans une boutique de décoration quelques mois auparavant.

Le magasin ne livrait pas en province, Jeanne avait donné son adresse parisienne. Elle se débrouillerait pour la suite, s'était-elle dit. Elle ferait un aller-retour au printemps, dans cette maison *où elle n'irait jamais...* Elle déroula sur le sol les tapis décorés d'arabesques aux mêmes teintes que les coussins. Ce chatoiement de couleurs, la lavande qui lui piquait le nez... c'était risible. Soudain, la vision très précise qu'elle avait eue en faisant ses achats – des amis installés sur les tapis étalés sur la terrasse de la fermette – lui sembla obscène.

À la naissance de Quentin, Jeanne avait fait un rapide montage avec une photo du visage rond de son fils et une de son propre père à l'âge de quatre ans, en culotte courte et petits souliers de cuir. C'était un des rares portraits qu'elle avait de lui. La première fois qu'elle avait posé les yeux sur son enfant, elle avait revu la figure volontaire de ce grand-père qu'il ne connaîtrait jamais. Avec le temps, les traits de Quentin s'étaient affinés ; il ne restait plus grand-chose de son ancêtre, hormis peut-être une arête du nez un peu forte. C'était sans doute l'héritage d'Alexandre.

Un autre portrait de son père, trente ans plus tard, le montrait vêtu d'un pantalon vert et d'un pull beige comme l'exigeait son métier. Jeanne s'empara du cadre. Tardy fixait l'objectif avec un air de défi. Debout, droit comme un i, il semblait aussi solide que le chêne devant lequel il posait. Cela faisait longtemps qu'elle ne faisait plus attention à cette photo qui s'était toujours trouvée sur la table basse. Mais à cet instant précis, quelque chose se fractura dans son cœur. Elle écarquilla les yeux pour n'omettre aucun détail, regrettant de ne pas disposer d'une loupe. D'abord flous, puis de plus en plus précis, les souvenirs liés à cette journée particulière lui revinrent en mémoire : un après-midi, alors qu'elle jouait dans le jardin de la maison de ses parents, elle avait disparu. C'était son père qui l'avait retrouvée quelques heures plus tard dans la forêt, endormie sur la mousse, son panier rempli de bogues de marrons posé à côté d'elle.

Qu'est-ce qu'il lui avait légué, lui ? L'amour de la forêt. La connaissance des plantes. Savoir piéger. Elle sourit, amère : est-ce que cela lui avait servi ? Il lui avait tout appris sur les arbres, un héritage qu'elle avait refusé, enfoui, enterré. *Chêne-de-Cœur.* Elle prononça le nom de la forêt où elle avait grandi. Il résonna en elle de manière étrange et maladroite. Elle avait renié ce nom pendant tant d'années. Elle lui en avait tant voulu, à cette forêt qui lui avait volé son père. Dès qu'elle avait pu elle était partie, troquant ses bottes en caoutchouc pour la robe d'avocat.

En face du canapé, le crâne de la vanité continuait de l'observer. Mais aujourd'hui, la peinture lui semblait emplir tout l'espace de la pièce. Le temps était devenu la seule valeur qui comptait. Plus que l'argent, l'amour, les biens matériels. Juste le temps qui passait, qui fuyait. Implacablement, irremplaçable. Elle ne découvrait que maintenant qu'il était le seul maître de tout. Elle s'insulta en silence devant son aveuglement. Elle voulait du temps, plus de temps. Le visage de Quentin ne la quittait plus. Après six jours de solitude, elle réalisait que ce n'était plus elle qui importait.

L'achat de la maison dans le Luberon et les travaux avaient entamé ses économies, mais elle possédait encore assez d'argent sur son compte pour vivre plusieurs mois sans travailler. Elle pensa à tous les paysages qu'elle aurait voulu voir. C'était encore possible. Elle se souvint que des années auparavant, Air France avait commercialisé des billets d'avion uniques pour faire le tour du monde. Pour quatre mille euros, il était possible d'effectuer ce voyage inoubliable. Si elle prenait deux billets, il leur resterait suffisamment d'argent pour se loger et se nourrir.

X.

Fairchaud. Cela faisait plusieurs fois qu'il essayait de la joindre. À peine la dernière sonnerie de son portable évanouie, celle de son fixe se mit à résonner dans tout l'appartement. Le répondeur s'enclencha.

— Hé ho ! Jeanne Tardy ? Tu sais qu'on est en 2025 ? Ça serait pas mal que tu te serves de ton iPhone, je n'arrive même pas à croire que je suis en train de laisser un message sur une ligne fixe. Sérieusement, va falloir que t'arrêtes avec tes lubies…

La voix d'Alexandre, légèrement nasillarde. Pas un mot plus haut que l'autre. Un soupçon d'ironie. Dégageant une forme d'assurance qui l'avait séduite.

— … ton fils a essayé de te joindre, visiblement tu ne lui réponds pas non plus… quand j'étais à Londres il est resté coincé dehors alors tes leçons de vie sur…

Même pour l'engueuler, il ne haussait pas le ton. Elle l'imaginait lui parler tout en lisant ses mails ou en agitant un pouce vainqueur en direction d'un collègue ou d'un invité assis en face de lui. Il n'en avait rien à foutre d'elle. La voix continuait, presque nonchalante, un ronronnement qu'elle aurait pu couper mais qu'elle ne pouvait s'empêcher d'écouter.

— … une dernière chose, j'espère que t'es rétablie de ton Covid et que tu télétravailles, le secrétariat de l'Arcom[1] va t'appeler, visiblement il y a encore un truc qui ne va pas avec la dernière émission. Tchuss.

L'obscurité enveloppait tous les meubles et les objets du salon. L'espace était méconnaissable, presque hostile. Dehors, le halo des lampadaires renforçait cette impression d'étrangeté. Il lui sembla entendre du bruit, un mouvement inhabituel. Cela venait de dehors. Jeanne sortit sur le balcon. Dans l'appartement d'en face, une fête venait de débuter. Elle entendait des éclats de rire briser à intermittences régulières le brouhaha des conversations. Quelqu'un mit un peu de musique, et les convives commencèrent à danser. Sur le balcon, un couple emmitouflé dans un plaid se partageait une cigarette. Jeanne se demanda ce que ça ferait si elle franchissait la rambarde. Ils seraient *traumatisés. Choqués.* La scène les *perturberait* durablement. Mais ils seraient toujours vivants. À boire du vin en milieu de semaine en écoutant des tubes des années quatre-vingt. Il lui sembla que quelqu'un lui faisait signe. Jeanne referma la fenêtre et tira les rideaux.

---

1. L'Arcom est l'Autorité de régulation de la communication audiovisuelle et numérique.

Après qu'elle eut allumé une lampe, son salon reprit son aspect chaleureux. Elle se repassa le fil de sa journée. Elle avait changé les draps de Quentin et les siens, passé l'aspirateur, fait des machines et récuré la salle de bains. Un ménage de printemps qui l'avait à la fois épuisée et soulagée, comme si c'était son corps qu'elle venait de nettoyer. Elle n'était sortie que pour acheter des plats cuisinés chez Picard, des capsules de café et de la vitamine C à la pharmacie.

Avant, elle adorait ces heures situées entre la fin du dîner et l'heure d'aller se coucher. Elle s'enfonçait dans son canapé pour lire ou regarder un film. Puis elle rouvrait son ordinateur pour vérifier qu'elle était à jour dans ses dossiers – elle l'était la plupart du temps, mais le constater une dernière fois lui donnait un sentiment de maîtrise dont elle était devenue dépendante –, organiser les semaines à venir, entre les « dîners WarmUp » et les sorties entre amis. S'assurer que tout était bien sous contrôle. Il ne restait à Quentin que la portion congrue. Les devoirs, le programme du week-end, les visites à son père. Organiser le quotidien exigeait tant d'elle. Cela lui prenait toute son énergie. À tel point qu'elle se demandait parfois si elle rencontrerait un jour un autre homme. Peut-être que fantasmer une rencontre était suffisant. Un de ces hasards calibrés de série télévisée.

Elle aimait les déjeuners de travail, les cocktails dans des lieux de prestige privatisés par les chaînes de télévision ou les boîtes de production avec lesquelles WarmUp collaborait. Les tenues de soirée des convives lui faisaient oublier que cette économie ne reposait que sur du vide. Parfois, une de ces créatures aux formes aérodynamiques créées par Alexandre ou l'un de ses pairs y était invitée. Elle était saluée, encensée, remerciée. Puis très vite observée, jaugée, moquée. Peu à peu, les groupes se détachaient. Il fallait parler business plan sur cinq ans, résultats d'audience et optimisation de la grille. Du chinois pour ces bêtes de foire grâce auxquelles pourtant l'argent tombait. Il y avait d'un côté les démiurges, de l'autre les esclaves. Jeanne avait vite compris qu'il ne fallait pas se tromper de camp. C'était une question d'instinct de survie. Une pulsion essentielle, dont semblaient être dépourvues ces stars préfabriquées. Peut-être que finalement, son père avait réussi à lui transmettre cette qualité essentielle.

C'est au cours de l'une de ces soirées que Jeanne avait deviné que son couple était menacé. Avant cela, Alexandre l'avait déjà trompée. Elle n'avait jamais su combien de femmes, ni quand. Comment, elle s'en doutait. Le principe même du tournage, des journées entières passées loin de chez soi, dans la promiscuité de corps affriolants, offrait un cadre idéal. Elle avait fermé les yeux. Cela lui passerait forcément. Elle avait eu la naïveté de croire que leurs deux bébés, Quentin et WarmUp, les protégeaient d'une rencontre plus signifiante. Et puis Naomie, vingt-trois ans, était arrivée. Elle avait passé la nuit à papillonner autour d'Alexandre, trouvant mille prétextes – coup de fil urgent, dossier à signer, invité à saluer – pour l'isoler. La banalité de ce drame n'avait pas empêché d'abîmer sa vie de conte de fées. Un enfant, un grand appartement, de l'argent et un mari sur le petit écran. Le tableau était trop lisse, il fallait qu'il le souille. Au lieu d'en parler, Jeanne se referma peu à peu. Mais contrairement à lui, elle n'était pas prête à tout. Et surtout pas à fermer les yeux au nom de leur réussite. Elle le quitta. Quand le divorce fut prononcé, elle ressentit un vertige. Alexandre Fairchaud : le père de son enfant, sa haute stature, son torse large et son regard affûté. Même sa vulgarité allait laisser un vide.

Son père lui disait : « Ne fais jamais quelque chose dont tu ne serais pas fière », mais il était mort depuis longtemps et elle avait fait exactement le contraire. Quoique. Monter une société de production, imaginer des projets, « être dans la boîte » comme disait Alexandre, elle en avait été fière. C'est juste que maintenant, elle réalisait à quel point ce n'était pas ça qui comptait. L'angoisse revint. Qu'allait-elle laisser à Quentin ? Quelle était son histoire à elle ? Son narratif ? Ces questions ne la lâchaient pas. Le jour de son enterrement, quel discours serait lu à voix basse ? *Après des études de droit, Jeanne s'est lancée dans la production d'émissions de téléréalité.* C'était grotesque. À moins que par pudeur, on n'évoque plutôt son goût pour le sport et son seul fait d'armes : avoir couru le marathon de New York. Même en pervertissant la vérité, en étirant les faits, en « wikipédiant » sa vie comme c'était la norme pour les invités du « Choc du jour », rien de beau ne ressortait. Elle était mère. C'était sa seule prouesse. Un exploit partagé par la moitié de l'humanité. Pour le reste, son quotidien avait consisté à défendre des influenceuses refaites de la tête aux pieds et imbues de leur petite personne. À conseiller des gigolos décérébrés uniquement intéressés par l'argent et la célébrité.

Plus tard, Quentin dirait : *C'est ma mère qui a créé ces émissions.* Quentin : un enfant, presque un adolescent, surpris en train de filmer un homme qui se vidait de son sang. Elle se mit à pleurer tout en s'insultant. *Espèce de conne, tu croyais quoi, que t'allais t'en sortir ? C'est toi qui as accepté cela, tu l'as choisi… Les lumières, les paillettes, les restaurants étoilés et les vacances sous les Tropiques… c'était ça que tu voulais. Et ton fils va en payer le prix…*

Elle ne lui laissait que du matériel, un appartement dans le 9e arrondissement, une maisonnette dans le Luberon. Des meubles, des objets, quelques livres. Elle avait travaillé près de quinze ans pour de l'écume. Jeanne était sidérée.

Pour le musée d'Orsay, c'était trop tard. Mais il y avait le Louvre, le British Museum, le Metropolitan à New York, le musée Calouste-Gulbenkian à Lisbonne. Et puis Séville, la Grande Muraille de Chine, l'Atlas ou le Kilimandjaro. Les plages du Sud en hiver et la forêt en automne. Elle aurait pu continuer d'égrener ce chapelet de lieux où le beau était. La beauté était partout. Immanente, éternelle. Que lui en avait-elle montré ?

Il était déjà minuit. En face, la fête était en train de se terminer. Une soirée de quarantenaires avec jeunes enfants, probablement.

Elle se glissa dans son lit. Dans ses rayonnages, elle avait pris une vieille édition de *Salammbô* de Flaubert, qu'elle avait déjà lue et annotée par le passé. Alors qu'elle ouvrait le volume, quelque chose s'en échappa. C'était une petite feuille de chêne craquelée. Émue, Jeanne caressa la matière friable et rugueuse sous ses doigts. Elle la porta à ses narines, inhala l'imperceptible odeur de poussière. Cette feuille devait se trouver là depuis plus de vingt ans. Elle n'avait aucun souvenir de l'avoir glissée elle-même dans ce livre qu'elle n'avait pas rouvert depuis des années. Ce devait un geste de son père. Elle en eut le tournis. Oui, c'était bien son genre. Sans doute cette feuille venait-elle du chêne planté devant leur maison. En pensant à cet arbre majestueux qui avait abrité ses jeux d'enfant, son cœur se serra. Et Quentin ? Pourquoi ne l'avait-elle pas emmené construire une cabane sous ses branches protectrices ? La réponse, elle la connaissait : son ambition l'avait bouffée, au point d'en oublier l'essentiel, son propre fils.

Elle ouvrit la page de garde. La main de son père y avait accolé son ex-libris au tampon encreur. Un arbre avec racines surmonté d'un soleil. En dessous, deux mots *: Soleil Invaincu.* La devise de son père. *Sol Invictus.* La religion de l'ancienne Rome, celle des cohortes légionnaires qui faisaient appel aux puissances issues des entrailles de la Terre et aux rayons bienfaiteurs de l'astre solaire. Ce mantra, c'était la force, le contraire de la soumission. Par réflexe, elle banda ses muscles comme une guerrière.

Un passage souligné attira son œil. Il s'agissait d'un dialogue entre un père et un maître d'école. Le sujet était l'éducation du futur Hannibal, le fils d'Hamilcar Barca, chef de guerre carthaginois et maître de Carthage. Pour la sécurité de son fils, Hamilcar avait décidé de faire former ce dernier par Iddibal, un précepteur grec. Son apprentissage se déroulerait dans la forêt, loin de la ville, à l'abri des regards et de la corruption qui régnait dans Carthage.

Le vieillard lui jura par les Kabyres que le mystère était gardé. Ils ne quittaient pas leur cabane à trois jours d'Hadrumète, rivage peuplé de tortues, avec des palmiers sur la dune. « Et selon ton ordre, ô Maître ! je lui apprends à lancer des javelots et à conduire des attelages ! »

— Il est fort, n'est-ce pas ?

— Oui, Maître, et intrépide aussi ! Il n'a peur ni des serpents, ni du tonnerre, ni des fantômes. Il court pieds nus, comme un pâtre, sur le bord des précipices.

— Parle ! Parle !

— Il invente des pièges pour les bêtes farouches. L'autre lune, croirais-tu, il a surpris un aigle ; il le traînait, et le sang de l'oiseau et le sang de l'enfant s'éparpillaient dans l'air en larges gouttes, telles que des roses emportées. La bête, furieuse, l'enveloppait du battement de ses ailes ;

il l'étreignait contre sa poitrine, et à mesure qu'elle agonisait ses rires redoublaient, éclatants et superbes comme des chocs d'épées.[1]

1. Gustave Flaubert, *Salammbô*, chapitre Hamilcar Barca, Folio 4205, p. 191-192.

XI.

Il court pieds nus, comme un pâtre, sur le bord des précipices. C'est sur cette dernière phrase que Jeanne s'était endormie.

Tout en s'habillant, elle repensa à son père, puis l'image d'un adolescent, la peau bronzée, une chemise à carreaux largement ouverte sur le torse, s'imposa à elle. Mathias. Mathias Tabareau. Qu'était-il devenu ? La dernière fois qu'elle l'avait vu, c'était aux funérailles de son père, il y a vingt ans. Ils s'étaient à peine parlés. Les souvenirs qu'elle avait avec lui étaient plus anciens. Elle se vit à sa droite, lui au volant de la vieille jeep américaine de son père, filant à toute vitesse entre les arbres, traversant des ruisseaux, le cœur battant. Ils étaient heureux. Entre eux, il ne s'était jamais rien passé. Lui appartenait à la forêt. Elle, il le savait déjà, serait bientôt partie loin, très loin de ces terres austères et noires, de ces paysages déserts. Jeanne avait ressenti tôt le manque violent, presque physique, d'une vie plus vivante, plus brillante : celui d'une grande ville. Mathias n'avait pas été surpris par son départ.

De nombreux mails étaient arrivés pendant la nuit. Elle balaya rapidement leur contenu. Fairchaud lui rappelait de ne pas louper l'appel de la secrétaire du patron de l'Arcom : « Il ne faut pas que ce qu'ils nous reprochent mette en danger le dossier pour l'attribution de la fréquence. » Sonia demandait de ses nouvelles et voulait savoir quand elle serait de retour au bureau. Puis Jeanne ralluma son téléphone ; quelques amies avaient cherché à la joindre. Une proposition de déjeuner, un samedi à la piscine, un apéritif pour le soir même.

Elle dormit tout l'après-midi. Alexandre lui laissa un nouveau message sur son fixe : « Je te rappelle que t'es censée travailler en présentiel, ça fait plus d'une semaine, là. » Après lui avoir confirmé par mail qu'elle avait bien fini de boucler le dossier pour l'attribution de la fréquence et que tout était en ordre, elle finit par lui répondre par SMS qu'elle était toujours malade. Jeanne avait peur de lui parler. Ils se connaissaient trop bien l'un l'autre. S'il la voyait, il finirait par deviner.

Après être allée chercher dans sa chambre son petit carnet ainsi qu'un stylo, elle reprit son téléphone portable. Elle fit défiler les noms de son répertoire. Marine, Louise, Kaoutar, Victor, Jérôme, Katia, Carole, Justine, Elsa, Stan, Sandra, Julien, Héloïse, Simon, Jean-Baptiste, Camille, Sarah, Clémence, Judith… Elle continua à passer en revue le contenu de son smartphone : des clients de la boîte, des directeurs de production, des parents de l'école de Quentin, des gens avec qui elle avait pour certains échangé pendant des heures. Un tiers au moins de patronymes ne lui disaient plus rien.

Elle se décida à appeler Clémence, qu'elle avait rencontrée lors de son premier stage en cabinet d'avocat. Clémence, c'était les fous rires à une heure du matin pour essayer d'attraper le dernier métro, les jeux de mots sur les associés libidineux du cabinet. Puis les soirées s'étaient transformées en déjeuners rapides, qui s'étaient eux-mêmes espacés. La conversation fut courte. Un échange de banalités. Tout s'était bloqué dans sa gorge.

Jeanne savait maintenant qu'elle ne la reverrait jamais. Qu'avait-elle espéré ? Qu'elle devine ? Elle composa le numéro suivant. Elsa. Judith suivit – son répondeur – puis Héloïse, Jean-Baptiste, Jérôme, Julien – répondeur également –, Kaoutar, Katia – messagerie saturée –, Lise – numéro plus attribué –, Marine, Sandra, Simon, Stan. À aucun, elle ne put dire quoi que ce soit.

Avec Justine, ce fut un peu différent. Elle l'avait rencontrée sur le plateau du « Choc du jour » où elle travaillait comme maquilleuse. Justine l'avait soutenue pendant son divorce.

— Jeanne ! Cela me fait tellement plaisir de t'avoir ! Je pensais à toi justement, je pars sur un tournage à Marseille demain. Comment vas-tu ?

Mentir était devenu sa deuxième nature, alors elle mentit :

— Tout va bien, tu me manques, comment vont les jumeaux ?

— Au top, faut absolument qu'on organise des présentations avec Quentin, t'en dis quoi ?

— Super idée !

— Mais j'y pense, je passe tout le mois d'août chez mes parents, près d'Annecy, ça te dit de venir avec ton fils ? La maison est grande et je peux même te réserver une chambre avec vue sur le mont Blanc !

La vue sur le mont Blanc. Jeanne se l'imagina avec une clarté qui la broya. Elle avala le peu de salive qui lui restait :

— Avec plaisir, et oui pour la chambre avec vue, génial !

Elle songea enfin à appeler sa mère, mais son geste s'arrêta net. Elle ne l'avait pas eue au téléphone depuis des années. Pendant quelques secondes, elle sonda sa mémoire. Quel âge avait-elle aujourd'hui ? Elle était née en 1963. Cela lui faisait donc soixante-deux ans. Sa mère, qui détestait la forêt, son silence, son mystère. Dans son souvenir, c'était une femme à la peau cuivrée, à la chevelure flamboyante et aux yeux verts. C'est tout ce dont elle avait hérité d'elle. Pas seulement, réalisa-t-elle soudain : elle aussi, elle était partie. Elle savait que son mari, garde forestier, ne changerait pas de métier. Il faut que tu l'appelles, se répétait Jeanne. Mais rien ne se produisait. Elle ne se sentait pas d'affronter la montagne de silences et de pourquoi entre elles. Elle n'était pas prête.

Elle étouffait. Elle se leva d'un bond, enfila ses chaussures, son manteau et sortit dans la rue. Une fois dehors, elle tituba quelques secondes dans la fraîcheur de cette fin d'hiver. Paris était là, bien vivant.

Ses pas la menèrent à quelques numéros de chez elle, devant l'église Saint-Louis d'Antin. Jeanne n'était pas croyante, mais elle aimait cette paroisse qu'elle avait découverte au moment de son divorce. Un jour, par hasard, elle avait poussé la porte de l'édifice et y avait trouvé la paix dont elle avait besoin. À cette époque, le plus difficile avait été la solitude. Alexandre avait représenté la totalité de son univers pendant ses premières années à Paris. Ils s'étaient aimés, avaient travaillé en duo, avaient fait un enfant. Tout cela avait été balayé d'un seul coup. Elle n'était pas revenue depuis des années. Elle resta longtemps dans la semi-obscurité. Devant les cierges allumés qui irradiaient une lumière vacillante et belle, les larmes lui montèrent aux yeux. Elle alluma une bougie pour Quentin.

Elsa l'attendait au café d'en face. La jeune femme affichait un sourire chaleureux. Elles s'étaient donné rendez-vous le matin même. En la saluant, Jeanne s'étonna de ce hasard qui faisait que la seule personne qu'elle avait finalement décidé de revoir fût cette amie, avec qui elle n'avait pas parlé depuis plusieurs mois et dont elle n'était même pas très proche. Avec ses cheveux blond cendré coupés court et ses rondeurs, Elsa n'avait pas changé.

— Jeanne ! Trop sympa de te voir, tu as bien fait d'appeler !

Puis elle ajouta d'un œil malicieux :

— Il y a une célébration dans une heure… Tu viens souvent ici ?

Jeanne était fascinée. Il se dégageait de la jeune femme une sorte de joie intérieure, presque brûlante. Elle balbutia :

— J'habite un peu plus bas, au numéro 9. Et toi ?

— Toujours dans le 3e, je suis devenue juriste pour une grosse galerie d'art place des Vosges. Et toi, toujours chez WarmUp ?

Jeanne ne répondit pas tout de suite. Elle se sentait presque jalouse de son ancienne amie qui, elle, croyait en quelque chose.

— Jeanne ?

— Excuse-moi ! Oui, toujours. Mais dis-moi, tu viens souvent à la messe en semaine ?

— Parfois, mais j'y vais surtout le dimanche. Aujourd'hui j'ai juste besoin de me ressourcer, c'est compliqué en ce moment ma vie.

Jeanne soupira. L'idée de Dieu lui avait traversé l'esprit, sans que cela la réconforte.

— Moi aussi. Tu crois vraiment en Dieu ?

— Bien sûr.

Soudain la question qu'elle avait au bord des lèvres fusa. Sans préméditation. Jeanne se sentit rougir, tant pis.

— Donc si tu apprends un jour que tu vas mourir, tu lui en voudras pas ?

Elsa sourit.

— Oh là, grosse question. Disons que je sais que si mon heure arrive, je ne serai pas seule, j'irai rejoindre mes grands-parents et tous les morts de ma famille sur qui Il veille depuis toujours.

Elle venait de désigner le vieux bâtiment de pierre surmonté d'une croix. Jeanne hocha lentement la tête. Elle pensa à sa finitude. Sa finitude infinie. Le grand nulle part, l'immensité du vide. Contrairement à Elsa, elle ne serait pas sauvée par un Dieu rédempteur qui la placerait à sa droite. Non, il n'y aurait rien.

XII.

Jeanne était étendue sur le lit d'hôpital. Même si la ponction d'ascite ne nécessitait qu'une anesthésie locale, aussitôt allongée, elle s'était endormie. Quand elle s'était réveillée après l'opération, elle avait essayé de se redresser, mais la perfusion d'albumine qu'on lui avait posée entravait son geste. La seule chose dont elle se souvenait, c'est le geste précis avec lequel l'infirmier avait nettoyé son ventre.

— Vous vous sentez bien ?

— Oui… étrangement légère.

Le docteur Bertrand hocha la tête tout en vérifiant le goutte-à-goutte.

— On vous a retiré environ cinq litres de liquide. Cela va décomprimer votre abdomen et vous soulager. Ce n'est pas définitif, mais vous allez avoir quelques semaines de répit. Vous vous êtes bien procuré vos médicaments ?

— Je commence la chimiothérapie lundi.

— On vous garde encore une petite heure, et ensuite vous pourrez rentrer chez vous.

Restée seule, Jeanne regarda par la fenêtre. Au-dessus des immeubles, le ciel était bleu. Un azur de sports d'hiver. Bientôt les vacances d'hiver et la fin des cours pour les jeunes Parisiens. Elle aurait tellement aimé aller au ski, dévaler les pistes, sentir le froid de la montagne mélangé au soleil. Dans un peu plus de trente jours, le printemps serait là. Tout allait refleurir une dernière fois pour elle. Le printemps. Enfant, c'était sa saison préférée. Après le long sommeil de l'hiver, les animaux se reproduisaient, les arbres bourgeonnaient et la forêt vibrait à une cadence joyeuse. En février, les bois dégageaient une atmosphère plus mélancolique. Mais ce n'était jamais triste, car cela ne durait pas. Là-bas, les saisons suivaient un rythme simple, immuable. C'était cela qu'aimait son père, et ce qu'elle avait aimé, jusqu'à ce qu'elle décide de partir. De nouveau, elle s'interrogea avec rage : pourquoi n'avait-elle jamais emmené Quentin à Chêne-de-Cœur ?

Elle ne l'avait pas vu depuis sept jours, pendant lesquels ils n'avaient échangé que quelques SMS. C'était préférable. Elle n'était pas prête. Elle n'aurait pas pu lui cacher très longtemps. Elle voulait éviter les mots fatidiques. Des mots qui scelleraient son destin à jamais. Elle voulait vivre encore normalement. Elle n'avait rien dit, finalement. Elle craignait la réaction des autres, leur pitié, les regards circonstanciés, la curiosité malsaine. Ces yeux dubitatifs qui diraient « Pour combien de temps en a-t-elle encore ? Est-ce la dernière fois que je la vois ? ». C'était hors de question, elle rentrerait dans la maladie les yeux ouverts.

Les messages continuaient de s'accumuler, sur son smartphone et sur sa ligne fixe. Un psychologue de la préfecture de police, mandaté par le commissariat de Maubert-Mutualité, avait cherché à la joindre : « Bonjour madame, c'est le docteur Chaboche, je dois voir votre fils avant le procès. Si vous pouviez me rappeler. »

Elle le rappela tout de suite. L'entretien fut bref, mais clair : « Ce n'est pas normal, ce qu'il s'est passé. Ce n'est pas un comportement qu'on attend chez un préadolescent, madame, je vous enjoins à la vigilance. »

Elle se sentit jugée, salie. Une mauvaise mère, c'est ce qu'il devait penser d'elle puisqu'il prenait aussi peu de pincettes pour lui parler de Quentin. Elle raccrocha sans un mot.

Cela ne servait à rien de lui en vouloir, il n'était que le messager. Elle avait trop longtemps fermé les yeux sur la réalité de son métier, celui de son ex-mari et leur influence sur l'éducation de Quentin. Elle se leva d'un coup, elle ne ressentait aucune douleur. Ses *assassins* devaient encore dormir. « Les métastases agissent lentement, en douceur, jusqu'au jour où elles vous réveillent en douleur… » Les mots de l'oncologue résonnaient dans sa tête. « Vous pourrez ne rien sentir pendant de longues semaines… » Il n'avait pas eu besoin de compléter. En attendant, la perte des cinq litres d'eau l'avait rendue plus légère.

Depuis quelques jours, une idée avait germé en elle. Lentement, sûrement, implacablement. Elle savait désormais où elle allait emmener Quentin pour leurs derniers moments ensemble. Une fois dans la cuisine, elle se servit un café. Elle huma l'odeur chaude et amère tout en réfléchissant au plan qu'elle avait élaboré. Le confort n'y aurait plus sa place. Dix jours étaient passés depuis le premier rendez-vous avec le docteur Huzan. Deux cent quarante heures qui avaient totalement changé sa vie. Il était sept heures du matin. Il lui restait deux heures à attendre avant que les magasins n'ouvrent leurs portes. Elle serait la première cliente. Elle avait consigné tout ce dont elle aurait besoin pour la suite. Elle relut la liste de ce qu'elle devait acheter, puis s'habilla.

Trois heures plus tard, elle était de retour à l'appartement, chargée de deux énormes sacs. Après avoir relu à haute voix la liste raturée de ses achats pour vérifier qu'elle n'avait rien oublié, elle se sentit presque calme. En accord avec elle-même. « Une fois qu'une décision est prise, tout est dans l'exécution », avait coutume de dire son père.

Elle ne put s'empêcher de revêtir sa nouvelle tenue. Une parka « spécial grand froid » de l'armée canadienne. Dans le miroir, elle vit une petite femme au regard impérieux, à qui elle sourit sans arriver à se prendre au sérieux. Le vert lui donnait un air d'officier supérieur en campagne ou de lutin de la forêt. Elle enfonça un bonnet neuf sur sa tête jusqu'aux sourcils. Une douce chaleur commença à se répandre dans son corps. Ainsi caparaçonnée, Jeanne se sentit soudain invincible. Elle s'approcha du miroir du salon : sous la frange de laine brune, le vert de ses yeux non maquillés ressortait avec un éclat nouveau. Elle respira l'odeur fauve que dégageait l'enduit cireux de son blouson. En une nuit, elle était devenue une autre femme. Celle-ci détonnait dans son intérieur.

Elle se remit en jogging puis, assise à son petit bureau, sous le regard du crâne de la vanité, commença à rédiger une lettre qu'elle glissa dans une enveloppe. Elle prit ensuite son passeport et celui de Quentin, rangés dans un tiroir, et récupéra le smartphone de son fils dans la commode. Elle agissait de manière mécanique, déterminée.

De retour dans le vestibule, elle ouvrit son portefeuille et en sortit ses deux cartes de crédit, glissa les vingt mille euros en espèces qu'elle était allée chercher à la banque dans une enveloppe qu'elle enfouit au fond du plus gros des deux sacs. Elle se sentait à la fois légère et pleine de fièvre. Elle connaissait cette sensation. L'adrénaline. Elle jeta un œil à sa montre-bracelet en argent, qu'elle venait également de récupérer au coffre. Depuis le temps qu'elle ne regardait plus l'heure que sur son téléphone portable ou son ordinateur, elle avait oublié ce geste qui lui sembla archaïque. Il faudrait qu'elle s'habitue. Les aiguilles fines indiquaient onze heures trente. Elle devait s'activer.

Dans la cuisine, debout devant le plan de travail, elle se haussa sur la pointe des pieds pour attraper une petite boîte à biscuits en fer, souvenir d'un week-end en Normandie. Après avoir vidé dans l'évier les quelques miettes de gâteaux qui s'y trouvaient encore, elle la rinça, l'essuya, puis la posa sur la table et en tapissa l'intérieur de plusieurs couches de papier d'aluminium. Une fois que cela fut fait, elle disposa à l'intérieur le téléphone de Quentin, ses deux cartes de crédit, les deux passeports et enfin son propre téléphone portable éteint. Leur existence était maintenant dans cette petite boîte.

Elle enfouit la boîte à biscuits dans le gros sac, au-dessus de l'enveloppe de billets, y répartit ses achats du matin, qu'elle compléta avec les manuels scolaires de Quentin, une pile de vêtements tout-terrain pour lui et ses habits à elle, les plus rustiques. Quand il ne resta plus de place, elle remplit le deuxième sac à dos.

Elle conservait dans le placard de sa chambre une grosse caisse en plastique où elle gardait tous les souvenirs qu'elle avait accumulés depuis son arrivée à Paris. Elle la vida sur le lit qui fut aussitôt recouvert de vieux photomatons, de cartes postales, de lettres manuscrites, de porte-clefs, clefs usb, cadenas, stylos de marque, briquets cassés, un morceau de porcelaine ébréché, plusieurs galets, un bout de chaîne de sac à main à laquelle il manquait des maillons… L'une après l'autre, elle prit chacune de ces bricoles au creux de ses mains. Toutes avaient une histoire, et même la plus anecdotique était gravée dans sa mémoire. Son cœur se mit à battre plus fort quand elle saisit le dernier objet.

C'était un poignard de chasse court. Un Buck à la lame argentée. Celui de son père. Elle approcha de son nez la dague, dont le manche en bois était imprégné d'une odeur de fumée âcre qui la transporta plus de vingt ans en arrière. Elle la glissa dans l'un des sacs. Enfin elle retira ses bijoux – une bague en améthyste et un bracelet en or, qu'elle rangea dans la caisse qu'elle remit à sa place.

De retour dans le salon, elle déposa ses dossiers administratifs – WarmUp, banque, assurance, école, immobilier – sur la commode. Elle laissa également les chemises cartonnées dans lesquelles elle conservait ses archives médicales. Tout était là, de sa première entorse aux échographies de Quentin. Elle abandonnait tout, à l'exception des papiers concernant son cancer, qu'elle glissa au fond de son sac de randonnée, avec ses médicaments. Elle sortit enfin de la bibliothèque l'album photo qu'elle avait commencé à la naissance de Quentin et qu'elle n'avait jamais terminé. Après avoir rassemblé tous les clichés épars dans l'appartement, elle les colla rapidement à l'intérieur et posa le gros volume sur la table basse, à côté du portrait de son père. Elle avait toujours été très ordonnée. Maniaque, disait Alexandre.

Restait son ordinateur. Dans sa boîte mail professionnelle, une dizaine de courriels s'étaient déjà accumulés depuis le matin. Elle les transféra à Sonia. Elle hésita à supprimer ses comptes Facebook et Instagram. Non pas que cela change grand-chose, elle s'en servait si peu. Elle décida finalement de ne pas y toucher. Enfin, elle effaça tout son historique de navigation. Quelques minutes plus tard, il ne restait sur le disque dur que ses photos et quelques documents Word sans importance.

XIII.

La nuit était passée comme un souffle. Tout en finissant de ranger ses affaires, Jeanne repensa à la petite boîte en fer au fond de son sac de randonnée. Quelques années plus tôt, Alexandre avait reçu un ancien agent de la DGSE sur le plateau du « Choc du jour ». C'était à l'occasion de l'émission spéciale « Tous espionnés ? Les dessous de la surveillance de masse ». En coulisse, Jeanne s'était retrouvée à discuter avec cet invité un peu particulier. C'est lui qui lui avait expliqué le concept de la cage, ou du bouclier de Faraday, conçu pour bloquer les champs électromagnétiques, et donc empêcher la localisation des puces GPS des téléphones portables et des cartes bancaires. « Vous comprenez, ce n'est pas quelque chose que je peux dire en public », avait-il ajouté d'un air mystérieux avant de lui révéler que tout citoyen possédant un rouleau de papier d'aluminium chez lui pouvait se fabriquer sa propre boîte de Faraday.

Après avoir vidé le contenu de son réfrigérateur dans une grande poche isotherme, elle chargea tous les sacs dans le coffre de sa voiture. Ce simple geste, elle le fit sans efforts, sans réfléchir. Ce n'est qu'en remontant dans l'ascenseur pour faire un dernier tour de l'appartement que les propos du docteur Bertrand lui revinrent à l'esprit. « Bientôt, vous ne pourrez plus porter de charge lourde. » Puis, calmement, elle déambula longuement de pièce en pièce. Presque sereine, elle observa l'opéra Garnier. Cette vue magique, elle aurait voulu l'imprimer dans sa rétine, l'emporter avec elle. Combien de fois ce décor majestueux l'avait-il calmée ? Elle aurait voulu mettre tous ces souvenirs dans une boîte, et partir avec.

Elle effleura longuement les chambranles en chêne qui entouraient la baie vitrée. Elle connaissait chaque recoin de cet appartement qu'elle avait aménagé, décoré, entretenu. C'était son repaire. Elle regarda sa montre. Onze heures. Il était temps d'y aller.

La voiture était froide. Après avoir enclenché le chauffage, elle roula en direction du 7e arrondissement et se gara en double file, à dix mètres du collège de Quentin. Par réflexe, elle avait enfoncé son bonnet sur ses yeux et se tenait crispée sur son volant. Ne pas attirer l'attention. Respecter les règles, éviter la curiosité des policiers et des agents de sécurité postés devant le ministère voisin du collège de son fils. Elle était déjà une fuyarde.

Quentin sortait justement de l'école. Il s'apprêtait à traverser devant elle. Elle klaxonna une première fois, sans qu'il réagisse. Au deuxième coup d'avertisseur, il tourna enfin la tête. Quelques secondes plus tard, il posait une main sur le toit de la Clio.

— Qu'est-ce que tu fais là ?

— Grimpe, je t'ai apporté un sandwich.

— Mais on va où ? Et puis c'est ce soir les vacances, papa vient me chercher à seize heures, on part au ski !

— Monte, je te dis, je me suis arrangée avec lui, on passe le week-end ensemble à la campagne, tu le retrouveras lundi !

— C'est quoi ces fringues ?

Jeanne avait posé son blouson et son bonnet à sa droite, à côté du pique-nique. Derrière elle, un gros SUV essayait de se garer, mais elle l'empêchait de manœuvrer. Sa voix partit dans les aigus :

— Je t'expliquerai en route ! Installe-toi derrière !

Quentin obtempéra mollement en maugréant.

— Et attache ta ceinture !

Après lui avoir tendu son déjeuner, Jeanne éteignit ses warnings. Puis elle alluma son clignotant gauche, redémarra. Elle ne pouvait s'empêcher de lancer des coups d'œil nerveux dans son rétroviseur. Droite sur son siège, les deux mains accrochées au volant, elle sursauta quand la sonnerie obsolète du Nokia de Quentin résonna dans l'habitacle.

— Donne-moi le téléphone !

— Mais pourquoi ? Ça doit être papa qui appelle !

Il était furibond. Jeanne reprit d'une voix glacée :

— Donne-le-moi tout de suite.

— Sérieusement…

Elle se mordit l'intérieur des joues. Il finit par lui tendre l'appareil.

Place d'Italie, avant de s'engager sur l'autoroute, elle avisa une station-service. Calmement, Jeanne prit dans son sac le rouleau de papier d'aluminium dont elle arracha une large bande qu'elle enroula plusieurs fois autour du vieux 3310. Derrière elle, Quentin l'observait faire d'un air totalement ahuri.

— Tu fais quoi, là ?

Jeanne resta silencieuse. Elle ne se détendrait qu'une fois sortie de la ville.

La veille, elle avait étudié le trajet sur son téléphone avant de le couper. Il y avait également une carte Michelin dans la boîte à gants de la Clio, mais pour plus de sécurité, elle avait noté l'itinéraire sur son carnet. En plus de la boîte de Faraday, l'ancien espion lui avait fourni une information primordiale : depuis 2010, tous les véhicules pouvaient être géolocalisés à distance grâce au GPS, mais aussi grâce aux gadgets modernes intégrés par les constructeurs automobiles depuis quinze ans. Avec sa Renault qui datait de 2009, elle ne risquait rien. Elle conduisait tellement peu qu'elle n'avait jamais trouvé nécessaire d'acheter un véhicule plus moderne. Aujourd'hui, elle s'en félicitait. Alors qu'elle avalait sa salive, Jeanne sentit un goût métallique se répandre dans sa bouche. Elle but une gorgée d'eau et s'efforça de penser à ses exercices de respiration. Son col roulé lui serrait la gorge, elle était en nage. Elle n'arrivait pas y croire : elle était en train de kidnapper son fils.

Deux cents, cent, cinquante mètres. Léger coup de volant sur la gauche, elle était maintenant sur l'autoroute. Cent quatre-vingt-six kilomètres de ligne droite. Elle ne recouvra son calme qu'au bout d'une dizaine de minutes. Dans le rétroviseur, Quentin boudait. Elle alluma la radio, non sans avoir contrôlé une dernière fois que personne ne la suivait. Sa paranoïa la fit rire, ce qui déclencha à l'arrière un soupir agacé.

— Tu peux changer de radio ?

Jeanne fit rouler la molette du tableau de bord jusqu'à ce que Quentin lui dise d'arrêter. Une minute plus tard, c'était la pub. Elle tenta de changer de fréquence mais l'autoradio ne captait plus. Le ronronnement régulier des roues sur le goudron revint les bercer. Derrière, Quentin s'impatientait.

— Je m'ennuie, tu peux me passer ton téléphone ?

— Tu as tes livres de français dans ton sac à dos. T'en prends un, et tu le lis.

— Je ne peux pas, je suis malade en voiture… De toute façon c'est nul, les livres, c'est un truc de vieux…

Elle le coupa tout de suite :

— T'arrêtes de te plaindre ou je te laisse sur la bande d'arrêt d'urgence. Si tu te sens mal, tu t'allonges. Je te réveillerai quand on arrivera.

Au premier péage, elle se dirigea vers l'une des voies « flèche verte » pour payer en espèces, notant sans frémir les dizaines de caméras de surveillance accrochées au-dessus de la passerelle. La veille, avec le terreau qui lui restait et un peu d'eau, elle avait préparé un mélange de boue qu'elle avait étalé sur sa plaque d'immatriculation.

Une minute plus tard, elle circulait en rase campagne. Jeanne détendit ses épaules, relâcha ses mains sur le volant. Quentin dormait.

XIV.

Sur la droite, le panneau vert indiquait sa sortie dans seize kilomètres. Jeanne jeta un coup d'œil à sa montre. Elle était proche du but. Cela faisait plus de deux heures qu'elle roulait. À l'arrière, Quentin continuait de dormir, en émettant un léger ronflement. Déjà la lumière n'était plus la même. Elle ouvrit sa fenêtre et un jet glacial vrombit à l'intérieur de l'habitacle. Elle referma avant que Quentin ne se réveille. Jeanne se sentait calme. Il n'y avait pas grand monde sur ces routes de campagne cernées par les bois et les champs en jachère. Elle n'était pas revenue depuis l'enterrement de son père. Vingt ans s'étaient écoulés. Vingt ans sans respirer l'éther chargé d'odeurs organiques de la forêt. Ciel blanc, goudron gris, fermettes silencieuses. Et toute une palette de verts à l'horizon. Sa région, son enfance. Rien n'avait changé. Ni l'exhalaison glaciale de la pierre et le brouillard des cheminées, ni les flaques d'eau laiteuses sur les chemins ocre après la pluie, ni encore l'ombre gagnant du terrain à chaque kilomètre avalé en direction de la forêt.

Ici vous entrez dans la forêt domaniale de Chêne-de-Cœur. Un panneau bleu et blanc venait d'en indiquer l'une des voies d'accès, signal inutile pour Jeanne qui conduisait maintenant à l'instinct. Devant elle, une masse sombre et impénétrable. Il faisait froid dans l'habitacle et le thermomètre indiquait une température extérieure proche de zéro. Elle hésita entre augmenter le chauffage ou, comme elle l'avait déjà fait sur l'autoroute, baisser sa vitre pour respirer. Quentin trancha :

— On se les pèle ici !

Dans le rétroviseur, elle vit son fils s'étirer et jeter un œil morne vers le sous-bois. Elle soupira. Le mois de février n'était pas la meilleure période pour faire découvrir la forêt à un jeune citadin. Même elle se sentait tout d'un coup démunie sur cette route cernée d'arbres aux branches noires comme des bras de sorcière.

Un écriteau indiquait en lettres cursives le Rond-Point des Aiguilles. C'était là, à cinq cents mètres. *La Roncière.*

Deux jours plus tôt, Jeanne avait composé un numéro vieux de vingt ans. Comme elle s'en doutait, Mathias avait repris la ligne de son père. Il avait mis quelques secondes à comprendre que c'était bien elle à l'autre bout du fil.

La Roncière. Mathias Tabareau vivait dans cet ancien relais de chasse transformé en logement de fonction pour les gardes forestiers. C'est là qu'elle était née, là qu'elle avait appris à marcher. De là qu'elle était partie aussi, à dix-sept ans. Mathias Tabareau avait investi les lieux après un BTS de gestion des travaux forestiers passé à Orléans. La maison était située en plein cœur de la forêt. Vingt mille hectares de chênes, de hêtres et de charmes qui appartenaient à l'État. Le reste était réparti entre les parcelles privées.

Avant de travailler pour l'ONF[1], le père de Jeanne avait été soldat dans un régiment de parachutistes mobilisé pendant la guerre du Liban. Il y avait rencontré le père de Mathias. Les deux enfants du pays étaient tout de suite devenus amis. De retour à la vie civile, ils avaient passé le concours de l'ONF. Quand Tardy était mort, Tabareau avait quitté la forêt, mais pas son fils.

Jeanne s'engagea sur le sentier qui menait à la Roncière. Un premier mur de pierre jaillit du taillis, un bout de toit pentu couleur rouille, puis, derrière un portail de fer, la façade principale de la maison, adossée à un gigantesque chêne. Le hangar de tôle et de béton construit par son père n'avait pas bougé. Jeanne se gara dans la cour. C'était une sensation étrange, de familiarité et d'inconnu. Tout en manœuvrant, elle reconnut la grosse jeep. L'émotion contracta son ventre. *Est-ce qu'il l'utilise toujours ?* Une fourgonnette bleue était garée à côté. À l'arrière, une voix geignarde la sortit de sa rêverie :

— C'est quoi ce bled, maman ?

1. Office national des forêts.

— On est chez un ami.

— C'est là qu'on est censés passer le week-end ?

L'air glacé la saisit. Terreux et minéral. Une fumée dense s'échappait d'une des deux cheminées de la maison, propageant à des kilomètres à la ronde la senteur orgiaque d'une flambée. Jeanne aurait pu rester là pendant des heures. Respirer cette émanation de bois coupé, de mousse et d'humidité, ce mélange de feuilles mortes et de branches pourries. Jouir du silence. Elle s'approcha du chêne et posa sa main sur son gros tronc rugueux. C'était là que sa mère avait pris la photo il y a trente ans. C'était cette écorce que ses petites mains avaient grattée, guidées par celles épaisses de son père. Une voix résonna soudain dans la cour.

— Jeanne ?

Elle se retourna, émue. C'était bien Mathias. En plus large, en plus grand. Ses cheveux noirs coupés ras étaient moins épais que dans son souvenir et une ride profonde était apparue entre ses deux sourcils. Mais son visage à la peau brunie par le soleil et le froid était toujours aussi rond. Il y avait quelque chose de slave dans ses yeux étirés, sa bouche charnue. Soudain impressionnée face à cette silhouette qui dégageait une sensation de densité, Jeanne garda le silence.

— Entre te réchauffer, c'est ton fils dans la voiture ?

Jeanne tourna la tête. Quentin n'était toujours pas sorti de la Clio. Elle fit demi-tour et ouvrit la porte arrière du véhicule :

— Tu comptes dormir ici ?
— J'arrive…

Une silhouette féminine venait d'apparaître dans l'embrasure de la porte. Une petite brune aux cheveux bruns coupés en carré plongeant, maquillée avec soin, un corps rond comme ses joues. Quelques minutes embarrassées flottèrent au-dessus des trois adultes. Enfin Mathias brisa la glace :

— Jeanne, bienvenue chez toi, je te présente Kristell, ma femme, et voici Douglas, le gardien !

Un énorme chien venait de surgir dans la cour. Quentin fit un pas en arrière tandis que le beauceron esquissait une danse d'accueil autour de l'adolescent.

— Maman !

Mathias siffla son chien. En dix secondes, ce dernier s'écarta et disparut vers la lisière de la forêt. Jeanne le suivit des yeux et Mathias devança sa question.

— Tu n'as pas rêvé, c'est bien le petit-fils de Pouchka, la chienne de ton père. Il va avoir neuf ans cette année !

Épuisée par la route, Jeanne se força à sourire à la femme de Tabareau qui l'observait.

— Bonsoir Kristell, je suis ravie de faire votre connaissance, désolée de passer à l'improviste, j'espère que Mathias vous a prévenue…

— Bonsoir, oui. Vous restez avec nous pour le dîner ?

— Avec plaisir, répondit Jeanne tandis que la femme de Mathias s'engouffrait dans la cuisine.

Jeanne se retrouva de nouveau seule face à Mathias. Un bruit strident retentit soudain au loin. Un croassement, suivi d'un bruit de course effréné. Douglas déboula quelques secondes plus tard, un oiseau dans la gueule, qu'il déposa aux pieds de son maître. Après avoir caressé le beauceron, Mathias posa sa main sur l'épaule de Jeanne. Son contact était chaud et irradia tout son corps.

— Je te rassure, ce n'est pas ce qui est prévu pour ce soir…

La voix de Quentin le coupa, agressive :

— On peut rentrer ? On se les gèle ici.

Mathias lui répondit, devançant les excuses de Jeanne :

— Bien sûr. Quentin, c'est bien ça ?

Puis, s'adressant à Jeanne :

— Tu as des affaires à récupérer dans ta voiture ?

— Oui, mais ça peut attendre dit-elle en se dirigeant vers la Clio.

— Gare-la à l'arrière du hangar, sous l'auvent. Elle sera protégée de la pluie

Le hangar n'avait pas changé. Mathias avait simplement colmaté les brèches entre les parpaings posés par son père, et posé des étagères en fer pour ranger ses propres outils. Une grande peau de sanglier était fixée par des clous sur un pan de mur. La fourrure au poil dense, d'un brun presque noir, formait un dessin familier qui rappela à Jeanne les journées de chasse avec son père. Dans un coin, une grosse hache rouillée était fichée sur un billot grisâtre. Surprenant son regard, Mathias confirma son intuition. C'était un des outils de Tardy.

— Je l'ai gardé en souvenir. À la fois de ton père et du temps où on coupait les arbres à la force du muscle. Tu vas voir, maintenant ça a changé. Tout se fait à la machine !

Le froid était mordant et l'odeur de pierre mouillée que dégageaient les cloisons donnait l'impression d'être dans une grotte. Un nuage de fumée s'échappait de la bouche de Mathias. Jeanne était frigorifiée et tendue comme un arc, mais ce n'était pas le moment de flancher. Après s'être éclairci la gorge, elle commença :

— Elle existe toujours, la maison abandonnée où on se cachait ?

Jeanne vit le visage de son ami s'illuminer. Devant elle se tenait le Mathias de son enfance, celui avec qui elle sculptait des morceaux de bois et jouait à Robinson Crusoé.

— Aux Bertranges ? Oui, mais ça a changé depuis notre époque. La maison a été habitée par un collègue qui est resté deux ans avant de se faire muter dans un parc national. Il est parti il y a quelques mois. Comme tu peux l'imaginer, les zones blanches ne sont pas très populaires auprès de nos jeunes recrues…

Jeanne expira lentement, un filet d'air laiteux comme de la toile d'araignée. Mathias ne la lâchait pas du regard.

— Tu m'expliques ?

Jeanne ouvrit la bouche, pour la refermer aussitôt. Quentin venait d'apparaître à l'entrée du hangar. Mathias lui fit signe de le suivre.

— Viens quand tu as fini, tu connais le chemin.

Kristell remuait le contenu d'une casserole avec une cuillère en bois tandis qu'agenouillé devant la cheminée, Tabareau tisonnait les braises. Des effluves de potage aux légumes flottaient dans la pièce. Jeanne resta un instant dans l'embrasure de la porte. La cuisine avait été refaite, mais les proportions étaient les mêmes. Plafond bas, carrelage couleur brique. De l'autre côté du vestibule, il y avait le salon. Le canapé en cuir où son père lui racontait des histoires avant de la border. Sa vue se brouilla. La silhouette de sa mère se superposa à celle de Kristell tandis que celle de Mathias se confondait avec la large carrure de Tardy. Il lui fit signe de s'asseoir.

— Je te sers un verre de vin ?

— De l'eau pour nous deux ça ira, merci.

Installé à la grande table en bois devant le feu, Quentin but son verre d'eau tandis que Mathias versait un sachet de cacahuètes dans une soucoupe. L'adolescent en puisa une poignée, puis se laissa absorber par la contemplation des flammes. Une minute plus tard, il ôtait son blouson et laissait flotter son regard sur le mobilier alentour.

— Vous n'avez pas la télévision ?

Kristell se retourna pour lui répondre. Dans la lumière artificielle de la cuisine, son visage paraissait trop fardé et la ligne fine de ses sourcils peints lui donnait un air étonné.

— Dans le salon. Tu veux y aller avant de manger ?

— Oui, il y a l'émission de mon père à dix-huit heures.

Le visage de la femme de Mathias s'était refermé. Ses yeux passèrent très vite de Mathias à Jeanne, puis de Jeanne à Quentin.

— « Le Choc du jour »... C'est ton père, Alexandre Fairchaud ?

Quentin affichait un sourire de satisfaction.

— Je peux regarder ?

Après avoir conduit Quentin dans le salon, Kristell reprit son poste devant le plan de travail sans dire un mot. Dans la cuisine, l'atmosphère s'était refroidie malgré les flammes qui léchaient l'âtre. Mathias affichait un air perplexe. Il dirigea son regard vers Jeanne qui, de son côté, se sentit rougir de honte. Elle aurait voulu disparaître.

— C'est ton mari, Alexandre Fairchaud ?

— Ex-mari... je te raconterai.

Sentant la gêne de son amie d'enfance, Mathias reprit :

— J'aime bien regarder parfois quand je rentre du boulot. C'est sûr que ça me change de l'ambiance forestière...

Kristell regardait Jeanne d'un œil interdit. L'ex-femme d'Alexandre Fairchaud. Elle semblait ne pas y croire. Et même si c'était vrai, ne pas vouloir en savoir plus. Mathias se leva.

— On passe à table, Kristell ? Je vais chercher Quentin.

Une heure plus tard, il n'y avait plus que de la cendre dans la cheminée et il sembla à Jeanne que le froid du dehors en avait profité pour se faufiler dans la pièce, infiltrer ses pores, attaquer ses os. Elle finit par accepter le verre d'armagnac que Mathias lui proposait. Du salon, le brouhaha de la télévision lui parvenait, de plus en plus diffus, interrompu parfois par une question de Kristell, à laquelle Quentin répondait mollement. Dès la troisième gorgée, le froid n'était plus qu'un lointain souvenir. La vieille horloge accrochée au mur indiquait vingt heures. Elle vérifia sur sa montre-bracelet.

— Tu crois que tu peux nous emmener aux Bertranges ?

— À cette heure-ci ?

Jeanne serra les lèvres. Elle avala une nouvelle rasade et le feu éteint dans l'âtre se réveilla dans sa poitrine.

— On ne veut pas vous déranger, toi et Kristell, et puis je veux vraiment montrer à Quentin la maison.

— Ne t'inquiète pas pour Kristell. De toute façon, c'est ridicule, vous allez geler. Dormez ici cette nuit, je vous emmènerai demain à la première heure.

Elle vida son verre, puis acquiesça. Elle avait besoin de prendre des forces. Mathias leur servit une deuxième tournée malgré ses protestations. Une douce chaleur irradiait ses membres. Par la fenêtre, l'obscurité était totale. Elle était bien, là. À la fois dans le monde et loin de tout. Une idée du bonheur qui se fracassa aussitôt sur le réel. Un uppercut dans le ventre. Elle pensa à Quentin. C'était demain que tout commençait.

XV.

Cela faisait quinze minutes qu'ils roulaient et la forêt semblait ne jamais finir. Quentin avait abandonné sa mauvaise humeur mais Jeanne n'était pas dupe de ce revirement qu'elle savait uniquement dû à cette virée en 4 × 4. Arrivés aux Bertranges, il n'y aurait plus qu'eux d'eux et le ciel blanc de cette fin d'hiver qui semblait ne pas vouloir finir.

La jeep lui rappelait son adolescence. Chêne-de-Cœur avait été son terrain de jeux. À l'époque, elle en connaissait jusqu'aux sentes invisibles dans les fougères et les ronciers, les points d'eau où les bêtes s'abreuvaient à la tombée de la nuit, les cycles des saisons qui, d'un coup de gel ou de soleil, transformaient les arbres en géants décharnés ou en colosses feuillus. Que lui restait-il de ce savoir accumulé au fil des années et dont elle n'avait rien fait ?

La veille, Kristell l'avait installée avec Quentin dans son ancienne chambre d'enfant. Le lit double aux montants en bois sculptés, un polochon rêche entre leurs deux corps. Quentin avait sombré en quelques minutes. Elle était longtemps restée éveillée, à regarder le papier peint. Les mêmes motifs champêtres qu'il y a vingt ans. Juste un peu jaunis. Elle n'était même pas sûre d'avoir dormi. À l'aube, elle s'était glissée dans la salle de bains comme une voleuse. Les comprimés se trouvaient dans un pilulier en argent qu'elle avait retrouvé dans ses affaires à Paris. Dans le boîtier en plastique qu'ils lui avaient donné au centre hospitalier, elle avait mis des allumettes. En remplissant le verre à dents blanc de calcaire, elle avait ressenti un élan de pitié nauséeuse pour cette femme au teint hâve qui, dans la solitude de sa chambre de petite fille, vivait le premier jour du reste de sa vie. Elle en avait eu honte. Honte d'elle et de cette irréductible part d'elle-même qui croyait encore poursuivre comme avant. En préparant leur départ, elle avait éloigné la raison de ce départ. Faire son sac, acheter une panoplie d'aventurière, quitter la ville. Tout ça pour se retrouver à avaler deux comprimés de chimiothérapie avec une gorgée d'eau au goût ferreux.

Mathias la regardait.

— On arrive dans cinq minutes, tu te souviens ?

Jeanne balaya le paysage. Un chemin caillouteux, différentes essences d'arbres, de la broussaille, un silence palpable. C'était à la fois nouveau et familier. Mathias continua d'un ton guilleret et Jeanne prit conscience de la différence gigantesque qui séparait son existence de celle de son ami.

— Vous arrivez pendant la période des coupes de bois et des travaux forestiers, mais vous ne risquez pas de croiser mes collègues aux Bertranges, on s'est déjà occupés de la parcelle. Par contre, si vous comptez faire du feu c'est parfait, le sol est jonché de rémanents… Du moment que vous vous attaquez pas aux piles de grumes…

Rémanents, grumes. Ces mots appartenaient à une langue étrangère dont il ne lui restait que des rudiments. Jeanne regarda le décor filer sur sa droite : des arbres à perte de vue, plantés serrés dans une mer de buissons et d'épines. Soudain, le chemin amorça une descente et il lui sembla que la pénombre produite par les troncs gris aux branches presque noires s'était accentuée.

Comme pour s'excuser de l'âpreté du paysage, Mathias ajouta à voix basse :

— T'aurais pu attendre le printemps, pour montrer la forêt à ton fils.

Jeanne se renfrogna. Il insista :

— Ce n'est pas comme si tu étais à une année près… Pourquoi tu n'es pas revenue avant ?

Jeanne scrutait les mains larges de son ami, derrière lesquelles le volant de son véhicule paraissait presque fin. Elle souffla :

— C'est compliqué à expliquer…

Mathias secoua la tête pour évacuer le sujet :

— N'en parlons plus.

— Tu es marié depuis longtemps ?

— Ça fera trois ans cet été. Mais on se connaît depuis plus longtemps, j'ai rencontré Kristell quand je suivais ma formation, à Orléans. Elle finissait ses études d'infirmière et commençait à travailler à l'hôpital. Quand je lui ai dit que j'allais être garde forestier, elle a un peu tiqué, et puis finalement, elle se plaît bien ici. Comme il n'y a plus aucun médecin à vingt kilomètres à la ronde, elle ne chôme pas, et les vieux l'aiment bien.

— Et ton père va bien ?

— Il vit toujours à Orléans, on lui rend visite de temps en temps avec Kristell. Impossible de le faire revenir ici…

Sur la banquette arrière, Quentin commençait à s'impatienter.

— On arrive bientôt ?

— C'est là, dit Mathias en désignant une bâtisse qui apparaissait derrière les branchages.

— Hein ? cria Quentin. Y a pas des hôtels, dans le coin ? On va vraiment passer deux jours dans une vieille cabane ? Sérieux, maman ?

Mathias épiait Jeanne du coin de l'œil, l'air goguenard.

— Descends, Quentin, Mathias va te montrer les lieux, dit-elle.

Une fois dehors, son fils continua à fulminer. Alors que Mathias essayait d'intervenir, l'adolescent le foudroya du regard et cracha.

— T'es pas mon père. C'est Alexandre Fairchaud mon père.

La main de Jeanne s'abattit sur la joue de son fils, une claque sèche dont l'écho fut aussitôt absorbé par les feuilles mortes et le bois imbibé d'eau. D'un mouvement vif Quentin s'écarta, puis se mit à courir loin de la maison. Jeanne éprouva un moment de découragement. Comment avait-elle pu croire qu'emmener son fils en forêt serait une bonne idée ? Comme Mathias faisait mine de le suivre, elle le retint :

— Laisse-le. En attendant qu'il se calme, je veux bien que tu m'aides à porter les sacs à l'intérieur.

Le chemin qui menait aux Bertranges était un véritable bourbier. De l'autre côté de la route principale, la forêt s'étendait encore sur plusieurs hectares. Dense, touffue. À ses pieds, comme Mathias l'avait dit, de nombreux débris forestiers tapissaient le sol, bois mort, branches cassées, et même des morceaux de souches entières. Elle se souvint de la cheminée où ils faisaient griller des chamallows et des saucisses, et cuisaient parfois des pommes de terre sous la cendre. Elle regarda autour d'elle, à la recherche de Quentin. Mais il avait disparu. Elle regretta son geste. Là, tout de suite, les souvenirs de la vie heureuse qu'elle avait menée jaillissaient et c'est avec lui qu'elle aurait voulu les partager. La voix de Mathias retentit entre les arbres, atone dans l'étrange quiétude qui les entourait.

— Mais t'es sûre que vous restez que deux jours ?

Il avait sorti les deux gros sacs à dos de randonnée et celui de nourriture que Jeanne avait chargé au petit matin. Jeanne avait déjà prévu sa réponse.

— C'est ce que j'ai dit à Quentin pour ne pas l'effrayer, mais je pense qu'on va rester quelques jours de plus. Il rejoindra son père la deuxième semaine des vacances.

Après avoir chargé les deux sacs sur son dos et tendu celui de provisions à Jeanne, Mathias se fraya un chemin à travers bois. Cinq minutes plus tard, ils étaient arrivés. Il déposa son chargement et montra à Jeanne l'écran de son téléphone portable.

— Comme tu peux le voir, aucun réseau. Dans ce coin, avec les autres gardes forestiers, on communique avec des talkies. Donc si t'as besoin de téléphoner, faudra que tu marches une dizaine de minutes vers le sud, en direction de Croche-Étoile. Il y a le sentier qui grimpe derrière la baraque qui t'y emmène. Tu te rappelles de Croche-Étoile ?

Elle n'écoutait plus. *Croche-Étoile.* Ce nom venait de loin. C'est ainsi qu'enfants, elle et Mathias avaient baptisé le promontoire qui émergeait de la forêt et qui offrait une vue sur la canopée à trois cent soixante degrés. Ils passaient leurs journées là-bas.

L'extérieur de la maison était envahi par les ronces et la porte d'entrée de bois grisâtre était couverte d'un épais rideau de lierre qui montait jusqu'au toit de briques. La maison ne possédait qu'un rez-de-chaussée au-dessus duquel se trouvaient de minuscules combles. Elle fit le tour. Comme Mathias venait de l'indiquer, une piste à peine visible montait à travers bois. Quelques centaines de mètres plus haut, le terrain semblait plus dégagé.

En quelques enjambées au milieu des buissons, elle rejoignit Mathias.

— On explore l'intérieur ?

Après avoir dégagé la porte en arrachant les lianes de lierre, il tourna la poignée ronde, mais la porte restait immobile. Derrière lui, Jeanne sondait le bois. Quentin n'avait toujours pas reparu. Mathias s'appuyait maintenant de tout son poids sur le panneau tout en jouant avec le pêne.

— T'inquiète pas, il va revenir, c'est pas ici qu'il va se faire agresser. Il y a des chasseurs jusqu'au 28, mais a priori ton fils ne ressemble pas à un sanglier…

Le regard de Jeanne s'agrandit. C'est sûr que le métro parisien était loin.

Enfin, la porte s'ouvrit avec un craquement sec. Une odeur de salpêtre flotta dans l'air avant de se mêler à celle de mousse humide et de bois de la forêt. Mathias s'écarta pour la laisser passer :

— Après toi…

Le précédent occupant avait laissé tout son mobilier : lit, table, armoire, et même un petit canapé. L'ensemble était recouvert de draps que Mathias souleva d'un geste ample avant de se diriger vers le coin cuisine.

— Tu as un réfrigérateur, des plaques électriques. Normalement il y a toujours l'eau et l'électricité.

Son ami parlait et Jeanne s'était dirigée vers la seconde pièce. La chambre de Quentin, se dit-elle aussitôt en avisant un deuxième lit et un petit bureau. Tandis qu'elle remettait debout une chaise tombée sur le sol, Mathias s'approcha de la fenêtre qu'il ouvrit ainsi que les volets. Un jour pâle pénétra dans la pièce.

— Je dois y aller, j'ai rendez-vous chez un propriétaire à l'autre bout de la forêt, tu prends mon numéro ?

Sans le regarder, Jeanne saisit au fond du sac à dos de toile qu'elle n'avait pas quitté depuis Paris son petit carnet pour y noter son numéro de téléphone portable.

Une heure plus tard, la maison était habitable. Jeanne avait trouvé sous la cuisinière de quoi faire le ménage, rangé le matériel dans le grand bahut de la salle principale, puis déroulé les sacs de couchage sur les deux lits. Dans le grenier, elle dénicha quelques cartons vides, du matériel de jardinage et un tas de couvertures sous lesquelles elle déposa son argent, la boîte de biscuits, le Nokia de Quentin et le sac rempli de comprimés de morphine et de chimiothérapie. Avant de redescendre, elle glissa dans son pilulier en argent son traitement pour le reste de la journée.

— Maman ?

Elle sursauta. Quentin se tenait dans l'embrasure de la porte, les joues rougies par le froid. Elle jeta un œil à sa montre. Il était bientôt midi.

— On mange quoi ?

Jeanne ne put s'empêcher de sourire. Elle avait vu juste.

— Tu as fait un petit tour ?

— Ouais. Je peux appeler papa ?

— Je te rappelle que t'es puni. On déjeune et ensuite tu viens avec moi chercher du bois. On va faire un feu ce soir, histoire de pas mourir de froid cette nuit.

Quentin la regardait maintenant la bouche grande ouverte. Elle-même s'étonna du naturel avec lequel elle venait de prononcer cette phrase surréaliste.

— Mais attends, il n'y a pas le chauffage ?

— Je ne sais pas, regarde autour de toi, tu vois un radiateur quelque part ?

Quentin balaya la pièce d'un regard paniqué, puis se précipita dans la chambre. Jeanne en profita pour glisser dans sa bouche ses deux comprimés du midi. Quand il revint dans la cuisine, elle était en train de sortir une casserole.

— Alors ?

Cette fois, Quentin était au bord des larmes. Elle ressentit à la fois de l'amour et de l'agacement. *Je n'ai pas le temps pour tes simagrées.* Une douleur pulsa derrière sa rétine, et elle se força à poser sa voix.

— On va déjeuner et on va aller chercher du bois. Tu vas voir, tout va bien se passer.

À nouveau, Quentin réclama son téléphone. Cette fois, ce fut l'énervement qui l'emporta.

— Et tu comptes te chauffer avec ?

— Je dois appeler papa !

— J'ai dit non ! Et je ne veux plus t'entendre.

Une demi-heure plus tard, ils se trouvaient dans le sous-bois. Devant chaque arbre, à la croisée de chaque chemin, Jeanne s'arrêtait. Elle avait pour chaque morceau d'écorce, chaque pan de lichen, chaque arbre, une anecdote. Les mots se précipitaient dans sa bouche avec une telle ferveur que malgré sa mauvaise humeur Quentin l'écoutait, fasciné. L'adolescent se déplaçait sur la pointe des pieds, slalomant avec plus ou moins d'adresse entre les flaques boueuses afin de ne pas salir ses baskets blanches. Une nouvelle fois, Jeanne ne put s'empêcher de le taquiner :

— T'as peur de sauter sur une mine ? Tu sais, ce n'est pas Beyrouth ici…

Aucune réponse. En se penchant pour ramasser un tas de branchettes, elle songea que c'était une phrase que son père aurait pu prononcer. Elle toucha instinctivement le manche en corne du couteau. La matière devint chaude au contact de ses doigts, comme s'il était avec elle, à lui insuffler sa force. L'impatience la rendait fébrile. Elle avait tant d'autres choses à raconter. Parler. Vite. Avant de ne plus en avoir la force. Elle ne voulait pas qu'après sa mort, Quentin cherche en vain des messages dans les feuilles des arbres. Il n'y avait rien de pire que des questions sans réponses. Elle se retourna. À cinquante mètres, il était en train de poser deux mouchoirs en papier sur un morceau de souche afin de le ramasser sans se salir les doigts. Elle le vit soulever le bout de bois trop lourd pour lui, perdre l'équilibre et chuter au ralenti dans un fossé, ses baskets étincelantes s'enfonçant dans le limon collant.

Jeanne fut la première surprise d'être encore capable de rire. Vexé, Quentin se mit à crier :

— Si c'est si bien que ça la forêt, pourquoi on n'est jamais venus avant ?

Jeanne retrouva son sérieux :

— Justement c'est une erreur, que je vais rattraper.

XVI.

Quand Mathias poussa la porte des Bertranges, il trouva Jeanne devant la cheminée. La jeune femme s'activait avec le soufflet.

— Alors, on sait plus faire du feu à Paris ?

Quentin observait sa mère d'un air maussade. Il n'avait pas quitté son blouson depuis le déjeuner. Enfin, une première flamme apparut. Mathias applaudit.

Jeanne posa le soufflet sur le côté. Elle avait mal au bras et elle était essoufflée. *J'ai un cancer.* Cela faillit lui échapper. Elle se reprit in extremis. Ce badinage lui faisait horreur.

— Tu es venu pour nous narguer ?

— Pour vous inviter à dîner. Kristell est partie faire sa tournée, elle reviendra plus tard cette nuit. Ça vous dit ?

Arrivés à la Roncière, tandis que Mathias emmenait Quentin à l'intérieur, Jeanne resta dehors. Les souvenirs affluaient : le barbecue, que son père préparait l'été ; son dixième anniversaire, à l'occasion duquel il avait invité ses camarades de classe pour un pique-nique ; la balançoire à la peinture écaillée qui avait été enlevée depuis longtemps. Sa mère n'était déjà plus vraiment là. Dès l'âge de six ans, Tardy l'avait initiée aux tâches domestiques : alimenter le bûcher, tondre la pelouse, arroser les rosiers grimpants. Puis il lui avait appris à différencier les différentes essences qu'elle apercevait de la fenêtre de sa chambre et à reconnaître le chant particulier du pinson qui annonce la pluie. L'année suivante, il l'avait emmenée sur les traces d'une harde de biches et au mois de septembre, elle avait assisté au brame du cerf. Les saisons se succédaient sans se ressembler, rythmées par l'école et les vacances scolaires pendant lesquelles Jeanne passait de plus en plus de temps en forêt. Le mercredi après-midi ou le samedi, il l'emmenait patrouiller. Il lui montrait comment marquer au marteau ou à la peinture les arbres qui seraient coupés l'hiver suivant, et les zones qui seraient débroussaillées avant l'été. À douze ans, elle savait reconnaître un arbre malade et distinguer la plupart des empreintes d'animaux. À treize ans, elle avait tué son premier chevreuil. Tardy avait continué jusqu'à son adolescence. Puis c'était devenu plus compliqué. Jeanne se souvenait très bien du glissement qui s'était opéré en elle. Après le dîner, ses parents allumaient la télévision. Une vie excitante apparaissait ! En regardant l'élection de Miss France ou le journal télévisé, la fièvre se répandait dans son corps. En regardant ses ongles noirs de terre, les éraflures sur ses mains, quelque chose de peu familier, quelque chose de violent, l'étreignait.

Une impatience dont l'intensité l'empêchait parfois de respirer. Avant de s'endormir, la pensée du désert vert dans lequel elle vivait depuis sa naissance l'oppressait.

— Tu viens dîner ?

Jeanne tourna la tête. Mathias jouait à lancer un bâton à Douglas qui le lui ramenait sans se lasser. Derrière lui, les mains dans les poches et le cou enfoncé dans sa parka, Quentin ressemblait à une ombre.

Cinq minutes plus tard, ils étaient tous les trois attablés dans la cuisine. Tout en servant les assiettes, Mathias posa la question qui lui brûlait les lèvres :

— Pourquoi t'es pas revenue avant ? Toutes ces années…

— C'est compliqué, tu sais… le boulot, Alexandre. Et même après le divorce. J'avais refait ma vie à Paris, et puis j'ai toujours voulu aller de l'avant. Partir d'ici. Quand papa est mort, je crois que j'ai commencé à haïr Chêne-de-Cœur.

Elle prit dans sa poche les deux derniers comprimés de la journée, qu'elle déposa dans sa bouche. Étaient-ce les premiers effets indésirables ? Une migraine vint soudain lui vriller les tempes. Elle avala une deuxième gorgée d'eau.

— Tu vas bien ?

— Juste une petite allergie au pollen.

— C'est pas un peu tôt pour ça ?

Jeanne rougit. C'était sorti tout seul. Mais Mathias était déjà passé à autre chose. Quentin leva le nez de son assiette pour s'adresser à Mathias :

— Qu'est-ce que tu fais dans cette forêt ?

— Je suis garde forestier. Je m'occupe des arbres, je vérifie qu'ils sont en bonne santé. Je prévois ceux qui seront coupés… J'entretiens aussi les chemins…

Quentin coupa Mathias avec un air de dédain.

— Mais c'est *ça*, ton métier ?

— Oui, enfin pas seulement. Parfois on fait de l'ornithologie, c'est important de savoir quelles sont les espèces d'oiseaux qui vivent ici. Je participe aussi au recensement des bêtes. Il y a des cerfs, des chevreuils, des sangliers et tout un tas d'autres animaux. L'été, je m'occupe des visiteurs, pour leur expliquer la faune et la flore. Chaque jour est différent, il y a aussi la lutte contre les braconniers. Et puis je dois contrôler que personne ne fasse de dépôts sauvages d'ordures.

Quentin faisait la grimace mais ne quittait pas des yeux le garde forestier.

— C'est quoi un braconnier ?

— C'est quelqu'un qui tue des animaux en dehors des périodes de chasse et sans respecter les espèces protégées.

— Mais t'as jamais voulu faire autre chose ?

— Non. Ç'a toujours été mon rêve, même à ton âge. Tu sais que c'était aussi le métier de ton grand-père ?

Mathias jeta un regard en direction de Jeanne, comme pour l'encourager à poursuivre. Mais Quentin ne laissa pas à sa mère le temps de réagir et lui reposa la même question que quelques heures plus tôt :

— Pourquoi tu m'as jamais emmené ?

— Parce que quelque chose de grave est arrivé ici. Je te raconterai, mais pas aujourd'hui.

Mathias changea de sujet avant que Quentin n'insiste.

— Tu te souviens du lancer de couteaux ?

Jeanne se souvenait très bien de cet été-là. Les clopes du père de Tabareau et le vétiver de son père. Les pantalons de treillis maculés de boue qu'ils portaient ce jour-là. C'était un dimanche, Tabareau les avait embarqués dans la jeep jusqu'au Rond-Point des Aiguilles. Puis ils avaient marché jusqu'à une clairière. Tardy avait fixé des morceaux de souche sur les arbres. Sa bouche forma un demi-sourire ironique.

— Je me souviens surtout que tu ratais tout le temps la cible…

— Et pour grimper dans les arbres ? Ramper sous les ronciers ?

Après le lancer de couteaux, il y avait eu d'autres épreuves. Le soir, leurs mères les avaient rejoints avec une glacière remplie de quoi boire et grignoter. Tous s'étaient serrés dans la jeep, direction l'étang où ils avaient nagé jusqu'à la nuit. Jeanne se souvenait de l'odeur de citronnelle, de la touffeur. Un trou dans le ventre. Quentin la scrutait.

— C'est quoi cette histoire de couteaux ?

— Je t'expliquerai. Tout ce que tu dois savoir pour le moment, c'est que ton grand-père était quelqu'un d'unique.

— Pourquoi tu ne m'en as jamais parlé ?

— Je te promets que je vais le faire.

Jeanne se leva. Elle avait la nausée.

La conversation entre Mathias et Quentin lui parvenait du canapé où elle s'était allongée, indistincte. Le murmure cessa quand elle annonça qu'elle montait à l'étage. La tête lui tournait, elle avait la bouche sèche. Un état second, comme une ébriété enfantine. Sa maison, son escalier, son couloir. Elle guetta le trou dans le parquet où ses billes finissait chaque fois leur course, le coffrage dans les cloisons où sa mère rangeait les draps qui sentaient le pin et la lavande. Mais l'orifice avait été rebouché et le placard avait disparu. Par la fenêtre de la cage d'escalier, elle observa la forêt.

De retour au rez-de-chaussée, elle ouvrit la porte de ce qui avait été le bureau de son père. Elle crut d'abord à une hallucination. Les rayonnages remplis de livres, le bureau en bois : toute sa bibliothèque était là, devant elle, intacte. Le souffle court elle s'approcha, puis effleura les couvertures exposées en majesté. Elle ferma les yeux, les rouvrit. Écarta les narines. *Du vétiver.* Elle tira un volume au hasard, huma son odeur de cave humide, de foin séché et de cendre. *Sol Invictus.* L'ex-libris de son père était imprimé sur la première page. Sous le croquis à l'encre, son nom avait légèrement bavé : Georges Tardy. Elle passa un doigt sur les lettres noires.

Sur les planches de bois, les auteurs classiques côtoyaient de vieux manuels d'histoire et de mythologie, grecs et latins. Aristote, Homère, Platon, Xénophon, Plutarque voisinaient avec des ouvrages sur la chasse et la foresterie, la botanique ou la sylviculture. Elle retrouva une collection de westerns et d'éditions classiques reliées de cuir, ainsi que des beaux livres sur les forêts de France, dont un sur Chêne-de-Cœur. Une étagère entière était consacrée à des manuels de survie. Trois autres à London, Thoreau, Defoe, Tournier, Monfreid, Gracq et d'autres auteurs qu'elle ne connaissait pas.

Au milieu de la pièce trônaient une chaise et une table sur laquelle étaient posés un ordinateur portable et une pile de dossiers. Elle s'assit sur la chaise, troublée. Depuis la mort de son père, la maison aurait dû être vidée. Elle finit par se lever, choisit une dizaine de livres et revint dans la cuisine. Quentin avait repris sa place devant le feu pendant que Mathias passait un coup d'éponge sur la toile cirée. Il leva la tête :

— Je commençais à m'inquiéter… Tout va bien ? Tu veux un dessert ?

Au lieu de lui répondre, elle posa la pile de livres sur la table.

— Ce sont les livres de mon père ?

Mathias, un instant troublé, ne bougea pas.

— Oui, je n'ai pas pu les donner… j'ai tout laissé dans son bureau. Je travaille là-bas, parfois.

Jeanne s'assit. Puis elle ouvrit à la première page *Le Petit Guide de survie* qui était en haut de sa pile, et lut à voix haute : « Comment allumer un feu en zone humide ? » Elle posa sa main sur celle de Mathias.

— Je crois que c'est le plus beau cadeau que je pouvais espérer.

Maintenant, Jeanne était pressée de se retrouver seule.

— Quentin, tu t'habilles ?

— Ok. Mais on peut emmener Douglas ?

Elle ne s'était pas aperçue de la présence du gros chien aux pieds de son fils. Elle interrogea Mathias du regard :

— Pas de problème, dit ce dernier en souriant.

Jeanne éprouva un soulagement immédiat, et une grande fatigue. Il fallait qu'elle dorme.

— Tu aurais un vieux réveil à me prêter ?

Cinq minutes plus tard, Mathias lui tendait un petit réveil de voyage en plastique qu'elle glissa dans son sac.

XVII.

Quentin se tenait au milieu de la cuisine, voûté comme un vieillard, les mains enfouies dans les poches de son blouson. Quand il se mit à parler, un nuage de vapeur flotta hors de sa bouche.

— J'ai crevé de froid cette nuit, y a pas le chauffage dans cette maison de merde… Je veux partir.

— Après le petit déjeuner, on ira ramasser du bois. On en prendra plus cette fois, j'ai trouvé une brouette…

— Mais on a déjà fait ça hier ?!

— Et on recommencera demain. Autre chose ?

— Mais on devait rentrer lundi…

— On va rester quelques jours de plus, finalement.

Quentin s'était redressé d'un mouvement sec. Il la fixait d'un œil noir.

— Je veux rentrer à Paris ! Tu peux pas me forcer à rester ici !

— Ah bon ? C'est nouveau ?

Jeanne avait adopté un ton de voix moqueur. Le timbre de la vie d'avant, quand elle le taquinait d'un œil faussement sévère et que, sous sa mèche blonde, une lueur de malice venait adoucir son regard de gamin impérieux. Des dialogues sans conséquence, dont lui revenaient maintenant des bribes. « Je veux pas aller à l'école » ou, plus récemment, « c'est moi qui décide ». Des répliques comme des antiennes, serinées dans les oreilles de tous les parents depuis la nuit des temps. Mais ce matin, tout sonnait faux. Il la regardait avec une telle intensité qu'elle faillit cracher le morceau. *Mon bébé, mon amour, je suis malade.* Elle fut soudain saisie d'un tremblement violent. Rien que l'idée de lui avouer la vérité lui arrachait les viscères. Un poignard rouillé au travers de son ventre.

Le réveil de Mathias sonnait. Comme une automate, elle avala une gorgée de café soluble, une bouchée de sa tartine, puis glissa les comprimés de Carboplatine et de Paclitaxel dans sa bouche. Elle avait programmé l'horloge carrée pour qu'elle se déclenche tous les jours à neuf heures, midi et dix-neuf heures. Jeanne poussa le pain et le beurre devant Quentin qui la scrutait d'un air inquisiteur :

— C'est quoi, ce réveil ?

De nouveau, Jeanne fut tentée de tout lui avouer. Elle se força à retenir les mots dont l'écho s'amplifiait dans sa boîte crânienne.

— C'était à ton grand-père, faut que je le répare, il est complètement détraqué.

Comme moi, eut-elle envie d'ajouter. Mais Quentin était déjà passé à autre chose.

— Y a pas de céréales ?

— Non. Dès que tu as fini tu t'habilles chaudement, je t'attends dehors.

Le vent s'était levé pendant la nuit et n'avait pas faibli. Jeanne avait passé la soirée à feuilleter les livres de son père jusqu'à ce que la douleur dans sa nuque devienne insupportable. Un demi-comprimé de morphine plus tard, elle avait sombré. Elle s'était réveillée à l'aube, déshydratée. Mais le point dans sa nuque avait disparu. Elle prépara un sac avec une boussole, ses médicaments, le réveil et une gourde.

Au milieu du taillis, Jeanne mit quelques minutes à trouver son rythme. Elle avait perdu l'habitude de marcher sur ce terrain creusé d'ornières. Les arbres se dressaient, leurs branches dénudées s'entrelaçant jusqu'au ciel. Toute la forêt exhalait une odeur de roche mouillée et de glaise.

Elle éprouvait maintenant une forme d'ivresse à évoluer dans ce paysage auquel elle était liée corps et âme. Le layon caoutchouteux épousait ses foulées régulières. Elle aurait voulu marcher pieds nus, s'enfoncer dans ses entrailles. Elle se pencha brusquement vers le sol luisant, écarta les feuilles humides, empoigna la terre. La matière noire colla à ses mains, granuleuse et froide, et s'incrusta sous ses ongles. Elle plaqua ses paumes sur son visage. Un onguent au goût de caverne et de sang. Elle aurait pu la manger, cette terre grasse qui l'avait vue naître. Quentin la regarda comme si elle était devenue folle.

— T'es sûre que ça va ?

Elle tourna la tête brusquement vers lui. L'espace de quelques secondes, elle avait oublié sa présence. Les yeux écarquillés, il la fixait d'un air interdit. Elle se força à sourire.

— Tout va bien, mon amour, je suis heureuse d'être ici avec toi, c'est tout.

Jeanne apercevait maintenant toute sa folie dans le regard de son fils. Pourtant, elle poursuivit :

— Je profite de la vie ! Tu devrais faire pareil, tu sais mon amour, on n'a qu'une vie !

Goguenard, Quentin riposta :

— J'ai pas besoin de me mettre de la terre sur le visage pour profiter de la vie… Sérieusement, maman, t'es bizarre…

— Quand j'avais ton âge, à force de passer mon temps dans les bois, j'avais les ongles noirs.

— Mais t'allais pas à l'école ?

— Si, mais quand j'avais fait mes devoirs, avec Mathias, on se rejoignait à Croche-Étoile. C'est le promontoire qui est derrière la maison, je t'y emmènerai. Et puis il y avait les week-ends, les vacances. Souvent, mon père m'emmenait faire sa tournée.

— Et ta mère ?

— Elle n'aimait pas la forêt, elle est partie quand j'étais encore une gamine.

Ils évoluaient depuis une demi-heure lorsque la forêt se mit à bruisser. Puis le ciel se teinta de noir et la pluie commença à tomber. Quentin l'interpella :

— T'as pris un parapluie ?

Jeanne répondit du tac au tac :

— Je te propose de t'en fabriquer un avec cet arbre, regarde ses grosses feuilles, c'est parfait !

Quentin se figea. Son bonnet était déjà humide et ses cheveux blonds, qui en dépassaient, avaient pris une teinte de foin verdâtre.

— C'est une blague ?

— Oui, c'est une blague. Viens t'abriter.

Elle lui fit signe de la rejoindre sous un chêne. Ses branches ruisselaient. La tourbe devint boue et des rigoles commencèrent à se former le long du chemin. Jeanne s'essuya le visage. L'angoisse revint. Les mains toujours dans ses poches, Quentin s'était collé au tronc de l'arbre et la fixait. L'appartement de la rue de Caumartin, le confort de la vie citadine, tout semblait de plus en plus irréel. À cette image se superposa celle du commissaire Grinberg. Le vent s'amplifia, la forêt vibrait, comme si d'innombrables voix mêlées s'élevaient dans la frondaison. Elles ressemblaient à des cris humains. Quentin se rapprocha de sa mère.

— Qu'est-ce qui se passe ?

— Écoute… c'est le chant primitif de la nature…

Quentin ouvrit de grands yeux tandis que Jeanne le serrait contre elle. Elle le sentit s'abandonner quelques secondes bien trop courtes. Puis le vent tomba, les hurlements cessèrent et Quentin reprit son masque fermé.

En sortant du taillis, Jeanne marqua un temps d'arrêt. De part et d'autre du chemin, de vieux chênes aux fûts bien droits s'élevaient comme des piliers de cathédrale. L'allée cavalière descendait avant de remonter vers une autre parcelle, comme un ruban de gymnaste.

— Regarde !

— Ouais, super... De la mousse, des feuilles mortes et des tas de bûches... Géniales, les vacances... !

C'est tout ce que Quentin trouva à lui répondre. Jeanne se retourna d'un coup sec.

— Tu préfères aller à Ibiza avec ton père ? Les restaurants et les Nike à trois cents euros ?

— Ouais, franchement... De toute façon, je m'amuse beaucoup plus avec papa...

Jeanne était blessée mais ne voulait pas le montrer à son fils. Elle répondit du tac au tac :

— Je suis désolée de l'apprendre, car c'est pas au programme.

— Alors c'est quoi le programme ?

— Te montrer la forêt de ton grand-père, ce que j'aurais dû faire bien plus tôt. Tu sais, Quentin, c'est ici que j'ai passé mon enfance et mon adolescence.

XVIII.

En bas de l'immeuble du 9 rue de Caumartin, Alexandre Fairchaud s'escrimait pour la centième fois à essayer de joindre Jeanne : portable, fixe, iPhone de Quentin, les trois téléphones étaient toujours sur répondeur. Il laissa un énième message vocal. « Jeanne, je suis avec la police. Réponds-moi, dis-moi où tu es… s'il te plaît. » Dans le hall de l'immeuble, le commandant Charton et ses hommes attendaient le retour de la concierge, partie chercher les clefs de secours dans sa loge.

Fairchaud prenait les policiers à témoin, leur confiant ses angoisses. « Qu'est-ce qu'elle a pu faire, hein ? Quelle connerie elle va nous faire encore ? » Deux jours plus tôt, il avait signalé la disparition inquiétante de son ex-femme et de son fils au commissariat du quartier. Le planton de l'accueil l'avait immédiatement reconnu.

Le service d'enquête l'avait pris en charge et le chef de brigade en personne lui avait posé les questions habituelles : quels étaient leurs rapports ? Avait-elle emporté des valises ? Son téléphone portable ? Son chargeur ? Ses papiers d'identité ?

Il ne savait rien. Quand ils lui avaient demandé les coordonnées de ses parents, il avait seulement pu répondre que le père de Jeanne était décédé depuis plus de vingt ans et qu'elle n'avait plus de contact avec sa mère.

Il n'avait pas fallu plus de dix minutes pour que Fairchaud fasse ce à quoi il était bon : d'un ton à la fois rogue et poli où malgré la gravité des faits, rampait une pointe de séduction, EXIGER que tous les moyens possibles soient mis en œuvre pour les retrouver. Voyant l'animateur monter dans les tours, et le spectre d'une enquête menée sous le feu des projecteurs, le lieutenant avait pris la décision de l'envoyer au 36 rue du Bastion, l'ancien quai des Orfèvres. C'était désormais dans cette rue du 17e arrondissement, à côté du tribunal de Clichy, qu'étaient traitées les affaires criminelles, mais aussi celles concernant les personnalités. Avec son argent et ses millions de téléspectateurs, Alexandre Fairchaud était le client parfait.

La concierge émergea de sa loge, un trousseau à la main. En rang serré, Fairchaud et le commandant s'engouffrèrent dans l'ascenseur tandis que le reste du groupe attaquait par l'escalier.

L'équipe du 36 se dispersa silencieusement dans l'espace. Les lieux étaient impeccablement bien rangés et les dossiers de Jeanne classés, ce qui leur fit écarter la piste de l'enlèvement. Impressionné, Fairchaud demeurait silencieux. Il n'avait jamais passé la porte d'entrée de l'appartement de Jeanne. Quelque chose de calme, d'ordonné et de serein se dégageait des lieux. Il ne put s'empêcher de se rendre dans la chambre de son ex-femme. Troublé, il ressentait le besoin de s'isoler.

En s'asseyant sur le lit impeccablement fait, il sentit sous l'édredon une résistance. Il enfouit sa main. C'était une lettre, avec son nom calligraphié dessus. Après avoir fermé la porte de la chambre, il hésita quelques minutes, puis finit par ouvrir l'enveloppe.

Alexandre, je m'en vais avec Quentin. J'ai appris il y a trois semaines que j'avais un cancer. Je n'en ai pas pour très longtemps. Je vais faire ce que tu n'es pas capable de faire avec Quentin, à savoir le protéger de ton monde. Je ne veux plus que Quentin soit exposé à son obscénité. Je vais tout faire pour. Jusqu'à ma dernière force. Jusqu'à mon dernier souffle. Je ne veux plus que Quentin baigne là-dedans. Tu t'es perdu, tu m'as perdue, tu nous as perdus.

La lettre continuait mais il la replia, ébranlé. En aucun cas, il ne pouvait confier cette lettre au commissariat. Son contenu était trop intime, trop réel, trop insultant pour son ego. Maintenant, il était en colère, presque en rage. Une minute plus tard, il était de retour dans le salon.

Les photos étaient posées sur la table basse. Tandis que les adjoints commençaient une fouille en règle de l'espace, Charton jeta un œil à l'animateur, qui venait de réapparaître :

— Vous voyez quelque chose d'anormal, monsieur Fairchaud ?

Fairchaud répondit par la négative.

*

Cinq heures plus tard, à des centaines de kilomètres de là, Kristell faisait sa tournée. Elle était sur la route depuis plus de trois heures et n'avait vu que quatre patients. Elle n'était pas censée rester autant de temps avec eux, mais c'était plus fort qu'elle. La région était un désert médical qu'elle quadrillait avec ferveur, chaque année un peu plus consciente de l'importance de la place qu'elle occupait auprès des malades. Ces dernières années, des citadins étaient venus s'installer à la campagne. Un peu partout excepté dans leur région, et surtout aucun médecin parmi eux, plaisantait-elle parfois avec Mathias. Elle s'en plaignait sans conviction. Être indispensable était un luxe.

Elle se gara devant le PMU habituel, elle avait besoin d'un café bien noir avant de poursuivre sa tournée.

Tandis qu'elle glissait un morceau de sucre dans sa tasse, son regard fut attiré par l'écran au-dessus du comptoir, qui habituellement transmettait en direct les résultats des courses équestres, en alternance avec ceux du loto.

Elle sentit soudain ses jambes fléchir et s'accrocha au zinc tout en fouillant dans son sac pour récupérer les lunettes de vue qu'elle portait parfois pour conduire la nuit. Elle redressa la tête, l'image n'avait pas changé. Sur la télévision une alerte enlèvement défilait en continu, avec un numéro en 08 à contacter en urgence. Au-dessus du bandeau rouge, deux visages familiers, ceux de Jeanne et de son fils.

XIX.

Après la perquisition de l'appartement de Jeanne, Alexandre Fairchaud avait porté plainte pour enlèvement parental. Le parquet avait saisi la police judiciaire et choisi quel service mènerait l'enquête. C'était le groupe Charton, du nom du commandant de police Marc Charton, qui avait été désigné. Pas très grand, l'officier de police possédait un corps d'athlète et se déplaçait avec une économie de gestes presque martiale. Cheveux courts, blond cendré, son visage était banal, à l'exception d'une paire d'yeux vairons qui fascinaient ses interlocuteurs.

Campé devant l'affichette de la photo de Jeanne Tardy, Charton essayait de déceler un indice. Ses hommes avaient interrogé l'entourage de Jeanne et étudié ses réseaux sociaux. Un tour sur ses pages Facebook et Instagram leur avait appris qu'elle n'y avait rien publié depuis des mois. Quant à Quentin, il ne s'était pas connecté depuis dix jours sur son compte TikTok. Après une enquête de voisinage qui n'avait rien donné, ils avaient recueilli le témoignage de la concierge de l'immeuble. Celle-ci avait déclaré avoir vu partir Jeanne en voiture mais ne s'était pas inquiétée car c'était le premier jour des vacances. Dernier point à élucider : les téléphones de Jeanne et de Quentin ne bornaient nulle part, en France comme à l'étranger.

Dès le lendemain, l'alerte enlèvement et le signalement de Jeanne et de Quentin avaient été diffusés dans les différents journaux télévisés. Suite à cela, le groupe Charton avait reçu de nombreux coups de fil d'amis, de collègues et de simples connaissances de Jeanne. La plupart exprimaient leur inquiétude, mais n'aidaient pas vraiment. Un seul intriguait. Il s'agissait d'un certain professeur Bœr.

— Je suis tombé par hasard sur l'alerte enlèvement, et quand j'ai entendu le nom de WarmUp Productions, cela m'a rappelé quelque chose. Une jeune femme travaillant chez eux m'a contacté il y a quelques semaines. Elle voulait m'inviter sur le plateau de l'émission d'Alexandre Fairchaud…

— « Le Choc du jour » ?

— Voilà, c'est ça. Je n'y aurais pas fait attention mais cette jeune femme était supposée revenir vers moi…

— Jeanne Tardy ?

— Je crois, oui. Tout ce que je peux vous dire, c'est qu'elle avait des questions sur le cancer des ovaires.

— C'est votre spécialité ?

— Oui, et j'interviens régulièrement dans les médias. Mais elle me posait des questions très précises…

Charton sentit son intérêt redoubler. Il serra le combiné entre ses mains.

— C'est-à-dire ?

— Elle m'a interrogé sur l'espérance de vie des patientes.

Deux jours plus tard – le temps d'extorquer l'autorisation au Conseil national de l'Ordre des médecins –, Charton convoqua le médecin traitant de Jeanne, un certain docteur Huzan. Il ne tira pas grand-chose du généraliste, mais ce dernier lui conseilla de prendre rendez-vous avec le docteur Bertrand, oncologue.

Il patientait depuis une dizaine de minutes dans la salle d'attente de l'Institut Curie, lorsqu'un homme en blouse blanche apparut devant lui. Après les présentations d'usage, le spécialiste l'emmena dans son bureau. Charton entra tout de suite dans le vif du sujet :

— Jeanne Tardy est votre patiente ?

— Effectivement, je la suis depuis un mois environ.

— Pouvez-vous me dire pour quelle raison ?

Le docteur Bertrand lui jeta un regard ironique

— Ma spécialité ne vous aura pas échappé, je suppose ? Il a été diagnostiqué chez ma patiente un cancer des ovaires.

Charton avala rapidement sa salive.

— Quelle impression vous a-t-elle faite lorsque vous l'avez reçue ?

— Vous savez, quand nos patientes reçoivent ce type de nouvelle, elles ont la plupart du temps l'impression qu'un rouleau compresseur vient de leur passer dessus. Vous voyez ?

— À peu près. Mais vous n'avez rien noté de spécial ?

— Je me souviens qu'elle n'a pas pleuré. Ce qui est également assez rare, bien que souvent le patient soit en état de choc. La seule chose que je peux vous confier, c'est qu'elle a une grande force.

— Qu'est-ce que vous voulez dire ?

— Après l'avoir raccompagnée, je me souviens que je me suis fait la réflexion qu'elle pourrait faire partie du nano-pourcentage de rémission spontanée que nous avons ici à Marie Curie.

— Vous le lui avez dit ?

— Absolument pas. Je suis médecin, pas magicien.

Le commandant Charton ne put s'empêcher de sourire et reprit :

— Elle vous semblait moins affaiblie que la moyenne ?

— C'est étrange à dire mais, à part son cancer, elle a une excellente condition physique.

— Concrètement, elle suit un traitement ?

— Tout à fait. Le protocole est le suivant : trois mois de chimiothérapie, une semaine par mois, médicaments délivrés par ordonnance sécurisée. Puis le patient doit revenir nous voir pour passer un bilan sanguin et un scanner, afin d'ajuster la thérapie.

— Donc si je comprends bien, si elle a commencé sa chimiothérapie courant février, elle devrait se trouver à court de médicaments aux alentours du mois de mai, c'est bien ça ?

— Exactement, commandant.

Puis il ajouta :

— Si tout se passe bien, oui.

XX.

Jeanne chuchota. « Je vais guérir. » Elle remonta son pantalon qui tombait sur ses hanches, puis rangea le réveil dans un tiroir. *Et d'une.* Elle répéta la phrase plus fort. Depuis trois jours, son palais était écorché comme si elle avait mâché des silex et l'intérieur de ses joues était recouvert d'aphtes qui la brûlaient. « Les premiers jours de la chimio vous aurez mal dans la bouche, ce sont les effets du médicament. Rien de grave, ce sera juste désagréable. »

Elle avait entendu la voiture. Puis le claquement de la porte. En bas, le visage fermé, Mathias l'attendait.

— Jeanne, est-ce que tu as enlevé ton fils ?

La question la cueillit à froid. Prise de vertige, elle ne sut que répondre et commença à balbutier.

— Non, bien sûr que non… Pourquoi tu dis ça ?

— Je t'ai jamais demandé pour quelle raison t'étais revenue, mais là, on a un problème. Il faut que tu me dises la vérité. Ce matin, Kristell m'a raconté qu'elle avait vu passer une alerte enlèvement à la télé. D'abord je ne l'ai pas crue. Sauf que ça passe aussi à la radio. L'alerte enlèvement vous concerne, toi et Quentin.

La voix de Mathias, plus rauque, se mit à trembler.

— Jeanne, je te le redemande. Est-ce que tu as enlevé ton fils ?

Jeanne avait quitté son corps. Elle flottait désormais dans les hauteurs. Mathias posa une main sur son genou :

— Alors ?

Jeanne inspira un grand coup avant d'ouvrir sa bouche qui lui faisait mal.

— Il s'est passé quelque chose de grave avec Quentin.

Elle se tut quelques secondes puis elle raconta l'agression dans le métro, Quentin en train de filmer, la mauvaise influence de son père.

— Toi tu ne peux pas t'en rendre compte, tu vis dans la forêt… Vous êtes protégés, ici, de tout ça.

Mathias la regardait, incrédule. Puis, doucement, il reprit comme pour l'amadouer :

— Mais Jeanne, on ne quitte pas une vie comme la tienne pour ça. Tu pouvais déménager, aller ailleurs, refaire ta vie, enfin ça n'a pas de sens ce que tu me racontes.

Elle était devenue livide. Elle étouffait intérieurement. La honte la dévorait. Si seulement elle avait donné le bon exemple.

— C'est la vérité, Mathias. Je ne veux pas qu'il devienne ce qu'il était en train de devenir. Ce serait… trop long à t'expliquer.

— Mais c'est très grave ce que tu as fait, Jeanne… On n'enlève pas son fils pour se cacher dans une forêt ! Enfin, ça n'a pas de sens !

Jeanne se mit à bégayer :

— Je n'avais pas le choix. Son père ne se rend même plus compte, il pense que c'est la norme : étaler ses sentiments, pleurer devant une caméra, prononcer des phrases choc. Les gens non plus ne se rendent même plus compte qu'ils sont devenus des clones. Des clones en jogging qui chialent, c'est ça qu'est devenue l'humanité.

Mathias écoutait son amie d'enfance vider son sac, se contentant d'approuver d'un hochement de tête à chacune de ses respirations. Tout ce qu'elle disait, il l'avait toujours su.

— Mais tu ne peux pas rester ici éternellement, tu nous mets en danger !

Elle le coupa.

— Fais-moi confiance s'il te plaît, Mathias…

— Kristell veut appeler la police. Ta photo et celle de Quentin sont passées partout, sur toutes les chaînes. Vous ne pouvez plus sortir d'ici… sauf pour te rendre… et puis il y a ta voiture…

— Explique-lui, laisse-moi du temps, je vais finir par revenir, j'ai juste besoin d'un peu de temps avec lui… pour lui montrer d'où il vient.

Elle sentait ses explications oiseuses, molles, inconsistantes.

— Ils ne peuvent pas remonter jusqu'ici, ne t'inquiète pas, assena-t-elle comme pour se rassurer.

Mathias resta longtemps silencieux, visiblement partagé. Face à lui, Jeanne n'en menait pas large. Enfin, au bout d'un temps qui lui parut infini, il reprit :

— Je te laisse une semaine. Pas plus. Je vais t'apporter des bûches pour tenir jusque-là, ce n'est pas avec du bois pourri que tu vas faire aimer la forêt à ton fils…

— Et Kristell ?

— Je m'en occupe.

De retour aux Bertranges, le moteur à peine coupé, Mathias vit surgir sa femme du hangar, le regard fiévreux. Son carré plongeant, dont habituellement aucun cheveu ne dépassait, était en désordre.

— Regarde ce que j'ai trouvé, près de la Clio de Jeanne !

Kristell lui agitait sous le nez quelque chose qu'il n'identifia pas tout de suite. Elle tenait à la main une plaquette de médicaments remplie de gélules jaunes qu'elle continuait à brandir devant lui. Il dévisagea sa femme sans comprendre.

— C'est de la morphine, ça, Mathias. Elle a dû la faire tomber en vidant sa voiture, dit-elle, véhémente.

— Mais tu es sûre que ce n'est pas à toi ?

— Je suis infirmière, pas pharmacienne. Je te dis que c'est à elle. Il faut absolument que tu ailles la voir, cria-t-elle fermement. Tout de suite !

Mathias était stupéfait. Jeanne lui avait caché autre chose, et de grave. Kristell trépignait :

— On aurait dû appeler les flics, je n'aurais jamais dû t'écouter !

— J'irai la voir demain, il doit bien y avoir une explication… lâcha-t-il mollement.

Mais Kristell insistait :

— C'est tout de suite qu'il faut y aller, imagine s'il se passe quoi que ce soit avec Quentin ? dit-elle en poussant Mathias vers la voiture. Si elle se suicide ? Et avec lui ?

Mathias resta interdit. Il n'aurait jamais pensé à ça.

Pendant tout le trajet, Kristell demeura silencieuse, scrutant la forêt comme si les gendarmes allaient en surgir pour les arrêter. Arrivés à vingt mètres de la maison, ils entendirent un cri. Kristell accéléra la cadence.

— Dépêche-toi, il est en train de se passer quelque chose !

— Arrête, Kristell, tu ne connais pas Jeanne. Elle ne ferait jamais quoi que ce soit à son fils. S'il y a un coupable dans cette histoire, c'est…

Elle ne lui laissa pas le temps de finir sa phrase.

— Tu la défends ?

Deux minutes plus tard, il frappait à la porte de la maison. Jeanne leur ouvrit.

— Mathias ? Mais qu'est-ce que tu fais là ?

Elle était hagarde. Il ne l'avait jamais vue aussi pâle.

— Tout va bien, Jeanne ? On a entendu du bruit…

Elle baissa d'un ton et referma la porte derrière elle.

— C'est Quentin, il voulait son téléphone. On s'est disputés.

Kristell poussa son mari.

— On peut le voir ?

— Il est dans sa chambre, puni.

Quand Mathias posa la main sur son épaule, Jeanne tressaillit. Elle serra la mâchoire pour ne pas pleurer.

— Viens, on doit te parler.

Puis, sifflant son chien :

— Viens mon Doug, tu restes avec Quentin.

Le beauceron fit un tour sur lui-même puis s'allongea contre la porte de la maison.

Ils s'étaient un peu éloignés pour ne pas alerter Quentin. Après leur avoir fait signe de s'asseoir sur les chaises de jardin, Jeanne s'appuya contre la table.

— C'est la police ? Ils savent que je suis ici ? demanda-t-elle, le visage décomposé.

Kristell posa la plaquette de morphine sur la table.

— J'ai trouvé ça dans ta voiture. Pourquoi ?

Elle ne lâchait pas Jeanne des yeux. D'une voix chevrotante, celle-ci répondit :

— Je vais tout vous expliquer, mais je vous en prie, ne dites rien à Quentin.

Lentement, Jeanne déroula le fil des dernières semaines, à commencer par le jour où elle avait appris son cancer et le peu de temps qui lui restait.

— Je suis désolée, je ne veux pas que cela vous cause des ennuis, mais je voulais que Quentin découvre tout cela, dit-elle en élargissant les bras, qu'il connaisse ce que j'ai connu, qu'il découvre l'histoire de son grand-père.

Puis, d'une voix plus basse, elle ajouta :

— Je voulais lui apprendre tout ce que mon père m'a inculqué. Moi, j'ai voulu l'oublier, sans me rendre compte que c'était le plus important.

Pétrifiés, Mathias et Kristell restaient de marbre. Ni l'un ni l'autre ne s'étaient attendus à cela. Jeanne arborait un sourire crispé entre ses larmes :

— Selon les médecins, je n'en ai pas pour très longtemps, dit-elle d'une voix rauque. Si vous appelez la police, on me l'enlèvera. Son père ne me pardonnera jamais. Et… surtout, il ne comprendra pas… C'est trop élevé pour lui…

Toute la colère de Kristell était retombée d'un coup. Elle ne savait plus quoi dire.

— Je suis désolée, répéta-t-elle. Vraiment désolée.

Elle bredouilla quelques mots. Mathias était comme tétanisé. Son visage habituellement hâlé avait blanchi. Ce que Jeanne venait de leur confier l'avait anéanti. À cet instant, il aurait voulu la serrer très fort contre lui. Mais tout cela semblait vain, maintenant. Ce fut Kristell qui rompit le silence. De sa main potelée, elle poussa la plaquette de morphine vers Jeanne.

— On va t'aider. Tiens, tu vas en avoir besoin.

Mathias articula, toujours ébranlé :

— Si tu as besoin, on est là. Je te laisse mon talkie-walkie en cas d'urgence. J'en ai un autre à la maison, je te donnerai la fréquence. Restez bien dans le taillis, le sous-bois, évitez les allées cavalières. Tu n'as rien qui capte sur toi ? Ton téléphone ?

Elle expliqua que son téléphone était en lieu sûr.

— Et ton ex-mari, il peut pas savoir que tu es à Chêne-de-Cœur ?

— Je pense pas, il connaît rien de ma vie ici.

— D'accord. L'Office nous a dotés en drones, mais si vous restez à couvert, ils ne vous verront pas. On s'en sert surtout l'été, pour prévoir les zones de coupes.

Mathias continua :

— Dans quelques jours, la saison de la chasse va se terminer, dit-il en regardant son téléphone. Jusqu'au 28 février, vous ne bougez pas... Après le 28, à part un ou deux braconniers qui sévissent, il n'y a pas grand monde.

Il reprit :

— Plus au nord, vers le Rond du Pendu, y a aussi une sorte d'hôtel pour bobos parisiens qui a été construit. Ces gros malins, ils ont appelé ça « écovillage ». C'est juste des cabanes en bois qui ressemblent à des maisons de poupée et qui au moindre coup de vent se cassent en deux... Bref, évitez d'aller là-bas, il y a pas mal de mouvement les week-ends...

Jeanne ne l'écoutait plus. Un poids immense venait de se soulever de ses épaules. Pour la première fois, elle avait partagé son fardeau, elle avait dit la vérité.

De retour aux Bertranges, ils trouvèrent Quentin qui jouait avec Douglas. Il répondit à peine au salut de Mathias. Il lança un bout de bois au chien puis se tourna vers sa mère :

— On mange quoi ? J'ai fini la dernière boîte de nouilles hier soir...

— Je vais te faire réchauffer quelque chose.

— Mais c'est quoi, *quelque chose* ? J'en ai marre de bouffer des pâtes et des boîtes de conserve.

Jeanne ouvrit la bouche, mais Mathias ne lui laissa pas le temps de commencer sa phrase.

— Déjà tu parles autrement à ta mère. C'est la forêt ici, pas un magasin de sushis. Si tu veux de la viande, tu la chasses.

XXI.

Des boîtes de nouilles instantanées, des biscottes, du café et quelques conserves, c'était à peu près tout ce qu'il leur restait. Jeanne fit la liste de ce dont ils auraient besoin pour les semaines à venir, puis elle fit chauffer de l'eau et sortit pour boire son café. Elle avait besoin de réfléchir à ce que Mathias et Kristell lui avaient dit. La nouvelle de l'alerte enlèvement la rangeait définitivement dans le camp des hors-la-loi mais elle s'en fichait. Une seule chose comptait : que Chêne-de-Cœur les abrite le plus longtemps possible. Elle n'en avait jamais parlé à Fairchaud, c'était donc impossible qu'il mentionne la forêt devant les policiers. Malgré les derniers événements, elle se sentait protégée sous la frondaison. À l'intérieur, Quentin dormait. Après avoir avalé une dernière gorgée, elle pénétra dans le sous-bois.

Des renardeaux étaient nés pendant la nuit. Jeanne avait repéré la tanière de la renarde la veille, un simple trou niché au creux d'un arbre mort, à moins de cinq cents mètres des Bertranges. Elle se pencha doucement pour ne pas effrayer la mère. Les quatre boules de poils dormaient. Jeanne fit le tour de l'arbre et trouva les reliefs de leur repas, os de rongeurs et coquilles d'œufs grignotées. Elle leva la tête vers la cime de l'arbre pour voir le nid duquel ils avaient dû tomber, mais ne trouva qu'une étroite cavité dans le tronc.

Son père lui avait appris à se déplacer la nuit dans Chêne-de-Cœur. Sans bruit, sans se faire repérer. « Tu dois devenir nyctalope, comme les loups. »

Ce soir, elle emmenait Quentin.

— Maman, c'est quoi encore ce plan pourri ? On ne prend pas de lampe de poche ?

— Suis-moi, et ouvre grand les yeux. Tu vas voir, tu vas t'habituer.

La lune était voilée et les ténèbres rendaient la forêt presque effrayante. Autour d'eux, tout n'était plus que craquements, froissements, bruissements. Au loin, un crapaud coassa. Le sous-bois sentait la terre fraîche. Derrière elle, Jeanne pouvait entendre battre le cœur de son fils. Elle avait hâte qu'il voie les renardeaux. Quelque chose remua soudain l'atmosphère, un battement d'ailes moelleux, puis un hululement. Quentin se colla un peu plus à sa mère. Un doigt sur ses lèvres, elle lui fit signe de ne pas faire de bruit. C'était trop gros pour être une chauve-souris. La tanière des renards n'était plus très loin. Un nouveau hululement retentit, juste à côté d'eux. Jeanne se figea. Puis le même mouvement d'air la frôla. Elle serra les poings et songea au trou dans l'arbre qu'elle avait repéré plus tôt. Des bribes de paroles de son père tournaient dans sa tête, fragments secrets murmurées dans sa camionnette ou à table en mangeant la soupe, juste avant que le sommeil ne la prenne. *Les serres puissantes du rapace, son bec crochu. La chair tendre des minuscules mammifères.* Les expressions de Tardy lui revenaient, science acquise à force d'observer, d'écouter, et surtout de renifler le souffle des bois. *Des cinq sens, l'odorat est le plus important pour celui qui travaille en forêt, c'est grâce à lui qu'on se rapproche le plus du règne animal.* C'était ce qu'il disait. Une rengaine dont elle avait fini par se lasser, mais qui lui était restée. À la faveur de la nuit, Jeanne sentait l'odeur de la mort. Elle chuchota :

— Attends-moi ici…

— Maman ?

— Je reviens.

Un remugle de sang, de viscères et de fiente. Le hibou avait fait un carnage. Il n'y avait plus personne dans la cavité creusée par la maman pour ses petits renardeaux, seulement des lambeaux de pelage écorché. Elle leva la tête et vit deux yeux jaunes l'observer. La nature. Violente et meurtrière. De cela aussi elle se souvenait.

— Maman ?

Quentin l'avait suivie. Il regardait dans la même direction qu'elle. Malgré l'obscurité, elle distingua dans ses yeux une lueur d'intérêt.

— Qu'est-ce qui s'est passé ?

— Un festin de hiboux, je crois… Tu vois, t'es pas le seul à avoir faim…

— C'était quoi ? Des écureuils ?

— Non, une portée de renardeaux.

— Mais ils sont pas végétariens, les hiboux ?

Jeanne sourit. À son âge, cela faisait longtemps qu'elle savait que tous les volatiles ne se nourrissaient pas de baies sauvages et d'eau de pluie…

— Viens, on fait demi-tour !

— Quand est-ce qu'on rentre à Paris ?

— On va rester quelques semaines de plus que prévu…

— Mais maman, c'est pas possible ! Je dois rejoindre papa, et puis j'ai école ensuite !

Quentin s'était mis à bafouiller. Jeanne eut pitié de lui et honte de la situation dans laquelle elle le mettait.

— Il y a quelque chose dont il faut que je te parle… J'ai attrapé un virus…

Il la coupa tout de suite :

— C'est le Covid ?

— Non, mais le docteur m'a recommandé de passer un peu de temps à la campagne. Ne t'inquiète pas pour l'école, j'ai prévenu ton directeur, tu pourras tout rattraper plus tard.

Il la regardait comme s'il lisait un livre ouvert. Un recueil de fables toutes plus extravagantes les unes que les autres.

Jour après jour, la lumière se faisait plus intense. L'hiver se retirait enfin. Jeanne était revenue près de la tanière des renards, qui avait été partiellement bouchée. Plus aucune trace du massacre. En poussant un peu plus loin, il lui avait semblé croisé une ombre rousse s'éloignant dans les fougères. Sur le sol parsemé de bois mort, de jeunes trèfles poussaient et certains arbres laissaient apparaître un feuillage épais. Il suffisait à Jeanne de se pencher sur le sol pour admirer les plantes vernales colorées du sous-bois. Dès que la canopée se refermerait, elles disparaîtraient jusqu'au printemps prochain. En attendant, Chêne-de-Cœur émergeait d'un long sommeil. Tout fourmillait, s'agitait, des nids d'oiseaux où les œufs commençaient à éclore à la terre peuplée de lombrics et de scarabées. Les serpents sortaient de leurs cachettes et la sylve tout entière semblait infuser dans un bain ocre. Mais les journées restaient froides. Jeanne se languissait maintenant du soleil.

Un après-midi, elle reconnut sur le sol des traces de biches. Au mois de mai, elles mettraient bas, à l'abri des regards. Au fur et à mesure que les jours passaient, le rythme et la géographie de Chêne-de-Cœur devenaient plus familiers. Les heures s'écoulaient vite, à montrer à Quentin les voies tracées par les animaux. Mais il avait passé l'âge des contes merveilleux. La matière poreuse qu'il avait été, fasciné par les aventures d'Hansel et Gretel, du Chaperon rouge ou des Sept Nains, avait cédé la place à quelque chose de plus dur et de plus fragile à la fois.

Elle avait parfois des flash-backs. Les mains posées sur l'écorce rugueuse d'un tronc, l'idée même de

« Bébé Boss(e) » ou du « Karaoké magique » la plongeait dans une torpeur absurde. Des images obscènes la traversaient. Elle s'en voulait, de ne pas arriver à repousser ces souvenirs qui salissaient sa forêt. Elle bougeait les bras et les mains devant sa tête, faisait la grimace pour les évacuer. Un jour, sur le plateau du « Choc du jour », une chroniqueuse avait débarqué avec une dizaine de godemichés plantés sur un présentoir en plastique. Alexandre l'avait aussitôt enjointe à faire une démonstration du mode vibreur « pour les téléspectateurs ». Jeanne, sidérée, avait vu le godemiché s'agiter comme un marteau-piqueur. Quelques cris de jouissance avaient jailli du public et elle avait fini par éteindre sa télévision. Elle se souvenait encore de la réflexion de Fairchaud : « Alors, qui va être la plus gourmande ? Qui va choisir le plus gros ? » L'absence de gêne. Était-elle la seule à se dire que quelque chose d'anormal venait de se passer, ou manquait-elle d'humour ? Elle n'avait toujours pas la réponse, mais ça n'avait plus d'importance. Ce n'était qu'un souvenir parmi des centaines d'autres. À chaque nouvelle émission, Fairchaud parvenait à baisser d'un nouveau cran le niveau des sujets abordés. Appliqué au paysage audiovisuel français, c'était le principe de la grenouille que l'on jette dans une casserole d'eau froide avant d'allumer le gaz. Par ce travail insidieux de montée en puissance de l'abject, il était l'homme qui avait réussi à rendre normal l'anormal. C'est ce qui la choquait le plus.

Les effets secondaires de la première semaine de chimiothérapie s'étaient fait ressentir quelques jours auparavant. Des nausées accompagnées de vomissements qu'elle avait réussi à camoufler à Quentin comme elle avait pu. Sous sa langue, elle avait senti les premières lésions dans sa bouche. De minuscules coupures qui étaient apparues une semaine plus tôt. Et puis il y avait cette pâleur crayeuse qui lui donnait une apparence de cadavre. Quand la douleur augmentait, elle pensait à Mathias et à Kristell pour se donner du courage. Si Mathias était souvent dans les parages, la présence, même lointaine, de l'infirmière, la rassurait. En cas d'urgence, elle ne serait pas seule.

Fougères, ronciers. Aubépines, églantiers. Maintenant, elle les reconnaissait. Sentes caillouteuses, glissantes de rosée. Immenses feuilles, minuscules ruisseaux. *Guérir.* Elle croyait au miracle. Elle accrochait sa parka de l'armée canadienne à une branche, regrettait de ne pas avoir emporté ses baskets. La sueur au front, le corps moite, elle avait douze ans et slalomait entre les arbres, sautait par-dessus les troncs. Les branchages cinglaient ses joues mais le sang coulait sans douleur. À force de courir, elle s'envolait. *Pourquoi tu cours, Jeanne ?* Pour mourir moins vite.

Pour que Quentin ne prenne pas de retard dans sa scolarité, elle avait établi tout un programme et le faisait travailler deux heures chaque matin avec les manuels qu'elle avait apportés de Paris. Le soir, elle racontait. *Robinson Crusoé*, Jack London, Thoreau. Quentin écoutait d'une oreille, collé au radiateur électrique que Mathias leur avait apporté.

— Ton grand-père était fasciné par ces individus qui avaient choisi la vie au grand air, les hommes d'action. Le soir, avant de me coucher, il me racontait des récits de voyages et d'aventures. Je m'endormais avec des images de traîneaux traversant des plaines enneigées ou de naufrages sur des îles mystérieuses. Je pense qu'il aurait aimé vivre ce type d'existence, mais que la forêt était parvenue à le combler.

— Papa, c'est un homme d'action ?

Jeanne mit du temps à répondre.

— À sa manière, oui, c'est un homme d'action. Il est parti de rien, tu sais, et il a réussi à monter une société de production dont tous les Français connaissent les émissions.

Elle ne s'étendit pas sur le contenu de ces programmes, Quentin en savait assez sur le sujet.

— Alors pourquoi vous vous êtes séparés ?

Là encore, Jeanne se força à rester neutre.

— On ne s'entendait plus, mais le plus important, c'est que ton père t'aime, tout comme je t'aime.

XXII.

Des dizaines de petits sabots martelaient la terre en frôlant le feuillage. Une ronde de lutins, qui finit par réveiller Jeanne juste avant l'aube. Cela venait du dehors. Elle passa son corps en revue. Ce matin, elle se sentait légère. Aucune nausée, pas de courbatures. Sa bouche semblait guérie.

Une vingtaine de biches se tenaient à l'orée du bois. Certaines, tête en l'air dans une posture d'attente gracieuse, semblaient observer les Bertranges tandis que d'autres grignotaient les feuilles basses des arbres. Après avoir attrapé un pull-over et enfilé ses bottes pieds nus, Jeanne ouvrit la porte. Un parfum de fleurs mouillées vint titiller ses narines. Elle n'avait fait aucun bruit, pourtant tous les membres de la harde levèrent le cou. Leurs regards obliques étaient sur elle et Jeanne n'osait plus bouger.

Un changement subtil s'était opéré dans la forêt, l'atmosphère y était plus douce, plus chaude, emplie d'une sorte d'ivresse qu'elle avait toujours aimée. Enfant, les premiers matins de printemps l'éblouissaient. Il n'y avait pas de volets à la fenêtre de sa chambre et, dès l'aurore, une lumière pâle inondait la pièce. Le chant des oiseaux, d'abord fragile, gagnait en intensité et achevait de la réveiller. Elle aimait paresser dans son lit. Pendant quelques minutes, sa vie se remplissait de promesses et une joie, intense et pleine, roulait dans son cœur comme un tambour.

Elle dit : « Je vais guérir. » Mais quelque chose dans son corps se brisa et se propagea jusqu'à travers ses pieds comme si la foudre l'avait frappée. Jeanne s'accrocha aux montants de la porte tandis qu'en face d'elle, une par une, les biches s'éparpillaient en bondissant. Puis ce fut le silence et Jeanne se redressa.

Quentin dormait toujours. Dans une heure, Mathias viendrait le chercher. Jeanne lui avait demandé de passer la journée avec lui pour qu'elle puisse se reposer. Après être allée récupérer son traitement dans les combles, elle ressortit son pilulier puis extirpa le réveil du tiroir où elle l'avait laissé. Elle fit rouler la molette sous ses doigts fins. Neuf heures, midi, dix-neuf heures. Elle en avait encore pour une semaine de traitement.

*

Mathias et Quentin évoluaient dans la forêt. Parfois, Quentin lançait un bout de bois à Douglas qui déguerpissait ventre à terre dans le taillis. Il revenait chaque fois bredouille, une patte en l'air, le regard suppliant.

La troisième fois, Mathias se retourna brusquement. Sa bonhomie habituelle avait disparu, laissant place à un air plus dur. Il était furieux.

— Tu le fais exprès ?

Un fracas mat. Quentin venait de donner un coup de pied à un arbre. Un pan entier d'écorce rouge se détacha. L'adolescent fixait le garde forestier d'un air innocent.

— Bah quoi ?

— Comment veux-tu qu'il te ramène quoi que ce soit si tu lui envoies le bâton dans les fourrés ?

— C'est amusant, non ?

Mathias serra les poings.

— On continue. Douglas, pied.

Le beauceron se colla à son maître tandis qu'ils reprenaient leur marche. Au bout d'une dizaine de minutes, Mathias entendit un craquement derrière lui. Il fit volte-face. Quentin avait dû se suspendre à une branche basse, qui venait de se rompre sous son poids. La moelle de l'arbre était à nu, pâle. Une plaie éclatée qui offrirait une entrée de choix pour les insectes ravageurs de bois. Excédé, Mathias fondit sur l'adolescent.

— Je peux savoir pourquoi t'as fait ça ?

— On s'en fout, c'est que du bois.

— Et si je t'arrachais le bras, tu dirais quoi ?

Quentin frémit. Mathias le scrutait avec colère.

— C'est pas pareil…

— Ah oui ? Alors comment t'expliques que les arbres poussent, meurent, perdent leurs feuilles, bourgeonnent, fassent parfois des fruits, gèlent ?

— J'en sais rien…

— Parce que ce sont des êtres vivants. C'est grâce à eux que tu respires.

— Mon père, il dit que la forêt ça sert à rien.

Mathias l'aurait secoué. Un petit con, c'est ce qu'il était. Qui méritait une paire de claques. Ou la vérité. Quand celle-ci lui traversa le cerveau, comme un couteau de lancer projeté à pleine vitesse, il eut soudain pitié.

— Quentin, je ne suis pas obligé d'être d'accord avec ton père. Ta mère t'a déjà emmené à Notre-Dame ?

— C'est quoi le rapport ?

Mathias avait recommencé à marcher. Le regard rivé sur le chemin, il se mit à raconter :

— Après l'incendie, des camions sont venus chercher une dizaine de nos plus beaux chênes pour en faire des poutres pour la charpente. Certains avaient près de deux cents ans. T'imagines ? Un mec comme moi, l'arrière-arrière-grand-père de mon père, un garde forestier, pardon un TFT, un « technicien forestier territorial » comme on doit dire maintenant, a creusé en 1824 des trous et a planté des glands. Deux cents ans plus tard, ceux qui ont eu la chance de pas se faire boulotter par les cochons ont poussé et maintenant, ils vont finir à Paris, dans l'un des monuments les plus connus du monde. Tu trouves pas ça extraordinaire ?

— Super passionnant. T'es un TFT donc…

— Quoi, un TFT ?

— C'est la même abréviation qu'on utilise pour les télévisions… Je crois que ça veut dire « thin film transistor ». C'est une technologie d'écran plat à cristaux liquides…

Mathias pila. Il l'aurait secoué. Secoué jusqu'à remettre en place son cerveau de môme paumé, décalqué, fendu par la modernité. L'adolescent lui faisait l'effet d'une machine détraquée. La tronçonneuse de son père, qu'il avait fallu un jour totalement démonter pour y réinstaller des composants neufs.

— Mais Quentin, tu peux pas passer à autre chose ? Il y a que ça qui t'intéresse ? C'est réel, ce que je te raconte. C'est la vraie vie.

— Tu savais que ma mère était malade ?

Mathias se figea. Alors il savait. Il répondit, un ton plus bas :

— Oui, elle me l'a dit.

— C'est pour ça que tu t'occupes de moi ? T'es amoureux d'elle ?

Mathias émit un sourire nostalgique. Peut-être, c'est même sûr, l'avait-il été. Un jour, il y avait longtemps. Mais Quentin ne le laissa pas répondre.

— Depuis que mes parents ont divorcé, elle est toute seule, ma mère.

Le garde forestier fit la grimace. Cet aveu le bouleversait.

— Elle t'a, toi, son fils. Pour une mère, c'est ce qu'il y a de plus précieux.

Quentin leva le menton avec provocation.

— C'est pour ça qu'elle m'a kidnappé ?

— Elle t'a pas kidnappé, Quentin, dis pas de bêtises.

Le téléphone de Mathias se mit à sonner. Le garde forestier décrocha. C'était un collègue, qui le prévenait qu'un tas de pneus usagés venait d'être découvert au Rond-Point des Aiguilles. Ce n'était pas la première fois que des usagers indélicats se débarrassaient de leurs déchets dans la forêt. Mathias était furieux, et inquiet pour Jeanne et Quentin. La gendarmerie de Maré en serait informée dans la journée et le projet d'installer des caméras de chasse sur le secteur, qui avait déjà été évoqué, serait mis à exécution. Il raccrocha en se rassurant : tout cela mettrait du temps, comme d'habitude. Il enfouit son téléphone dans l'une des poches de sa veste d'uniforme puis accéléra le pas sans se formaliser du fait que Quentin s'était soudain rapproché tout près de lui. Une minute plus tard, l'adolescent s'éloignait dans les fourrés, prétextant une envie pressante.

Demeuré seul, Quentin sortit de la manche de son blouson le téléphone qu'il venait de subtiliser à Mathias. Il ne connaissait pas le numéro de son père par cœur, mais il tapa à toute vitesse sur Internet le nom de sa boîte de production. Quand ce serait fait, il pourrait joindre le standard. Il attendit que cela charge. Soudain la voix du garde forestier retentit :

— T'as fini ?

— Deux secondes, je me dépêche, répondit Quentin d'une voix étouffée.

Sur l'écran, la page ne chargeait pas. De rage, il faillit jeter le téléphone par terre puis, se souvenant que ce n'était pas le sien, le mit dans sa poche. Une minute plus tard, il était de retour auprès de Mathias et remettait son portable en place.

La parcelle ensemencée à l'automne dernier était maintenant parsemée de jeunes pousses que Mathias avait entourées de protège-troncs. Parfois, les chevreuils ou les lapins de garenne parvenaient à les enlever et à ronger ces plants encore fragiles. Il fallait alors tout recommencer. Dans cent ans, des chênes de plusieurs dizaines de mètres se dresseraient là. « Penser et agir sur une période qui dépasse de loin la durée d'une vie humaine. » C'est ce qu'il avait appris auprès de son père et de Tardy, et puis plus tard, à l'Office. Cela continuait de l'émouvoir.

Quentin s'était accroupi sur le sol et, avec un bâton, s'amusait à écraser un gros lombric. Mathias s'approcha. Du bout de sa botte, il projeta le ver de terre plus loin. Quentin leva la tête, un éclair dans l'œil.

— Debout ! Je te ramène.

Une minute plus tard, Mathias et Quentin s'enfonçaient dans le taillis. Quentin rompit le silence le premier :

— Si t'es attaqué par un serpent, comment tu fais ?

— Je le tue.

— Si t'as un problème, t'appelles qui, la police ?

— Les gendarmes, et t'as intérêt à ce qu'ils t'aient à la bonne, ici on se déplace pas pour rien.

— Et tu manges quoi ?

Tabareau se mit à rire :

— Des racines.

Puis il lui jeta au visage une grenouille qu'il venait d'attraper le long du chemin. Quentin hurla de dégoût. Ils allaient sortir de la broussaille quand Mathias entendit un bruit de moteur. Il poussa aussitôt Quentin derrière un buisson de houx. La voiture, une camionnette de l'ONF, les dépassa sans les voir et Mathias se remit à respirer. Quentin était furieux.

— Il se passe quoi, là ?

— C'était un collègue… Je suis pas supposé jouer les guides touristiques pendant mes heures de service.

Livide, il ajouta :

— À ce propos, évite de trop te montrer, si tu vois du monde.

— Pourquoi ?

— Je voudrais pas avoir d'ennuis. En théorie, personne n'habite plus aux Bertranges.

La jeep de Mathias n'était plus très loin.

— Tu vois, ici, c'était le domaine de ton grand-père. C'était le roi de Chêne-de-Cœur.

— Dire que je pourrais être au ski avec mon père, maugréa le garçon. Ici c'est trop nul. Y a que des arbres, c'est sombre…

— Ton grand-père serait triste s'il t'entendait…

— Il entend rien, il est mort.

— Tu savais qu'il est mort dans cette forêt ? Il était très ami avec mon père, il est mort en essayant de le sauver.

Cette fois, Quentin avait l'air intéressé.

— Qu'est-ce qu'il s'est passé ?

— Dans la mythologie de la plupart des cultures anciennes, le feu avait des pouvoirs magiques. On le considérait comme un monstre à dompter. C'est ce que ton grand-père a essayé de faire.

Quentin fixait maintenant Mathias :

— Un monstre ?

Soudain un frôlement se fit entendre. Puis un bruit de course effrénée. Quentin sursauta. Ce n'était que Douglas. Mathias lui ôta la feuille de houx qui s'était accrochée à l'une de ses oreilles.

— Ta mère ne t'a pas dit ?

— Non, c'est quoi cette histoire ?

— Elle te racontera. En parlant de monstre, regarde sur ta droite.

Quentin tourna la tête, les yeux écarquillés. Le long du chemin, le massif d'aubépine qui avait poussé le long d'une rangée de bouleaux était écrasé. Ses fines branches jonchaient le sol qui avait été retourné plusieurs fois. La terre, noire et molle, grasse et humide, était à nu.

— C'est un sanglier qui a fait ça. Tu vois le tronc du plus gros bouleau ?

— Oui.

— Il a arraché toute l'écorce en s'y frottant. Faudra que vous fassiez attention avec ta mère, il y a un gros mâle dans la forêt, au moins cent quatre-vingts kilos. Je pense que c'est lui qui a fait ces dégâts. Évitez de vous retrouver sur son passage, ces bêtes sont constamment affamées.

XXIII.

L'étang n'avait pas changé, avec sa chaussée, ses coteaux couverts de bois et la masse mystérieuse de ses eaux, d'une couleur et d'une immobilité de bronze. Jeanne avait terminé sa deuxième semaine de traitement et les effets s'étaient estompés. Il lui semblait qu'un sang neuf irriguait ses veines.

À force de passer la journée dehors, Quentin avait bruni. Le matin, il enfilait ses bottes sans rechigner, ses cheveux avaient poussé. Jeanne, elle, nouait les siens en une longue tresse charbonneuse qui dégageait son visage. Pour l'instant, elle n'en avait perdu qu'une poignée. Ses sourcils avaient eu moins de chance. Leur disparition lui faisait un visage lunaire. Avant que Quentin ne se réveille, elle noircissait la bande de peau nue avec un crayon pour les yeux qu'elle avait retrouvé dans ses affaires. Elle parvenait parfois à tirer une forme de joie primitive à se peindre le visage. *Une squaw qui part à la guerre.* Dans la petite glace de la salle de bains, son visage non maquillé apparaissait en minuscule. Teint blanc, joues rouges. Sous les vêtements, son corps avait vieilli. Elle le sentait, elle le voyait.

Parvenue à l'endroit où elle avait repéré la barque, Jeanne se surprit à effectuer les gestes de son père. Il s'arrêtait toujours au milieu des peupliers pour frotter ses doigts sur leurs feuilles. Gratter de l'ongle les nervures orange, sentir la sève des bourgeons, ce mélange sucré de cannelle et de fleur capiteuse. Elle sentit sur ses doigts cette odeur et montra à Quentin comment faire.

— Ferme les yeux.

À son tour, il renifla sa main. *Quand je ne serai plus là…* Jeanne se força à stopper le fil de ses pensées. Elle se serait frappée. *Je vais guérir.* Elle désigna à Quentin le banc de terre.

— Tu vois, c'est ici que les bêtes viennent s'abreuver à la nuit tombée. Il suffit que tu regardes sur le sol pour voir leurs empreintes. J'allais souvent ici avec mon père.

— Moi aussi, j'aimerais bien en voir. Il y avait des loups ?

— Surtout des cerfs, des biches, mais aussi parfois des renards, ou des rats musqués.

Jeanne avisa l'embarcation. Elle était recouverte de mousse et les rames étaient abîmées, mais elle flottait :

— Tu grimpes ?

Quentin la regarda, horrifié.

— Mais ça va pas, maman, on va couler !

— Tu sais nager, non ?

Jeanne monta sur la barque puis tendit la main à Quentin, peu rassuré. En une poussée, ils se retrouvèrent à dix mètres du bord. Après avoir dérivé quelques minutes, la barque s'immobilisa au milieu de l'étang.

C'était l'heure du déjeuner et le soleil étincelait maintenant au-dessus de leurs têtes. Jeanne tendit à Quentin un des sandwichs qu'elle avait confectionnés. Après avoir mordu dans le sien, Jeanne éprouva un bref instant de plénitude. Il était si facile d'oublier pourquoi elle était là. Elle ferma les yeux à moitié. Il n'y avait plus d'arbres pour les protéger, le ciel était d'un bleu total. Quentin, penché sur l'eau noire, écarquillait les yeux comme pour en sonder les profondeurs. Loin de la futaie, le silence était presque total. Jeanne se souvint des étés de langueur à lire dans les herbes hautes ou à suivre la piste d'un faon égaré. Des temps pleins de vide, en réalité les plus remplis de son existence. Elle émietta un morceau de pain dans l'eau. Quelques secondes plus tard, de petites bouches ovales affleuraient à la surface de l'étang.

— Regarde, Quentin !

— C'est des saumons ?

— Désolée, mais il n'y a pas de saumons ici. Ce doit être des perches, ou des goujons.

— On peut les pêcher ?

— Oui, on te fabriquera une canne à pêche si tu veux !

— Tu pêchais, avec ton père ?

Elle parla d'une traite. Sans le regarder. Comme s'il y avait urgence à régurgiter son enfance. Tout lui donner tant qu'elle le pouvait. Sa hantise, ne plus pouvoir se lever, ne plus pouvoir lui apprendre tout ce qu'elle avait en elle, ne pas finir de lui léguer le peu qu'elle savait sur la forêt. La veille, il lui avait demandé qu'elle lui raconte l'histoire de ce grand-père « maître du feu ».

— Ton grand-père appartenait à la forêt. Il était fait de la même chair que les arbres. Il mangeait ses fruits, chassait son gibier. Il connaissait par cœur les chemins creusés par les bêtes et à l'abri desquels elles se faufilaient. À ton âge, il savait pister un cerf sur un sol sec et pouvait s'orienter les yeux fermés. Il me montrait des traces que personne ne voyait, précisait même si l'animal avait le ventre plein ou vide et ce qui l'avait rendu nerveux. Il voyait plus loin, courait plus loin que les autres, entendait des choses que je croyais imaginaires. L'été, il dormait dehors, dans un hamac suspendu entre deux arbres, à cent mètres de la Roncière, à dix mètres du sol. J'allais parfois le rejoindre et on regardait les étoiles.

Quentin écoutait sa mère, fasciné. Jeanne continuait, ajoutant des détails dont elle se souvenait à peine mais que le regard avide de Quentin lui faisait revivre avec de plus en plus de précision.

— Il disait que la vie en forêt rend réceptif, patient. Il disait aussi que vivre dans le béton, c'est le premier clou du cercueil. Il aurait tout douché au kérosène dans les villes. Pour y planter des arbres.

— Il est mort il y a longtemps ?

— Il y a vingt et un ans. J'avais tout juste seize ans et mon monde s'est écroulé. C'est pour ça que j'ai fait une croix sur Chêne-de-Cœur.

Sa voix se brisa quand elle reprit :

— Tu sais, Quentin, je le regrette chaque jour. Ici, la vie était simple : au printemps, il m'emmenait cueillir les plantes pour faire des soupes, avec des orties, du pissenlit, du lierre terrestre. Je te montrerai.

Il la coupa :

— Il n'y a pas plutôt des fraises des bois ?

— Ce n'est pas encore la saison, mon chéri.

L'angoisse la reprit. Serait-elle encore là au mois de juin ? Vue de l'étang, la forêt était impénétrable. Un nuage vint cacher le soleil. Elle avait envie de rentrer.

XXIV.

C'était le week-end et Mathias n'était pas de garde. Dès le samedi matin, il avait décidé d'emmener Quentin découvrir un nouveau coin de la forêt. La brise faisait s'agiter les feuilles des arbres. Ils évoluaient depuis une dizaine de minutes quand Mathias s'arrêta. Il se pencha vers l'adolescent :

— Tu entends ?

Le bruissement était régulier depuis qu'ils marchaient mais c'est seulement parce que Mathias venait d'en parler que Quentin le remarqua. Ils s'immobilisèrent au milieu du sentier. Le bruit prit de l'ampleur.

— Tu savais que pendant l'Antiquité, les prêtres interprétaient le bruissement des feuilles de chêne pour prédire l'avenir ?

— Non…

— Autrefois, les dieux vivaient dans la forêt. Chez les Celtes, ces feuilles symbolisaient l'immortalité. Le chêne était pour eux un temple, un arbre dont ils vénéraient le bois sacré. À l'époque, gare à celui qui abattait un chêne sans nécessité. La vengeance des nymphes qui y avaient élu domicile était redoutable. Ici même, à Chêne-de-Cœur, on a trouvé des vestiges de leurs sanctuaires.

Quentin écoutait Mathias d'un air perplexe. Ses questions flottaient dans l'air, destinées à demeurer sans réponse.

— Au Moyen Âge, c'est là que vivaient tous les brigands, les poètes, les déserteurs et les esclaves en fuite. Tous se retrouvaient en forêt pour échapper à la société. Certaines coutumes forestières, comme l'affouage, viennent de cette époque.

— Qu'est-ce que c'est ?

— Le seigneur des lieux accordait aux habitants de ses villages le droit de récolter du bois de chauffage dans les forêts. Aujourd'hui, tu peux encore croiser des gens qui perpétuent cette tradition, entre novembre et avril. Après, ce n'est plus autorisé.

Depuis que Mathias avait évoqué les brigands, Quentin sondait les profondeurs de la futaie. Il ne s'aperçut pas que le garde forestier s'était déplacé derrière lui. Soudain, il lui toucha l'épaule avec une branche de tilleul. L'adolescent sursauta. Mathias éclata d'un rire qui résonna entre les charmes. Ce coin de Chêne-de-Cœur dégageait un mystère particulier, auquel aucun des scolaires que Mathias avait eu l'occasion d'emmener n'était resté insensible. Plantée sur un léger promontoire, la charmeraie offrait un abri à la fois aérien et dense, renforcé par l'aspect noueux des fûts et l'exubérance des petites feuilles dentées. Un tapis de lichen d'un vert presque fluorescent accentuait l'impression de magie. Mathias ramassa une fleur en chaton pour la montrer à Quentin.

— Regarde comme c'est beau !

— On dirait des noisettes, ou une grappe de raisin…

Mathias coupa délicatement une branche d'où pendaient quelques épis duveteux, puis la donna à Quentin.

— C'est un bois particulièrement solide. Les Celtes l'utilisaient pour réaliser des remparts contre leurs ennemis. Ils disaient qu'il protégeait contre le mauvais œil. C'est avec ce bois que les druides et les prêtres fabriquaient des décoctions et des objets sacrés.

Quentin était pensif. Le vent s'était remis à souffler et le chuchotement des houppiers faisait désormais songer à la rumeur d'une conversation entre elfes, fées, gnomes et autres créatures des forêts.

— Mais tu y crois, toi, à tout ça ?

Mathias observa un silence. Est-ce qu'il y croyait ? Il ne s'était jamais posé la question. Comme Obélix, il était tombé dedans quand il était petit. Il faillit prendre cet exemple pour illustrer son propos, mais décida de se taire. Quentin semblait désormais capable d'entendre autre chose qu'un exemple tiré d'une bande dessinée. La forêt, avec sa peau rugueuse, avait déjà commencé à le nettoyer. Lui, c'est son père et celui de Jeanne qui l'avaient initié. Il était né ici et mourrait probablement ici. Cette vie rude et simple lui convenait. Il songea à ces « bains de forêt » organisés par une habitante de la région. Ils attiraient chaque week-end des petits groupes de citadins survoltés qui, le temps d'une promenade dans Chêne-de-Cœur, se reconnectaient à leurs chakras. Il s'en était toujours moqué. Faire des câlins aux arbres, écouter pousser les racines… Pourquoi pas bouffer la terre ? Le soir venu, tous rentraient chez eux, soulagés de retrouver leur routine. Il pensa à Jeanne. La seule manière de vivre la forêt, c'était le choix radical qu'elle avait fait. Celui de la clandestinité. De proie, elle était devenue prédateur. Car la forêt transformait en guerrier. Il ne le dirait jamais à Kristell, mais il admirait son amie d'enfance pour sa force. Il était fier d'occuper la maison de Georges Tardy, dont il se sentait redevable. Mathias n'oublierait jamais qu'il était mort en sauvant son père. Pour cela, il n'abandonnerait pas Jeanne.

— Tout ce que je peux te dire, c'est qu'il n'y a que la forêt, et plus largement la Nature, qui m'a donné la puissance et la beauté. Ton grand-père disait : « La forêt, c'est le plus grand livre du monde. C'est là où tout a commencé… »

Du rond-point forestier où Mathias avait garé sa jeep, le bois de charmes redescendait en pente douce vers le Rond-Point des Aiguilles. Dix minutes plus tard, Mathias se garait devant la clairière.

— Je veux que tu me trouves un silex, un bâtonnet, et de l'écorce de bouleau.

Cinq minutes plus tard, Mathias montrait à Quentin comment entailler l'écorce pour la transformer en planchette à feu. D'une main ferme, il lui indiqua la manière de faire rouler le bâtonnet entre ses mains pour en faire un foret. Au bout d'une dizaine d'essais, aucune étincelle n'était apparue et Quentin commençait à s'impatienter. Mathias repoussa doucement l'adolescent et se saisit du morceau de bois. Quelques secondes plus tard, un peu de fumée apparaissait. Quentin soupira.

— Montre-moi tes mains.

Quentin tendit ses mains vers le garde forestier.

— Il va falloir que tu me cornes tout ça si tu veux allumer un feu tout seul.

— C'est-à-dire ?

— Frotte-toi les mains sur les arbres, sur la pierre, sur la terre, où tu veux. Tu n'arriveras jamais à rien avec ta peau de bébé.

Quentin se renfrogna. La fumée s'était dissoute dans l'air et seule une légère odeur de cendre et de poussière subsistait. Mathias empocha le silex, la planchette et le bâtonnet.

— Tu sais que dans certaines légendes médiévales, on disait que pour comprendre l'esprit de la nature sauvage, le chasseur devait manger le cœur du gibier qu'il chassait ?

— Mais c'est dégueulasse ! Il le mangeait cru ?

— Oui, c'est uniquement de cette manière qu'il pouvait s'approprier les qualités de l'animal, vitesse, puissance ou force.

Ce fut comme une apparition. Mathias venait à peine de terminer de parler quand une ombre brune traversa la clairière. Une seconde suivit, puis une troisième.

Ce fut enfin une dizaine de cerfs qui jaillirent de la forêt, par le même chemin que Mathias et Quentin venaient d'emprunter. Quentin était fasciné. Il n'y avait qu'une centaine de mètres entre lui et la harde, et Mathias pria pour que les mâles, aux bois encore jeunes, restent un peu. Lui-même était impressionné. Cela faisait longtemps qu'il n'avait pas vu autant de cervidés. Il les compta ; il y avait environ une trentaine de têtes. De retour à la Roncière, il téléphonerait à l'Office pour leur passer le message, cela faisait partie de ses attributions. Il chuchota à Quentin de s'accroupir et ils restèrent là de longues minutes, jusqu'à ce qu'un craquement dans le lointain ne fasse déguerpir les mammifères. Quentin semblait sous le choc. Mathias lui tendit une main pour l'aider à se relever.

— Tu me crois maintenant, quand je te dis que la forêt est enchantée ?

La lumière avait jauni. Un crépuscule de printemps. L'heure dorée, comme l'appelait Mathias. Car c'était bien l'impression qui se dégageait du paysage, qu'une fine couche de feuilles d'or enrobait. Bientôt ce serait l'été et ces notes sépia s'enflammeraient ; les hommes travailleraient ou veilleraient plus tard. Puis ce serait l'automne, l'hiver noir, et toute cette gaieté disparaîtrait comme si elle n'avait jamais existé. Elle était peut-être là, la magie. Dans le caractère immuable et changeant de la forêt. Impossible de croire aux arbres crochus et gris de février quand une brise chargée de senteurs fleuries traversait la clairière inondée des derniers rayons du soleil. Pourtant, s'il n'y avait qu'une seule certitude, c'était bien celle-là : l'hiver reviendrait.

— Viens, je te ramène aux Bertranges.

— Mais tu devais pas m'apprendre chasser ?

— La corne sur les mains d'abord. Autant te tirer une balle dans le pied si je te confie un fusil tout de suite.

Vingt minutes plus tard, Mathias déposait Quentin aux Bertranges. Juste avant de partir, il lui confia le silex, la planchette et le bâtonnet.

— De quoi t'entraîner. Imagine que du jour au lendemain, tu peux te retrouver sans allumettes et sans briquet. Je t'assure que ça va t'aider.

Jeanne avait étalé les livres sur la table de la cuisine. Un manuel de survie figurait à côté d'un guide sur les plantes forestières et d'un ouvrage sur l'éducation des jeunes spartiates de Xénophon. C'est tout cela que Tardy avait voulu lui transmettre. Arpenter les bois avec elle n'était pas un acte gratuit. Il lui avait confié un trésor. Qu'elle avait placé dans un coffre avant de l'enterrer puis d'en perdre la clef.

Cela faisait quinze jours qu'elle avait terminé sa deuxième semaine de chimiothérapie et les effets secondaires s'étaient peu à peu estompés. Elle n'avait plus mal à la nuque et les plaies dans sa bouche qui étaient réapparues s'étaient de nouveau résorbées. « La forêt guérit tout », disait Tardy. Parfois, elle se penchait pour cueillir une poignée d'herbes à l'odeur poivrée. Sous sa langue, la saveur devenait astringente, mais il lui suffisait de mastiquer le miel délicat d'une fleur de pissenlit pour faire passer l'amertume. Le lierre accroché aux troncs avait un goût de terre trempée par l'orage, les orties une âpreté qui pendant quelques secondes l'empêchait de saliver.

Lorsque Quentin passa la porte de la maison, avec son matériel pour allumer du feu qu'il déposa au pied de l'âtre, Jeanne se souvint que son père lui avait donné une boîte dans laquelle elle entreposait ses trouvailles, crânes de souris, bois sculpté, jolis cailloux. Il faudrait qu'elle lui en fabrique une. Elle accueillit son fils avec un sourire. Il la regardait bizarrement.

— Maman, qu'est-ce qu'il se passe ? On dirait que t'as plus de sourcils…

Jeanne blêmit tout en portant les mains à son visage. Mathias était passé prendre Quentin avant qu'elle ne se réveille et elle avait ensuite oublié son rituel. Elle se précipita dans la salle de bains. Elle en sortit une minute plus tard, les sourcils fardés. Quentin demanda :

— C'est ton virus ?

— Oui… Mais ça va repousser bientôt, je te promets.

Elle ajouta, pour plaisanter :

— T'as le droit de m'appeler face-de-lune, maintenant !

Sur le visage de Quentin flottait un air d'inquiétude et de doute mêlés. Jeanne devina qu'il avait du mal à la croire. Elle insista :

— Ne t'inquiète pas. Le plus important, c'est ce qui se passe ici, à Chêne-de-Cœur. Comment c'était, ce matin, avec Mathias ?

Le visage de Quentin s'illumina :

— Il m'a montré comment allumer un feu, avec juste une planchette et un bout de bois.

Il se servit un verre d'eau et balaya du regard les livres posés sur la table.

— Tu fais quoi ?

— Je prépare tes lectures.

— Mais vous me cachez un truc ? Mathias vient de m'apprendre à faire du feu sans briquet ni allumettes, tu veux que je lise un manuel de survie et tu perds tes sourcils… C'est la fin du monde ?

Jeanne se força à sourire.

— Pas du tout, mais il faut simplement que tu saches qu'ici, ce ne sont pas les mêmes règles qu'à Paris. La forêt peut être un endroit dangereux.

— À cause des animaux sauvages ?

— Pas seulement, les éléments aussi : l'orage, la tempête, les incendies. Seuls les plus forts parviennent à survivre en pleine nature. C'est aussi vrai pour les arbres.

— C'est-à-dire ?

— À partir du printemps, ils croissent en hauteur ou en massif. Il y a une vraie compétition entre eux, en surface, mais aussi et surtout sous terre, au niveau de leurs racines. Si une espèce montre des signes de faiblesse, l'autre prend sa place.

D'où l'importance d'avoir de solides racines, faillit-elle ajouter. Mais c'était trop tôt. À treize ans, elle n'était pas certaine qu'il comprenne ce langage codé.

Ce récit de lutte entre les arbres la rassurait. Arbre faible, arbre fort. Elle se leva pour préparer à manger. Mathias leur avait rapporté du pain, de nouvelles boîtes de conserve, du jambon, des poires, et un gros sac de pommes de terre. Il avait refusé son argent. Quentin interrompit ses pensées.

— Mathias m'a dit qu'en septembre, je pourrai entendre le brame du cerf. On sera encore là ?

— Bien sûr…

Septembre. Elle soupira doucement. Toujours cette fichue comptabilité, cette course contre le temps. C'était dans plus de quatre mois. Dans quel état serait-elle ? Ses yeux la piquaient. *Surtout, ne pas pleurer.* Arbre fort, arbre faible. Elle avait cru son père indestructible. Solide, ancré, enraciné. Sa voix d'ogre. Sa manière rassurante et rationnelle d'appréhender le quotidien, doublée d'une croyance animiste dans les forces du Soleil et de la Terre, aurait dû lui assurer la protection des dieux. Pourtant, elle n'avait que seize ans lorsqu'il était mort. En Fairchaud, elle avait trouvé un guide. Mais cela non plus n'avait pas duré.

Le brame du cerf. Un autre rituel. Elle se souvenait avoir assisté à des combats, enfant. Le fracas des bois des gros mammifères s'entrechoquant dans la clairière résonnait encore dans sa tête, comme si elle venait d'assister à ce spectacle d'une violente beauté.

XXV.

Dimanche, ils se rendirent à l'étang. Ils s'étaient fabriqué des cannes à pêche en bois de noisetier, auxquelles Mathias avait accroché des hameçons. Quentin avait facilement trouvé de gros lombrics dans la vase entourant l'étang. Ils attendaient maintenant que le poisson morde. C'étaient principalement des gardons, qui brillaient dans la lumière ocre tandis que Mathias, qui était le seul à en attraper, les relâchait peu à peu dans l'eau brune. Soudain, Quentin se mit à crier.

— Maman, il y a une vipère, là !

Jeanne se retourna. Juste derrière elle, un reptile aux écailles noires. Elle était le seul obstacle entre lui et la berge. Elle plongea son regard dans les deux billes jaunes de ses yeux. *Qu'il me morde. Est-ce que ce ne serait pas mieux ?* L'image se fragmenta. Quentin appela Mathias, mais Jeanne était sortie de sa torpeur. D'une main sûre, elle attrapa le serpent entre ses doigts, tenant sa petite tête entre le pouce et l'index repliés. Elle avait agi sans réfléchir, mais avec une habileté dont elle fut la première surprise. Sous le vernis de la femme mûre, l'avocate, la Parisienne, le cœur de la fillette agile n'avait jamais cessé de battre.

— Tu vois la forme ovale de sa tête ? C'est une couleuvre. Tu risques d'en voir pas mal autour de l'étang.

— Elles ne piquent pas ?

— Elles sont inoffensives. Les vipères ont la tête triangulaire, les pupilles en fente et la queue beaucoup plus courte.

Tout proche, un croassement interrompit leur échange. Si outrancier que Quentin laissa échapper un rire. Quelque chose se dégrippa dans les poumons de Jeanne. Elle s'approcha d'une fondrière.

— Quentin, regarde !

Des cordons gélatineux flottaient au milieu du trou d'eau saumâtre, parsemés de points noirs. Quentin s'approcha.

— Qu'est-ce que c'est ?

— De futurs têtards !

L'odeur des peupliers était plus forte, ce soir. Ils avaient passé la journée autour de l'étang, à ne rien faire d'autre que pêcher, observer les différentes essences, ramasser du bois et de la mousse sèche pour le feu, parler. Quentin posait de plus en plus de questions à sa mère. Jeanne y répondait avec joie, ses phrases souvent complétées par Mathias au fur et mesure que leurs souvenirs communs réaffleuraient. Quentin semblait fasciné par cette vie presque exotique que les deux amis d'enfance déroulaient sous ses yeux. Jeanne gratta l'écorce. Une fragrance entêtante de résine se répandit sur ses doigts. Elle s'en frotta le cou, les poignets et la nuque, comme elle l'aurait fait d'un parfum. Puis elle glissa un des bourgeons collants dans la poche de son jean. Mathias réapparut, les bras chargés de petit bois.

— On va passer aux choses sérieuses, maintenant. Tu viens, Quentin ?

Une heure plus tard, Quentin faisait tourner un gros brochet au-dessus du feu. Kristell les rejoignit pour le dîner. Les deux femmes ne s'étaient pas vues depuis bientôt dix jours et Jeanne était heureuse de sa présence. Mais sa joie fut de courte durée quand elle surprit le regard que l'infirmière posa sur elle. Jeanne savait qu'elle avait maigri et qu'elle avait mauvaise mine, mais elle en avait soudain la preuve. Kristell, qui devait se lever tôt le lendemain, les quitta dès la dernière bouchée avalée.

La nuit tombait peu à peu, amenant des nuages de moustiques et de minuscules moucherons noirs. Mathias leur distribua à chacun un morceau d'écorce de chêne. Quentin flaira le bois friable tandis que Jeanne s'en frottait les bras et les mains. Après avoir fait de même, Mathias lui donna son bout d'écorce. Le trio dégageait maintenant une odeur tannique, renforcée par la tiédeur de leur peau.

— Fais comme ta mère. Tu sens ?

— Oui, c'est super fort.

— C'est un répulsif naturel. Les chênes en produisent pour éloigner les nuisibles.

Gavée de poisson, Jeanne s'assoupit, bercée par le concert de trilles aiguës, de roucoulements graves et de crécelle sèche des oiseaux. Quentin bâilla. À voix basse, Mathias lui expliqua le chant du pinson qui annonçait la pluie, celui du rossignol qui avertissait d'un danger. L'humidité, associée à la froideur de la forêt, glaçait le sang. Mathias lui tendit une veste en polaire, puis posa la sienne sur Jeanne. Quentin chuchota :

— Maman m'a dit que les bêtes venaient boire ici, à la tombée de la nuit. Tu crois qu'on va en voir ?

— C'est probable. J'ai déjà repéré des empreintes de renard et de chevreuil en allant chercher du bois. Montre-moi tes mains.

Quentin baissa la tête. Ses ongles étaient noirs, ses paumes écorchées.

— Tu as fait ce que je t'ai dit ?

— Oui !

Cela faisait trois jours qu'il frottait ses mains sur les troncs des arbres, coupait du bois et s'entraînait à serrer le plus fort possible les cailloux coupants des chemins. Des ampoules étaient apparues sur ses paumes.

— Tu sais ce que c'est, la première règle que ton grand-père m'a apprise ?

— C'est quoi ?

— Éteindre un feu. Tu crois vraiment que les bêtes vont venir, si elles sentent la fumée ?

— Mais c'est facile, il suffit de mettre de l'eau.

— Effectivement. Mais si tu fais ça, tu n'auras jamais de la corne sous les mains…

— … et je ne pourrai jamais tirer au fusil.

— Voilà, tu as tout compris.

— Qu'est-ce que je dois faire alors ?

— Va tremper tes mains dans la fondrière. Tu attends que ça sèche, puis tu recommences. À la fin, je veux tu aies une carapace de boue.

Quentin s'éloigna dans les broussailles. Jeanne s'était réveillée. Mathias lui tendit une gourde remplie d'eau et l'interrogea du regard.

— Tu te sens bien ?

— Oui, ça va, ça va ! dit-elle mollement. Où est Quentin ?

— Il revient dans dix minutes, c'est lui qui va éteindre le feu !

— Comment ça, c'est lui qui va éteindre le feu ?

— Tu te souviens ?

— Bien sûr que je me souviens, mais il a treize ans !

Il la regarda longuement avec un sourire doux.

— On avait le même âge, Jeanne…

Elle ne répondit pas. Il avait raison. Quentin apparut, les mains trempées de boue comme dans un moule de béton.

Jeanne coula un regard reconnaissant vers Mathias. Eux, c'était à mains nues qu'ils avaient serré la bûche incandescente. Comme Mathias rangeait le matériel de pêche, elle prit la parole. Sa voix tremblait.

— Ce soir, Quentin, tu vas devoir éteindre le feu.

Comme il ne répondait rien, elle précisa :

— Avec tes mains…

— Quoi ? Mais vous êtes malades !

Ses yeux passaient à toute vitesse de Mathias à Jeanne, en quête d'un indice lui prouvant que tout ceci n'était qu'une plaisanterie. Mathias l'encouragea :

— Une fois que tu auras de la corne, on ira chasser. Cette semaine, même, si tu t'y mets maintenant !

Jeanne détacha de sa ceinture le couteau de son père.

— Tiens, tu en auras besoin.

Vingt minutes plus tard, un croissant de lune éclairait l'étang et le banc de terre où ils s'étaient postés, à quelques mètres des empreintes que le garde forestier avait repérées. Maintenant, il fallait attendre. Les notes joyeuses des oiseaux du crépuscule avaient cédé la place à un seul hululement énigmatique. Un hibou repu de chair tendre. Jeanne dirigea son regard vers ce qu'il restait du feu : des cendres déjà froides, des bâtons noircis. Quand son fils s'était saisi à pleines mains d'un billot rougeoyant, Jeanne avait senti son épiderme se racornir, les poils de ses bras se hérisser. Devant elle et devant Mathias qui n'avait pipé mot, Quentin avait serré, serré, jusqu'à ce que la gaine autour de ses doigts se craquelle et que son visage pâle sous la lune devienne cramoisi. Mathias avait vidé sa gourde sur ses doigts puis sur le reste du feu.

Accroupie, ses propres mains plongées dans la glaise, Jeanne sentait monter des entrailles de la forêt le mystère de ses profondeurs. « Ce qu'il se passe dans les sols forestiers est moins connu que la surface de la Lune », disait Tardy. Le système d'entraide racinaire, la manière dont les arbres communiquent, était une matière obscure. Inconnue des profanes comme des spécialistes. Pour persister, il fallait disparaître. C'était la leçon que Jeanne en avait tirée. Elle porta à son nez sa paume imprégnée de remugles de vase, de tannin et de sève. Soudain, un bruissement se fit entendre. Deux petits mammifères roux se faufilaient sous le taillis. Ils finirent par sortir à découvert pour s'abreuver, à quelques mètres d'eux. À côté de Jeanne, Quentin frémit. Les deux renards lapaient sans un bruit. Est-ce que l'un des deux était la femelle qui avait perdu ses petits ? Jeanne ne le saurait jamais. Soudain, Quentin chuchota :

— Quand est-ce que tu me rendras mon iPhone ?

Jeanne se tourna lentement vers lui. Ce murmure venait de loin. Une galaxie qu'elle croyait avoir quittée. Elle serra les poings, se retint de hurler. Le goût fuligineux du sang se répandit dans sa bouche.

— T'es toujours pas passé à autre chose ? Je suis malade, Quentin ! Et toi, il y a que ça qui t'obsède ?

L'adolescent explosa :

— Mais c'est quoi, ta maladie ? J'en peux plus, maman ! T'arrêtes pas de me mentir !

Jeanne était devenue livide. Mathias, qui les avait entendus crier, se rapprocha d'eux.

— Tout va bien ?

Quentin s'était recroquevillé sur lui-même tandis que Jeanne, mâchoire contractée, lèvres soudées, avait l'air d'avoir croisé un spectre. Quentin finit par se redresser.

Une minute plus tard, il se tenait là où les renards avaient lapé l'eau grise de l'étang. Mathias le regarda s'agenouiller sur la terre humide puis se tourna vers Jeanne. Il eut un mouvement de recul, sa peau était crayeuse et elle semblait avoir vieilli de plusieurs années en l'espace d'un instant.

— Jeanne ?

Mathias posa une main sur l'épaule de son amie. Elle finit par parler, d'une voix hachée :

— Je me demande à quoi ça sert, tout ça. Il vient de me réclamer son téléphone…

Jeanne observa la silhouette de son fils, presque avalée par la nuit. Elle se haïssait de lui avoir parlé ainsi. Mathias se fit rassurant :

— Il voulait peut-être les prendre en photo. Je sais pas grand-chose de cette vie, mais je peux te jurer qu'il apprend beaucoup plus que tu ne le penses.

Un grondement se fit entendre. La terre vibrait sous leurs pieds. Jeanne n'eut pas le temps de réaliser ce qu'il se passait, elle vit seulement Mathias pousser violemment Quentin vers l'étang tandis qu'une masse sombre passait en trombe devant elle. Alors qu'elle se précipitait vers son fils, Mathias lui cria :

— Va falloir qu'on lève le camp, c'était un sanglier.

Le pantalon de Quentin était trempé. Tandis qu'il se relevait, Jeanne fondit sur lui pour l'enlacer.

— Je suis désolée, mon amour, pour tout à l'heure, j'étais énervée.

— Mais c'est quoi, ta maladie ?

— Rien de grave, je suis juste fatiguée, tout ira mieux demain matin.

— Mais t'es sûre ?

— Promis juré, mon amour.

Rassuré, Quentin se leva pour rejoindre Mathias. Le garde forestier sondait la forêt qui baignait de nouveau dans le silence.

— Qu'est-ce qu'il s'est passé ?

— Le monstre dont je te parlais...

— Celui de mon grand-père ?

Mathias jeta un œil à Jeanne, qui les observait.

— Non, un autre. Allez, viens, tu n'as pas l'air d'être trop mouillé. Ta mère et moi on a encore un dernier truc à te montrer.

Puis, s'adressant à Jeanne :

— Tu te souviens, de la *piste du silence* ?

Jeanne leva un pouce en guise d'approbation. Après avoir essuyé ses mains sur son jean, Quentin lui demanda :

— Qu'est-ce que c'est ?

— C'est un truc que ton grand-père m'a appris. Une technique que tu dois maîtriser pour chasser. Il s'agit d'évoluer dans la nuit sans lampe de poche, et surtout sans faire de bruit. Le but est de s'approcher le plus près possible d'un animal, sans qu'il sente ta présence. Compris ?

— Ça n'a pas l'air d'être très compliqué...

— Détrompe-toi. En forêt, le moindre bruit, le moindre souffle sont démultipliés. Et n'oublie pas que les bêtes ressentent tout plus fort que toi.

— Sauf si je mange le cœur d'un chevreuil ou d'un cerf ?

Jeanne coula un regard amusé vers Mathias qui leva les mains en l'air comme pour prouver son innocence.

— Je t'ai dit qu'il apprenait vite, ton fils.

L'obscurité était presque complète. C'était nouveau pour Quentin, qui ne connaissait la nuit qu'en ville, une fausse nuit jamais vraiment totale grâce aux phares des voitures et aux enseignes des boutiques. Tous trois s'engagèrent dans le sous-bois mais, très vite, Mathias et Jeanne laissèrent l'adolescent partir devant. D'abord hésitant, se retournant toutes les minutes pour vérifier leur présence, Quentin finit par adopter une démarche de chat, posant ses pieds avec délicatesse sur le sol, évitant les obstacles et ne frôlant aucune branche. Au bout d'une dizaine de minutes, Mathias, un doigt sur la bouche, posa sa main sur le bras de Jeanne. Ils restèrent tous les deux immobiles dans l'obscurité tandis que Quentin s'éloignait. Jeanne ferma les yeux. Quand elle les rouvrit, Mathias guettait la nuit. « Alors ? » demanda-t-elle. Aucun bruit. Quentin s'était fondu dans la forêt.

Il était vingt-deux heures quand ils arrivèrent aux Bertranges. Tous les trois étaient maintenant allongés devant la maison, à regarder le ciel. Mathias rompit le silence le premier :

— Chêne-de-Cœur est ce qu'on appelle un triangle noir, c'est-à-dire qu'il n'y a quasiment pas de pollution lumineuse. C'est l'endroit parfait pour observer les étoiles. Celles que tu vois sont tellement lointaines que la lumière que l'on reçoit a été émise il y a plusieurs centaines ou milliers d'années. C'est un peu comme si tu voyageais dans le passé.

Jeanne écoutait Mathias, songeuse. Elle faisait partie d'un tout. Son père avait admiré l'étoile rougeâtre de Mars, la bande brumeuse de la Voie lactée, les constellations. Et avant lui son grand-père. L'arrière-grand-père de Quentin. Plus proche, et pourtant à des années-lumière, elle se voyait enfant puis adolescente, étendue à côté de Mathias. *Pleuvrait-il, ou ne pleuvrait-il pas ?* Quels étaient alors leurs vœux lorsqu'une étoile filante balafrait la voûte éternelle ? Ceux de son ami n'avaient pas été déflorés. Elle, à cette époque, était intarissable sur la supériorité des villes et son rêve ne tarderait pas à se réaliser. Quentin étouffa un bâillement. Jeanne aussi était fatiguée.

— Viens, on va aller se coucher.

Mais Quentin voulait en savoir plus.

— Elles servent à quoi, les étoiles ?

Jeanne prit la parole d'une voix ouatée :

— Elles te guident, elles t'aident à rêver, elles t'apaisent.

— Et quoi d'autre ?

Jeanne serra la main de son fils. Tout en désignant à Quentin la Grande Ourse, Mathias poursuivit :

— Elles indiquent aussi la météo. C'est comme cela que nos ancêtres travaillaient. Il existe, par exemple, des constellations d'étoiles qui n'apparaissent dans le ciel nocturne que pendant les mois d'été, tandis que d'autres sont visibles en hiver. C'est en observant tout cela qu'ils ont également identifié les dates de solstice, ce qui leur a permis de distinguer les saisons. Pour un peuple d'agriculteurs, c'était une question de survie.

— C'est quoi les solstices ?

— T'as pas appris ça à l'école ? C'est du latin. Ça veut dire « le Soleil s'arrête ». Pendant l'Antiquité, les anciens ne comprenaient pas pourquoi le Soleil montait et descendait au cours d'une année. Certains croyaient même que c'était en fonction de son humeur. Si le Soleil s'arrêtait de monter, ils faisaient la fête, car ça voulait dire que les jours allaient diminuer, annonçant la saison des récoltes. Ça, c'était pour le solstice d'été, le 21 juin. Le solstice d'hiver, le 21 décembre, c'est le moment de la nuit la plus longue de l'année et le retour progressif de la lumière.

Comme l'adolescent ne disait plus rien, Mathias reprit :

— C'est l'heure d'aller se coucher, Quentin. Alors, ça t'a plu cette journée ?

— Oui. Demain, on va chasser ?

XXVI.

Dans son bureau du 36, le commandant Charton buvait son quatrième café. Il vérifia l'heure, puis décrocha son téléphone d'une main lourde. Neuf heures, c'était le moment. Ses appels quotidiens au parquet étaient de plus en plus laborieux. Il avisa les portraits de Jeanne et de Quentin qu'il avait affichés sur son mur. À force de les regarder, il avait l'impression de les connaître. Les membres évanescents d'une famille de papier. Cela faisait maintenant deux mois que la jeune femme et son fils avaient disparu, comme envolés.

Chaque année, presque soixante-dix mille personnes sortaient des radars, en majorité des mineurs souvent fugueurs. Les adultes aussi étaient concernés par ce phénomène : quatre à cinq mille majeurs s'évaporaient également, disparaissant volontairement sans laisser ni trace ni adresse. Ceux qui refaisaient surface un beau jour invoquaient le désir qu'ils avaient eu de changer de vie. Certains se volatilisaient pour toujours.

Et puis il y avait des accidents. Après trois mois, les nouvelles étaient rarement bonnes. Charton le savait. Sa crainte ? La mauvaise chute dans un coin perdu de l'Ardèche, dans une montagne, les deux corps tombés dans une ravine que l'on découvrirait dans un an, voire plus. Ce n'était malheureusement pas rare. Enfin, le procureur décrocha.

— Commandant Charton au téléphone…

Son interlocuteur le coupa aussitôt.

— Toujours rien, je présume ?

Charton se racla la gorge. Même s'il était rompu aux manières expéditives du magistrat, il avait toujours l'impression d'être pris en faute lorsqu'il avait affaire à lui.

— La tournée des hôpitaux n'a rien donné. Ni celle des morgues.

— Quoi d'autre ?

— On a réussi à retrouver sa mère, elle vit à Bandol. Elle a refait sa vie quand sa fille était adolescente et n'a pas eu de contacts avec elle depuis.

— Elle pourrait pas se terrer là-bas ?

— J'ai téléphoné à la police locale. Ils sont allés sur place et mis sa maison sous surveillance, ce qui n'a rien donné.

— Ils l'ont interrogée sur son enfance ?

— Oui, Jeanne Tardy a vécu jusqu'à ses dix-sept ans dans une forêt, pas très loin d'Orléans. Quand ils ont demandé si elle n'aurait pas pu y retourner, la mère a été formelle. Je la cite d'après le PV[1] que m'ont transmis

1. Procès-verbal.

les collègues de Bandol : « Elle préférerait être ici, avec moi, que retourner là-bas. Allez-y si vous voulez, je doute que vous la retrouviez ! »

— Entendu. Vous avez mis son téléphone sur écoute ?

— Oui, sans résultats. On a refait l'enquête de personnalité auprès du premier cercle, rien de probant ne ressort à part que, quelques jours avant de disparaître, elle a appelé ses amis les plus proches.

— Ils disent quoi d'elle ?

— C'est une grosse bosseuse, une collègue attentive, une maman protectrice.

D'un ton rogue, il le coupa de nouveau.

— Enfin ce n'est pas la Vierge Marie non plus, commandant. Vous connaissez comme moi le fonds de commerce de la boîte de son ex-mari. Et puis je vous rappelle qu'elle a un cancer. N'importe qui vrillerait en apprenant ce genre de nouvelle. Vous êtes retourné à l'hôpital ?

— Ils n'ont pas de nouvelles non plus. On n'est que mi-mai.

— Oui. Il faudra que vous y repassiez. Si je comprends bien, c'est votre seule piste.

Ce n'était pas une question. Le magistrat raccrocha. Il faisait déjà une chaleur à crever. Charton ouvrit la fenêtre. Le premier mois, son groupe avait été occupé. Entre les médias qui les harcelaient, la multiplication des signalements fallacieux aux quatre coins de l'hexagone, sans parler d'Alexandre Fairchaud en personne qui avait été jusqu'à l'attendre un soir tard rue du Bastion, tous étaient sous pression. Une mère et son fils. À Nantes, Montpellier, Boulogne-sur-Mer, et même à Bastia. *Un air étrange. La mère semble louche. Le garçon, c'est le portrait craché de son père.* C'était peu ou prou à chaque fois la même description. Et toujours une fausse piste. Cela avait pris une ampleur disproportionnée lorsque Fairchaud avait passé un appel à témoins en direct de son émission. Dans la seconde, le numéro d'urgence du 36 avait explosé. Le procureur avait rappelé à l'ordre l'animateur. À l'exception des propos de ce dernier, qui ne cessait d'insister sur l'hystérie de son ex-femme, se dessinait peu à peu le profil d'une femme appréciée de tous, équilibrée. Une bonne mère. Une femme sans mystères.

XXVII.

Les arbres avaient retrouvé leur feuillage. Aux endroits les plus touffus, le ciel n'existait plus que sous forme de lézardes bleues qui se mouvaient au gré du vent. Partout dans Chêne-de-Cœur, les oiseaux s'égosillaient, les insectes bourdonnaient. Même les animaux avaient baissé leur garde. Jeanne et Quentin apercevaient fréquemment la silhouette gracile d'une biche ou d'un chevreuil. Des fragrances de fleurs, d'herbe et de pollen saturaient l'atmosphère. Jeanne s'enivrait de cet air tiède et poudré qui la ramenait plus de vingt ans en arrière. Dans trois semaines, ce serait l'été.

À la Roncière, Kristell ne parvenait plus à maîtriser sa nervosité. Depuis plusieurs jours, elle ne cessait de penser à Jeanne et à Quentin, isolés dans leur maison, sans contact extérieur. Ce n'était pas raisonnable. Jeanne ne pouvait pas rester seule, avec la maladie qui grandissait, avec un garçon de treize ans. C'était irresponsable. Le mot la frappa de plein fouet. Irresponsable. Et elle, que son métier d'infirmière aurait justement dû guider, avait laissé faire. Elle ne pouvait s'empêcher de culpabiliser.

Après avoir chargé sa sacoche dans sa fourgonnette, la jeune femme se tourna vers Mathias, qui débitait du bois dans la cour, Douglas à ses pieds. Il commençait à faire chaud et le T-shirt du garde forestier était trempé.

— Mathias ?

Il ficha sa hache dans un rondin. À l'air préoccupé de sa femme, il comprit tout de suite de quoi il s'agissait.

— Ne t'inquiète pas, personne ne sait qu'ils sont là.

— Il y a de plus en plus de monde dans les bois… Hier encore, j'ai croisé un car de scolaires ; ils venaient pour la journée…

— Tu sais très bien qu'ils vont toujours au même endroit. La forêt est immense, tu te souviens ? Et puis on a promis…

À ces mots, Kristell haussa le ton :

— *Tu* as promis ; moi, je suis infirmière, je ne suis pas censée la laisser comme ça… et puis c'est trop risqué pour nous.

— Que veux-tu que je fasse ?

— Il faut que tu lui dises de se rendre.

Mathias sentit la sueur sur son front sécher immédiatement.

Jeanne observait son fils. Il s'était attaché les cheveux en arrière et le bermuda déchiré qu'il portait laissait entrevoir ses mollets écorchés. Depuis deux semaines, Quentin ne parlait plus de Paris ni de son père. La forêt l'absorbait dans son entièreté. Le petit citadin avait peu à peu fait de la place à un tout autre homme, dont même le regard n'était plus le même. La pointe de doute, de tristesse même, qui s'y trouvait parfois, avait laissé place à une assurance nouvelle.

Quand tout sera fini… Elle ne réussit pas à stopper son raisonnement. Un autre métier ? C'était sûr. Une autre vie, dans la maison du Luberon. Elle vendrait l'appartement, passerait tous ses étés à Chêne-de-Cœur. La sensation des larmes, d'abord dans la gorge, puis au niveau des nerfs optiques, l'obligea à se lever. L'oubli était la pire des violences.

Son talkie-walkie grésillait depuis plusieurs secondes. Son cœur se mit à frapper dans ses tympans, mais ce n'était que Mathias : « Avec le beau temps, il risque d'y avoir plus de monde dans la forêt. » Cinq minutes plus tard, elle coupait la fréquence.

Elle s'était assoupie. Elle se réveilla en sursaut et regarda l'heure à sa montre. L'heure du déjeuner était passée. L'angoisse la saisit. Que faisait-elle à dormir alors que le temps lui était compté ? En se levant, elle vit sur la table de la cuisine des miettes de pain. À côté, le manuel de survie de son père était ouvert sur un chapitre consacré à la chasse. Par la fenêtre, elle aperçut Quentin, son sandwich posé sur une souche bien plate. Il taillait un morceau de bois avec son nouveau couteau.

Elle ne l'avait même pas entendu. Après s'être passé de l'eau fraîche sur le visage, elle le rejoignit.

— Qu'est-ce que tu fais ?

— Un arc, regarde, j'ai déjà fait les flèches, Mathias m'a appris !

— Tu as pris quoi comme bois, du frêne ?

— Je sais pas…

— Je vais te montrer à quoi cela ressemble, c'est le bois le plus adapté. Je vais t'aider à en fabriquer un.

Des arcs, des flèches, même une arbalète. Enfant, elle possédait tout un arsenal. Qui avait fini à la poubelle ou au feu. Qu'est-ce qui lui avait pris, de se débarrasser de tout cela ? Un appartement épuré, une ambition à faire fructifier, un milieu opaque à pénétrer : c'était son obsession. Elle aurait tant aimé pouvoir transmettre à Quentin ces objets : la boîte à secrets, ces armes fabriquées avec patience. Elle avait au moins pu lui donner le couteau de son père et il hériterait de sa bibliothèque.

— Tu me montres, maman ?

Quentin était campé devant elle, une dizaine de flèches à la main, le poignard de chasse à sa ceinture.

— Viens, j'ai repéré un massif de frênes pas très loin.

Mais une ombre s'était déposée sur le visage de l'adolescent. Il balbutia, l'air soudain très fragile :

— Mais t'es sûre que t'es assez en forme ? Je peux y aller tout seul tu sais, faut juste que tu me dises où c'est !

Jeanne sentit naître dans sa gorge un torrent de larmes tièdes. Elle déglutit puis, comme c'était devenu son habitude, se mit à plaisanter :

— Je suis pas en fauteuil roulant, mon amour ! Allez, viens, on y va !

Deux heures plus tard, Quentin avait accroché son arc au dos et fourré ses flèches dans un carquois de toile que Jeanne lui avait cousu. Après avoir découpé un torchon en cercle et l'avoir clouté à un arbre, Jeanne prit la musette qu'elle avait trouvée dans les combles, puis s'éloigna.

— Je te laisse t'entraîner, je vais essayer de voir si je peux trouver plus d'appâts.

Quand elle revint, son sac rempli de lombrics, de bouquets d'ail des ours et de fleurs de sureau, Mathias venait d'arriver, un rouleau de fil de fer, une tenaille et une sorte de tube grillagé replié sur lui-même à la main. Il semblait furieux.

— J'espère que tu aimes les rouges-gorges !

Jeanne haussa les sourcils.

— Oui, pourquoi ?

— Parce que c'est ce que ton fils a prévu pour le dîner. En brochettes…

Jeanne s'approcha. Quentin creusait le sol à mains nues. Elle comprit de quoi il retournait quand elle vit les deux petits volatiles inertes. Mathias était maintenant derrière elle. Elle ne lui avait jamais entendu ce ton rogue.

— *Tuer n'est pas jouer*, c'est un truc que nos pères nous ont appris, lâcha Mathias avant de reprendre :

— Le seul truc positif, c'est qu'il a hérité du coup d'œil de ton père. Depuis quand il sait tirer ?

Jeanne chuchota :

— Aujourd'hui…

— Je lui ai dit que la seule manière qu'il avait de se rattraper, c'était de les manger.

— Mathias, il n'a que treize ans. Toi, tu es né ici. Lui vient de débarquer.

— C'est pas une raison. T'as pas oublié qu'il a quand même filmé un homme blessé, auquel il n'a même pas porté secours et à qui il a volé son téléphone portable ?

Jeanne baissa la tête. Voyant son amie dévastée, Mathias se radoucit :

— Je suis désolé. On est tous un peu sous pression en ce moment, Kristell a peur que la gendarmerie débarque, et même moi, je commence à m'inquiéter pour toi. Ça va durer combien de temps, cette histoire ?

Jeanne se força à se redresser. Combien de temps ? La seule question à laquelle elle ne pouvait pas répondre. Quentin avait les mains noires et les ongles écorchés. Le trou ruisselait d'une eau brune qui sentait la vase.

— Tu me rebouches tout ça, Quentin. Tu sais quelle est la meilleure nourriture du monde ?

Quentin se redressa. Il passa la main sur son front luisant de sueur. Une traînée granuleuse sur sa peau brune.

— Alors ?

— Je sais pas, maman.

— C'est celle que tu as cultivée ou chassée.

Quentin ne comprenait toujours pas. Mathias les rejoignit. En quelques coups de pied, il combla la tombe des rouges-gorges.

— Suis-moi, je vais te montrer comment les plumer.

— Mais on va vraiment les manger ?

— Si tu veux que je t'apprenne la suite, oui.

Jeanne fit cuire les passereaux dans la cheminée. Depuis qu'elle était arrivée en forêt, elle s'était rendu compte d'une chose : avec la prise de son traitement, le partage des repas était leur seul point fixe, dans un lieu où il n'y avait pas d'horaires et où le temps s'écoulait sans rendez-vous. Elle, n'avait pas vraiment d'appétit, mais la vie au grand air donnait faim à Quentin.

Après le dîner, Mathias emmena Quentin dans les bois. De toutes parts les grillons stridulaient, les branches craquaient. Mais l'adolescent ne sursautait plus. À pas de loup sur la litière, il suivait le garde forestier. Au bout d'une dizaine de minutes, Mathias s'arrêta. Il sortit de sa grande poche le fil de fer, la tenaille et le rouleau grillagé.

— La première chose que tu dois prendre en compte quand tu construis ton piège, c'est l'emplacement. Pour cela, il faut que t'apprennes à ouvrir les yeux, pour repérer les traces d'animaux. Ça peut-être leurs empreintes, mais aussi leurs déjections…

— Super…

— Autre chose, il est interdit de piéger en France, sauf en situation de survie. Ici tu pourras piéger du lapin de garenne, car il cause de gros dégâts aux plantations forestières. Il y a différentes catégories de pièges, comme le tunnel à lapin, que tu poses à la gueule du terrier. Après, tu as aussi les pièges à collet.

— Ça marche comment ?

— Tu prends du fil de fer, avec lequel tu formes une petite et une grosse boucle. Tu attaches la petite boucle à un arbre suffisamment robuste. La grande boucle, tu la poses par terre, sur un chemin qui te semble fréquenté par les animaux.

— Mais ça les étrangle, c'est horrible !

— Quentin, je te suis pas, là. Les filets de poulet ou le steak haché que tu mangeais à Paris, tu crois qu'ils sont prélevés sur de la volaille ou des vaches vivantes ? Et ensuite ça repousse, c'est ça ? Ou alors tu me dis que t'es végétarien et je te montre les coins à myrtilles...

Quentin ne disait plus rien. Mathias reprit :

— Si tu es amené à piéger en forêt, c'est que tu n'as pas le choix. Ici, ce sont de nouvelles règles, vu ?

Le garçon acquiesça.

— Si ça peut t'aider, y a des milliers de lapins dans la forêt. Qui ravagent nos jeunes plants, tout comme les chevreuils, d'ailleurs. Dis-toi qu'en mangeant un lapin, tu sauves un arbre.

Quentin esquissa un sourire.

— Ça te va ?

— Oui, chef !

Le lendemain, Quentin se réveilla aux aurores. Mathias l'attendait, déjà posté devant le tunnel installé la veille. Un lapin s'y trouvait. Quentin avisa la fourrure beige, les longues pattes recroquevillées. Mathias s'accroupit.

— Maintenant, à toi de voir si tu as vraiment faim...

— C'est-à-dire ?

— Ton lapin, tu le relâches ou tu le tues, tu peux pas le laisser comme ça.

— Mais je sais pas comment on fait pour tuer...

Quentin s'était mis à bafouiller. Mathias reprit :

— Faut que tu saches une chose, un animal ne réfléchit jamais à sa mort. Il meurt là où il se trouve et réintègre le cycle chimique en se décomposant.

Quentin saisit la proie par le cou. Le lapin se débattait. Puis il finit par se calmer au contact de la poitrine de Quentin. L'adolescent semblait émerveillé par la sensation de douceur presque liquide de la fourrure contre lui. Mathias l'interrogea :

— Alors ?

— Je ne sais pas...

Mathias avait sorti de sa poche un instrument qui ressemblait à un poinçon surmonté d'un anneau de fer.

— C'est un tue-lapin. Je vais te montrer. La prochaine fois, ce sera ton tour.

Mathias se saisit du lapin puis le posa bien à plat sur le sol. Quand l'animal cessa de se débattre, il arma la broche avant de la placer devant ses oreilles. Enfin, après l'avoir appuyé sur le crâne, il arma la détente. C'était fait.

Quentin ne l'avait pas quitté des yeux.

— Ensuite on fait quoi ?

— Il faut que tu fasses glisser la peau par-dessus la tête. Un peu comme une chaussette. Tu visualises ?

Une heure plus tard, aux Bertranges, Mathias montrait à Quentin comment écorcher puis découper le lapin.

— Tu dois faire attention à ne pas crever les intestins, pour ne pas gâcher la viande.

Enfin, le gibier fut prêt à être cuisiné. Quentin était impressionné par les entrailles brillantes et bien rangées. Mathias surprit son regard :

— C'est qu'un lapin, mais ça donne une idée à peu près fidèle à ce que t'as là-dessous.

Le garde forestier désignait le ventre de Quentin, qui émit un soupir écœuré. Mathias reprit :

— Maintenant, va falloir le cuire. C'est toi qui t'occupes du feu ?

— Oui.

— Bien. Cet après-midi, je t'apprendrai à tirer au fusil.

Plus tard, Mathias l'emmena à la clairière. Après avoir tendu entre deux arbres un chapelet de vieilles bouteilles en plastique, il sortit du coffre de sa jeep deux gros étuis sombres. Les armes sentaient le métal froid et l'huile. Il y avait un fusil de chasse Beretta et une carabine semi-automatique Winchester, que Mathias tendit à Quentin :

— Ça, ce sera pour toi.

Après avoir appris à Quentin le fonctionnement de son fusil de chasse, Mathias lui montra comment charger la carabine. Puis il se plaça derrière lui, à vingt-cinq mètres des cibles pour commencer. L'adolescent fléchit les genoux, épaula, ferma un œil.

Son premier coup de fusil lui donna mal au crâne et lui fit monter les larmes aux yeux. Mais la fumée que dégageait le canon de son arme à chaque déflagration l'excita. Au début, il ne toucha aucune des bouteilles que Mathias avait accrochées. Mais après trente minutes, il les avait toutes criblées de balles. Rapidement, l'adolescent voulut troquer la carabine légère contre le gros fusil de chasse.

— Si tu te mets à tirer les lapins avec mon gros calibre, tu risques de les ramasser en pièces détachées pendant des semaines…

— Et le sanglier ?

— Si j'étais toi j'éviterais, ce sont des tueurs qui pèsent quatre fois ton poids… Le temps que tu épaules, c'est toi qui seras en kit…

— On continue ?

— J'ai promis à ta mère qu'on ne tarderait pas trop. Mais je te laisse la carabine. Monte dans la jeep, je te réexpliquerai les règles de sécurité en route.

Quand ils se garèrent aux Bertranges, Jeanne étendait le linge qu'elle avait lavé dans l'évier de la cuisine. Elle avait retiré son T-shirt pour sentir la chaleur sur son dos. Elle huma l'odeur de savon. Elle s'en fichait de vivre à moitié nue, ou habillée tous les jours de la même manière. Pantalon flottant autour de ses jambes amaigries, T-shirt sale. Une forme d'élégance dans la simplicité. Malgré l'écran total, sa peau n'était pas restée blême. Ses cheveux, piqués de mèches blanches et rugueuses, avaient pris la consistance du foin. Ne pas se laver tous les jours. Raser le minimum. Attendre sans en avoir l'impression. Flotter, plutôt. Elle repensait parfois au temps perdu : trop grosse, trop maigre, trop musclée. Les moments de pure détestation, comme si son corps avait déjà commencé à pourrir. La courbe irrégulière de ses fesses, le relief approximatif de ses cuisses, la paresse de ses seins, c'était tout ce qu'elle avait à offrir.

Lorsque Quentin apparut, elle lui proposa d'aller à l'étang. Elle salua Mathias qui repartait dans un nuage de poussière, puis prépara un sac. Vingt minutes plus tard, ils s'installaient sur la berge.

Quentin fixait l'eau miroitante, les traces de renards dans l'alluvion, un échassier dans une cuvette au loin. En arrière-plan, les peupliers bruissaient malgré l'absence de vent. Soudain, il sentit sa canne à pêche se tendre. Plus haut sur la berge, se trouvait un bosquet de noisetiers. Un écureuil se gavait de noisettes tout en remuant la tête de gauche à droite. Quentin se leva pour s'approcher de la surface de l'étang et son mouvement fit fuir le rongeur. Après s'être déshabillé, il plongea. Une minute plus tard, il rejaillit. Jeanne avait retenu sa respiration. Son fils. Une hallucination. Brasses tranquilles dans l'eau vivante, soleil de plomb sur ses épaules brunes. Un homme, maintenant. Elle posa son livre sur la bâche qu'elle avait étalée sous les peupliers. Le soleil avait fait fondre la sève des arbres et parfois une goutte orange s'écrasait sur ses jambes. Elle huma l'odeur que la température avait rendue aigre puis ôta ses vêtements. Une fois à demi nue, elle s'avança vers l'eau. Sous sa surface lisse, un autre monde. Rugueux, rampant, visqueux, enveloppant. Enfant, elle y allait toujours à reculons.

— Tu viens, maman ?

— J'arrive !

Elle plongea. Au contact de l'eau glacée, elle sentit chaque millimètre de sa peau se durcir. Des filaments d'algues et de plantes hydrophytes la caressaient tandis qu'elle nageait jusqu'au bosquet de roseaux près duquel Quentin se tenait, au milieu des lentilles d'eau et des nénuphars. Près de la berge, l'eau n'était pas profonde. Quentin, qui se tenait accroupi, se leva et l'eau ruissela sur son corps. Jeanne l'imita. De minuscules fils verts s'étaient accrochés à ses sous-vêtements ; elle les retira tandis qu'une douce tiédeur l'enrobait.

— Maman ? Maman !

Jeanne rouvrit les yeux. Quentin se tenait maintenant à moins d'un mètre d'elle, et la contemplait d'un drôle d'air. Elle essora ses cheveux :

— Oui ?

— Tu m'aurais pas caché quelque chose ?

Jeanne le dévisagea. Elle ne lui avait jamais vu cet air de triomphe malicieux.

— Je vais avoir un petit frère ? Ou une petite sœur d'ailleurs, ajouta-t-il en dispersant d'un geste large le tapis de lentilles d'eau qui s'était reconstitué autour de lui.

Elle baissa ses yeux sur son ventre gonflé. Posa ses mains autour de son nombril. La peau était à nouveau rigide. L'ascite était revenue. Cela faisait plus de deux mois qu'on lui avait ponctionné ce poison liquide. Comme elle se taisait, Quentin continua à l'interroger.

— T'es pas enceinte ?

— Non mon chéri, faut croire que j'ai trop mangé ajouta-t-elle en se forçant à sourire. T'es pas trop déçu ?

— J'aurais bien aimé avoir un petit frère, mais j'imagine que c'est trop tard…

Sa phrase resta en suspens. Jeanne se redressa, en apnée.

— Comment ça, trop tard ?

— Bah, j'ai treize ans…

Elle recommença à respirer.

— Je suis désolée, tu vas rester enfant unique, comme moi.

Puis, d'une voix à la solennité feinte, elle déclara :

— Je te nomme roi de Chêne-de-Cœur, unique héritier du trône de bois !

Il se joignit à son rire. Et tandis qu'elle l'observait secouer la tête d'un air faussement consterné, ça la traversa : elle était comme Fairchaud, à tout tourner en dérision.

XXVIII.

Douglas en laisse, Quentin traquait sa proie depuis le point du jour. Il faisait encore sombre lorsque l'adolescent avait repéré les traces de sabots près de l'étang. Depuis, le chien n'avait cessé de suivre le fumet musqué dans la parcelle qui entourait la pièce d'eau. Quentin savait que le chevreuil n'en bougerait pas. L'adolescent évoluait avec lenteur, faisant attention au moindre de ses gestes. Avant de partir, il s'était enduit les jambes, les bras et le visage de terre. À dix heures, Quentin chassait déjà depuis trois heures et la distance entre lui et le mammifère s'était réduite. Après avoir avalé un casse-croûte, il reprit sa quête. Ça lui plaisait, d'explorer cette forêt dont il commençait à maîtriser les contours. Armé de sa carabine, il se sentait comme les premiers hommes, qui pistaient leurs repas pour survivre. Avec les rouges-gorges, l'adolescent avait compris la leçon de Mathias : posséder une arme ne lui donnait aucun droit. Soudain son univers s'était élargi. Éclairci même, on lui faisait confiance.

Le soleil était maintenant haut dans le ciel. Quentin avala une gorgée d'eau à sa gourde. Il s'apprêtait à se remettre en route lorsqu'une tache rousse apparut derrière les arbres, à moins de cinquante mètres devant lui. L'adolescent épaula sa carabine, retint son souffle. À part les palpitations de son cœur dans sa boîte crânienne, le silence régnait. Le losange blanc de la queue du mammifère remua puis la silhouette fauve effectua un bond parfait. Quentin appuya sur la détente.

Il demeura figé quelques instants. Il lui semblait avoir entendu l'impact des plombs dans la chair de l'animal, puis le bruit mat de sa chute. C'était impossible. Il patienta une minute supplémentaire, mais l'écho de la déflagration se propageait toujours dans ses tympans. Bille d'enfant lancée à toute vitesse dans un circuit fermé, en alternance avec le son plus étouffé, presque asphyxié, du chevreuil s'écroulant sur le sol. Les deux notes avaient tout aboli du paysage sonore habituel, trilles d'oiseaux, glissements de branches, frôlements des houppiers. Le charme cessa en quelques secondes et la forêt vibra à nouveau. L'adolescent ressentit un grand calme l'envahir.

Une fois qu'il eut repéré l'endroit précis où gisait la dépouille de l'animal, Quentin se dirigea vers la Roncière pour que Mathias l'aide à la ramener aux Bertranges. Au bout d'une heure de marche, il aperçut le toit couleur brique de la maison. La rumeur d'une conversation. Il s'approcha avec prudence. Un break blanc, avec le logo de l'ONF, était garé dans la cour. Mathias parlait avec son propriétaire, un homme qui portait également l'uniforme des gardes forestiers. Quentin se dissimula au milieu des ronces. Quand le visiteur se remit au volant de son véhicule et disparut par le sentier menant à l'orée du bois, il sortit de sa cachette :

— Mathias ?

Le garde, qui s'apprêtait à rentrer chez lui, se retourna. En même temps qu'il saluait Quentin, il balaya l'horizon. Rien à signaler. Il se détendit :

— Salut Quentin, tout va bien ? J'ai entendu un coup de feu lointain. C'était toi ?

— Ouais, tu peux m'aider ? Je crois que j'ai eu un chevreuil !

Une heure plus tard, Mathias et Quentin débarquaient aux Bertranges, le chevreuil dans le coffre de la jeep. Après l'avoir déchargé, ils le traînèrent juste devant la maison puis sortirent la table de la cuisine où ils le hissèrent. Jeanne et Mathias dépecèrent et désossèrent l'animal encore tiède devant Quentin qui ne les quittait pas des yeux. L'odeur était forte, un remugle de viscères et d'urine, mais l'adolescent resta là, car cet effluve qui soulevait le cœur allait avec ce rituel ancestral dont il faisait partie. Mathias fabriqua une broche avec un bâton bien droit, alluma le feu, puis Jeanne commença à faire tourner une grosse pièce du gibier au-dessus des flammes. Douglas surveillait l'opération d'un œil larmoyant. Quentin, qui se taisait depuis le début des préparatifs, ouvrit soudain la bouche :

— Et son cœur, Mathias, on en fait quoi ?

— On peut le cuisiner si tu veux.

— Mais je croyais qu'il fallait le manger cru.

Mathias haussa un sourcil et coula un regard amusé vers Jeanne, qui répondit à sa place :

— Je pense que ça suffit, si tu le grilles.

Le repas se déroula en silence, à l'exception des claquements de mâchoire du beauceron. Quentin mastiquait la viande délicatement fumée avec une concentration presque religieuse. En regardant son fils, Jeanne se revit elle-même des années plus tôt. Joues écarlates, regard embué, c'est sous le regard approbateur de son père qu'elle avait elle aussi goûté pour la première fois cette chair qui semblait avoir infusé dans un alcool fort. Soudain le vieux réveil de Mathias, qu'elle avait oublié dans la cuisine, se mit à sonner. Quentin sursauta. Elle se maudit.

— Mais je croyais que tu n'avais pas pu le réparer ?

Malgré elle, Jeanne rougit. Elle avait soudain très chaud.

— C'est ce que je pensais aussi, je vais l'éteindre !

Elle se précipita à l'intérieur. Il ne restait plus que sept jours avant que son ordonnance sécurisée ne périme. Après avoir éteint l'alarme, elle la glissa dans sa poche. Puis elle grimpa dans les combles pour remplir son pilulier.

Après s'être resservi une troisième fois, Quentin se leva pour tisonner les braises. À son odeur sure s'était ajoutée celle de la poudre.

— C'est le meilleur repas de ma vie. Au fait, Mathias, c'était qui ce matin, chez toi ?

Après s'être essuyé la bouche, Mathias répondit :

— J'allais vous en parler. Il y a eu du mouvement cette nuit dans la forêt. À environ une quinzaine de kilomètres au sud des Aiguilles, en direction de Maré. Jeanne, tu vois où c'est ?

Elle se souvenait très bien. C'est dans ce village de moins de trois mille âmes qu'ils avaient été inscrits à l'école communale.

— Que s'est-il passé ?

— Il y aurait des intrus dans la forêt. C'est loin d'ici, donc je pense que vous n'avez pas de souci à vous faire, mais avec le beau temps on a toujours des petits malins qui viennent braver les interdictions de camping sauvage, faudrait pas que vous tombiez dessus.

Plus tard, Jeanne emmena Quentin à Croche-Étoile. L'adolescent évoluait devant elle, souple et félin comme un petit guerrier. Alors qu'ils grimpaient, Jeanne repéra une voie dans les fourrés. Elle montra à Quentin le branchage cassé, le terrain labouré.

— Tu vois, ça, c'est la preuve d'un récent passage d'animaux.

— Un sanglier, vu les dégâts.

Ça y est, c'est son territoire. Le cœur de Jeanne se gonfla en songeant que son fils marchait sur les traces de son grand-père. Elle n'arrivait pas à croire que le plan auquel elle avait pensé à Paris était véritablement en train de se dérouler sous ses yeux. Il lui semblait que pour la première fois de sa vie, elle maîtrisait quelque chose. *Et dire que c'est trop tard.* Elle se força à continuer à marcher. Cinq minutes plus tard, ils étaient arrivés. À trois cent soixante degrés, la forêt s'étendait, majestueuse. Un mystère intact. La ligne d'horizon, d'un vert tendre, semblait être aspirée par le ciel pastel. Quentin posa la tête sur son épaule. Une violente quinte de toux la secoua. Simultanément, la douleur dans sa nuque revint. Quelqu'un lui forait le rachis cervical avec un tournevis. Elle fouilla dans ses poches. Elle n'avait pas emporté de morphine. Elle ferma les yeux, priant pour que la torture cesse. Quand elle les rouvrit, Quentin avait roulé un morceau de rondin pour qu'elle s'asseye. Elle recommença à tousser, plus faiblement. Inspirer, expirer ; la crise était derrière elle. Jeanne remercia silencieusement les divinités invisibles de la forêt.

— Ça va, maman ?

— Oui mon chéri, c'est juste le pollen. Viens, maintenant que tu sais tirer à l'arc et au fusil et que tu as mangé ton premier chevreuil, je dois te montrer quelque chose. Sors ton couteau !

Ils passèrent le reste de l'après-midi à s'entraîner au lancer de couteau. Jeanne avait hésité, avant de le lui enseigner. Elle-même avait appris cet art nécessitant concentration, maîtrise de soi, persévérance. Est-ce que cela lui avait servi ? Mais Quentin ne vivrait pas dans le même monde qu'elle, il ferait de Chêne-de-Cœur son domaine. C'est en tout cas ce qu'elle espérait.

De retour aux Bertranges, la peau du chevreuil avait eu le temps de sécher. Quentin la découpa, puis Jeanne lui apprit comment assembler les morceaux pour en faire une besace. Avec celle du lapin, il cousit un carquois. À côté de lui, Jeanne s'affairait. Quelques jours plus tôt, l'idée lui était venue de lui construire une petite bibliothèque pour qu'il puisse ranger les livres qu'elle lui avait déjà donnés. Après avoir posé sur la grosse souche un couteau, une petite scie, un marteau, une lime, de la ficelle et une poignée de clous, elle avisa le tas de bois qu'elle avait ramassé le matin.

Couper, tailler, limer, planter des clous. En fin de soirée, ses doigts étaient à vif, la paume de ses mains recouverte de cloques. Avant de se coucher, elle enduirait sa peau d'huile pour éviter la moindre craquelure propice à la prolifération de bactéries qu'il fallait absolument qu'elle évite dans sa condition. En regardant ses mains rougies, elle se dit qu'elle aurait dû arrêter depuis longtemps, mais ces travaux l'empêchaient de trop penser.

Elle avait déjà fabriqué une petite boîte dans laquelle elle avait déposé un cadre avec la photo de son grand-père. Elle se sentait parfois idiote, à accomplir ces gestes frénétiques. Trois bouts de bois pour un adolescent qui, il y a encore dix semaines, ne jurait que par son iPhone. Mais Quentin avait changé.

XXIX.

L'insomnie la tira du lit après minuit. Elle essaya de se rendormir, lut quelques pages, finit par sortir devant la maison, en pyjama. La nuit était claire et le ciel parsemé d'étoiles. Elle resta quelques minutes ainsi, à profiter de la quiétude de la forêt. Petite, il lui arrivait de quitter la Roncière quand ses parents dormaient. C'était son aventure à elle : un tour du jardin rendu mystérieux par l'obscurité, se frotter à l'orée du bois, parfois s'engager sur un chemin sombre, avant de revenir se glisser entre ses draps encore tièdes. Personne n'en avait jamais rien su. Cette nuit, l'élan était intact. Une réminiscence joyeuse de ces virées nocturnes de gamine ayant envie de voir le monde. Sans réfléchir, elle retourna dans la maison pour enfiler un jean et un T-shirt. Puis, après avoir embrassé Quentin, elle quitta les Bertranges. Ses pas, accoutumés au trajet, prirent le chemin de Croche-Étoile.

Une fois là-haut, elle descendit par un sentier qu'elle n'avait jamais emprunté.

Une légère ondée avait humidifié l'atmosphère et elle regretta d'être partie peu couverte. Dans l'obscurité, les effluves de tannins et de résine étaient plus forts, le bois mouillé dégageait une saveur âcre qui lui donna envie de boire. Ses bras nus frôlaient les branchages où perlait une eau fraîche. Quelques instants plus tard, un large frêne dont elle racla les feuilles lui permit de se désaltérer. La sensation des gouttes limoneuses dans sa bouche était agréable.

En contrebas, les arbres étaient plus serrés. Comme elle s'engouffrait dans un passage étroit, le bruissement de la forêt s'intensifia. Une chouette hulula au loin, puis ce fut un craquement de branches. Était-ce un cerf ? Une biche ? Le bruit était trop puissant pour un renard ou un blaireau.

Le craquement éclata de nouveau, assorti d'un bruit de pas étouffés. La cadence était régulière. Jeanne tendit l'oreille.

Soudain, elle les vit. À cinquante mètres devant elle, dans un secteur de la forêt de nouveau plus clairsemé. Jeanne resta figée quelques secondes. Tout en prenant garde à ne pas se faire repérer, elle se rapprocha. Et crut d'abord à une hallucination. Des silhouettes humaines se tenaient au milieu des bois, à vingt-cinq mètres du buisson derrière lequel elle venait de s'accroupir. S'agissait-il des intrus dont Mathias avait parlé ? Une voix d'homme s'éleva, à laquelle répondit un timbre de femme fatiguée. Elle ne reconnut pas la langue. Cela ressemblait à de l'arabe.

Ils étaient sept, un homme, une femme et des enfants. Quatre garçons et une petite fille dont la robe démodée dessinait une corolle rosâtre dans la pénombre. À leur démarche pesante et à leurs gestes lents, elle comprit qu'ils étaient épuisés. Une minute plus tard, elle vit l'homme déplier une tente. Jeanne regarda sa montre ; il était une heure du matin. Elle rebroussa chemin et, une fois arrivée aux Bertranges, s'endormit en quelques minutes.

Quand elle se réveilla le lendemain matin, il n'était que sept heures et Quentin dormait encore. Allongée dans son lit, Jeanne se remémora ce qu'elle avait vu pendant la nuit. Avait-elle rêvé ? Elle se leva sans un bruit, s'habilla, puis, sur un papier qu'elle posa sur la table de la cuisine, elle indiqua à Quentin sa destination. Trente minutes plus tard, elle était de retour à son poste d'observation.

Rien n'avait bougé. Autour de la tente, les visiteurs avaient disposé leurs bagages, rempart de cabas de plastique, de valises abîmées et de sacs à dos. Quand la lumière poudrée du matin perça à travers le feuillage, Jeanne se sentit vulnérable. Elle ne vit pas tout de suite la paire d'yeux qui l'observait. Elle s'apprêtait à rebrousser chemin quand son regard fut attiré par deux petits mollets sombres et une paire de baskets grises de poussière. Elle reconnut l'un des garçons observés la veille. Simplement vêtu d'un large short qui avait dû être blanc à une époque lointaine, il avait la peau bronzée et dessinait une forme gracieuse sous le houppier du chêne millénaire qu'il avait choisi pour cachette. Dans un français articulé avec lenteur, il l'interpella.

— Qu'est-ce que tu fais ?

C'était une bonne question. À laquelle elle décida de répondre simplement.

— Je me promène.

— D'accord, moi aussi. Je m'appelle Oumar, et toi ?

— Jeanne.

— On est arrivés cette nuit ici, mais ça fait plus longtemps qu'on est dans la forêt.

Jeanne pencha la tête. Toujours aucun mouvement du côté des tentes.

— Tu ne dors pas ?

— Si, mais j'avais envie de faire pipi.

Comme Oumar se mettait à rire, Jeanne se détendit. Elle le regarda plus attentivement. Une bouille ronde, des cheveux noirs mi-longs et coiffés de manière anarchique. Au milieu de son front, où la crasse était venue renforcer le bronzage, une cicatrice encore blanche dessinait une sorte de point d'interrogation qui renforçait son espièglerie. Il avait serré son short, qui n'avait plus de boutons, à l'aide d'une ceinture bouclée au dernier cran. Ses chaussures de sport, dépourvues de lacets, tenaient autour de ses pieds grâce à de la ficelle. Comme il semblait vouloir continuer à lui parler, elle poursuivit :

— D'où viens-tu ?

— Avec ma famille, on a quitté notre pays à cause de la guerre. On est partis il y a très longtemps.

— De quel pays ?

— L'Afghanistan.

Jeanne ouvrit grand les yeux :

— Et vous allez où ?

— À Paris.

Oumar venait de prononcer avec emphase le nom de la capitale française. Le cœur serré, Jeanne devina que ce devait être le mot magique que ses parents lui répétaient depuis leur départ. Mais Oumar n'avait plus envie de parler. D'un geste, il lui fit signe de s'avancer :

— Je vais te présenter à ma famille !

Les Jalath avaient établi leur campement à cent mètres, au milieu des arbres. Quand Jeanne et le garçon arrivèrent, quelques-uns de ses membres étaient sortis de la tente et la jaugeaient du coin de l'œil. Elle reconnut le frère jumeau d'Oumar. Khalil, avait-il dit, sa copie conforme à l'exception de la cicatrice sur le front. Puis Jeanne vit apparaître une femme à peine plus âgée qu'elle, les cheveux dissimulés sous un foulard gris. Elle la regarda longtemps, intriguée. L'inconnue était d'une rare beauté, avec des traits réguliers et des yeux en amande d'un vert presque jaune. Elle était en train d'aérer un grand sac de couchage. Quand elle cessa, Jeanne nota son port de tête de danseuse.

Surprenant son regard, Oumar précisa :

— C'est ma mère, elle s'appelle Nour. Ma petite sœur Sonia et mon grand frère Rahim dorment encore.

Devant elle, la femme achevait de rouler le sac de couchage. Jeanne se demanda soudain ce qu'elle faisait là. Mais Khalil s'approcha :

— Bonjour, je suis le frère d'Oumar.

— Bonjour Khalil.

Le même rire que celui de son frère. Jeanne eut envie de sourire. Khalil la regardait avec curiosité. Sa chevelure, d'un noir épais, semblait avoir été coupée avec une paire de ciseaux émoussée. Il demanda :

— Tu connais mon nom ?

— Oumar vient de me le dire.

Les rires redoublèrent, puis cessèrent aussitôt. Un homme au visage maigre et aux cheveux noirs et bouclés venait d'apparaître. Le mari de Nour, devina Jeanne. À l'exception des yeux, qu'il avait noirs, il lui ressemblait. Le couple était chaussé de véritables chaussures de ville et portait des vêtements qui avaient connu de meilleurs jours, mais qui semblaient de bonne qualité. Quand il vit Jeanne, l'homme se renfrogna. Elle était une étrangère, et eux se cachaient.

— Qui es-tu ?

Jeanne, tentée de lui répondre sur le même ton par la même question, se retint. Elle devinait que l'homme devait être sur ses gardes depuis trop longtemps. Elle leva les mains et baissa légèrement la tête en signe d'apaisement.

— Je m'appelle Jeanne, je vis ici avec mon fils.

Comme son interlocuteur la regardait toujours d'un air méfiant, elle ajouta, pensant que cela le rassurerait peut-être :

— Je suis née dans cette forêt.

Il la regardait maintenant avec étonnement. Elle ajouta :

— Mon père était garde forestier.

En entendant le mot « garde », il se referma.

Comprenant son erreur, Jeanne se reprit :

— Je suis en vacances avec mon fils. Et toi, comment tu t'appelles ?

— Massoud Jalath, répondit-il en s'éloignant.

Avec lui, la conversation était terminée. Mais sa femme, qui avait observé Jeanne le temps de cet échange, décida qu'avec sa maigreur et ses habits simples, elle ne constituait pas une menace. Elle s'avança puis s'exprima avec lenteur, comme si elle choisissait ses mots :

— Je suis la maman d'Oumar. Tu bois un thé avec nous pendant que les garçons jouent au foot ?

Jeanne accepta. Elle regarda sa montre. Il n'était que huit heures du matin mais un des garçons était en train d'aplanir un bout de terrain avec une grosse branche feuillue. Il semblait avoir l'âge de Quentin. Peut-être un peu plus âgé, car une ombre fine au-dessus de ses lèvres indiquait qu'il venait tout juste d'apprendre à se raser. Sur son T-shirt orange figurait le logo grossièrement contrefait d'une marque de luxe italienne. Jeanne ne put s'empêcher de sourire en pensant que ce détail n'échapperait pas à son fils. D'un geste de la tête, il entraîna ses frères entre les arbres où, une seconde plus tard, ils improvisèrent un match de foot. Jeanne l'observa un instant. Attentif à ce que tous touchent le ballon, l'habitude de s'occuper de ses cadets filtrait au travers de ses moindres gestes. Collé à lui, comme une extension de son corps, le plus petit des frères, que Jeanne n'avait pas vu se réveiller, imitait les mouvements de son aîné. Ses yeux, d'une étrange couleur dorée, ressortaient sur sa peau bronzée.

Pendant que Massoud allumait le butagaz que Nour venait de sortir d'un des sacs, une petite fille vint s'asseoir aux pieds de Jeanne, Sonia. Vêtue d'une robe rose à smocks et de minuscules sandales en cuir, elle ressemblait à une poupée qui aurait trop dormi, avec ses longs cils et ses cheveux emmêlés. Nour servit le thé, les manches relevées de sa chemise de coton laissant apparaître des avant-bras fins et des doigts déliés. Puis elle prit la parole :

— En orange, c'est Rahim, notre aîné. Puis Oumar, Khalil et Baqir, celui qui a les yeux jaunes. Le prénom afghan de ma fille, c'est Sohela. Quand on est arrivés en France, on l'a rebaptisée Sonia. C'est elle, l'avenir de notre famille, elle doit s'intégrer. Les garçons refusent de changer leurs prénoms, à part Baqir. Il dit à tout le monde qu'il s'appelle Babar.

Jeanne faillit s'étrangler. Elle avala une gorgée de son thé brûlant, dans lequel Nour avait versé une grosse cuillérée de sucre, puis la regarda d'un œil interdit. Nour raconta.

— Mon mari était traducteur pour un militaire français, le lieutenant Frangeul. Tous les dimanches, il était sur FaceTime pour lire à sa fille des histoires de Babar l'éléphant. Avant de quitter le pays, il nous a donné sa collection. C'est comme ça qu'on a découvert ses aventures.

Elle haussa les épaules, lasse.

— Quand les talibans sont entrés dans Kaboul, le lieutenant Frangeul est parti avec son régiment. Tout a été très vite, il n'y avait plus de place pour nous dans les avions d'évacuation. Alors on a utilisé une autre voie. Le lieutenant nous a aidés. Il nous a donné des contacts à Paris.

— Mais il est où ?

— En Afrique, avec son régiment. Quand on a dit à Baqir qu'on allait en France, il a voulu qu'on l'appelle comme son personnage favori.

Amusée, Jeanne observa le petit garçon qui se faufilait avec adresse entre les jambes de ses aînés. C'était le portrait craché de sa mère. Et au regard que Nour posait sur lui, elle devina qu'il était son préféré. Rahim, Oumar et Khalil possédaient les yeux noirs de Massoud, la gravité de ses traits affleurant déjà sous leurs airs d'enfant. C'était moins flagrant chez les jumeaux, qui avaient un peu plus d'une dizaine d'années. Mais dès que Rahim portait son regard vers la forêt, ses traits se durcissaient. Cette impression s'évanouissait au contact de ses frères et de Sonia. Cela faisait longtemps qu'il n'était plus dupe de l'aventure que Nour et Massoud leur avaient racontée pour justifier leur départ précipité, pensa Jeanne. Elle songea à Quentin, qui avait à peu près le même âge. Et lui, à quel point croyait-il en ses mensonges ?

Après avoir replié la tente et dissimulé les sacs sous un énorme tas de ronces, Massoud les rejoignit. Il était plus calme. Il but la tasse de thé que Nour lui tendait, puis interrogea Jeanne :

— Tu as des enfants ?

— Oui, un garçon. Il a treize ans.

Le père de famille hocha la tête. Puis il désigna le plus grand de ses fils, qui était en train de courir après le ballon :

— Rahim a quatorze ans !

Khalil s'était rapproché :

— Il s'appelle comment, ton fils ?

— Quentin.

Jeanne se retourna. Un sourire illumina son visage. Quentin venait d'arriver silencieusement, regardant les nouveaux venus avec curiosité. Jeanne lui fit un signe et Quentin s'approcha d'elle. Il chuchota, ne sachant quelle attitude adopter face à ces inconnus avec lesquels sa mère semblait à l'aise :

— Tu les connais ?

— Non, ce sont des Afghans, ils ont fui leur pays.

Quentin, impressionné, observa la famille Jalath avec plus d'intensité. Son regard croisa celui de Rahim, qui dribblait avec le ballon de foot depuis une minute tout en le dévisageant. Rahim se décida enfin à parler :

— Tu viens avec nous ?

— D'accord.

Jeanne regarda son fils s'éloigner, s'étonnant de la fluidité avec laquelle, jusqu'à un certain âge, les enfants s'agrégeaient les uns aux autres sans se poser de questions. Quelques minutes plus tard, Quentin se tenait avec les autres en bas du gros chêne.

La matinée s'écoula sans incidents. Les enfants jouaient et Quentin semblait particulièrement heureux d'avoir de la compagnie après ces dernières semaines de solitude. Jeanne, légèrement en retrait, ne voulant pas déranger davantage les Jalath, s'était assise sous un arbre et jouissait simplement d'être encore en vie et de pouvoir contempler son fils s'amuser.

Vers onze heures, Nour ralluma le réchaud et fit cuire du riz. Elle avait disposé des boîtes de conserve de légumes sur une petite table de camping aux pieds rafistolés. Une fois que tout fut prêt, elle alla chercher Jeanne. Celle-ci était à peine assise devant la table que les questions de Nour fusèrent. Que faisait-elle à Chêne-de-Cœur ? Sa maison était-elle dans la forêt ? Où était son mari ? » Devant cette étrangère, Jeanne eut envie de se livrer. Elle allait commencer à parler lorsqu'elle avisa l'objet qui était posé sur la table. Cela ressemblait à une batterie externe de téléphone portable. Elle sentit son sang se mettre à pulser entre ses clavicules. Pourquoi leur avait-elle donné son vrai prénom ? Elle regarda au loin : avec Rahim, Quentin construisait une cabane, pour la plus grande joie de Sonia et de Baqir qui papillonnaient autour d'eux. Elle lui adressa un sourire tétanisé. *Et s'ils appelaient quelqu'un et parlaient d'elle et de Quentin ? Si cette information tombait entre de mauvaises mains ? Celles de la police par exemple…* Elle se força à ne pas céder à la paranoïa et desserra les dents. C'était stupide, eux aussi cherchaient à se dissimuler. Ils n'avaient aucun intérêt à parler à quiconque de leur présence à Chêne-de-Cœur.

Un bruit de moteur au loin. Les enfants avaient dû recevoir des consignes, car ils s'éparpillèrent aussitôt. Nour éteignit le réchaud et se coucha dans les fougères. Jeanne se recroquevilla. Elle entendit soudain un aboiement, puis la voix de Mathias. Massoud était avec lui.

— Jeanne ? Qu'est-ce que tu fais là ?

— Et toi ? Que fais-tu avec lui ? demanda-t-elle en désignant Massoud.

— Je l'ai croisé en allant aux Bertranges. Il ramassait du bois. Je lui ai proposé de le ramener.

Tandis que Nour rallumait le butagaz, elle entraîna son ami à l'écart.

— Tu n'es pas obligé de les signaler à l'Office ?

Mathias soupira.

— En théorie, oui. Mais depuis quelques semaines, beaucoup de choses ont changé, n'est-ce pas ?

Comme Jeanne rougissait, il poursuivit :

— J'ai beau être garde forestier, je pense que la forêt appartient à tout le monde. Et puis si les gendarmes débarquent ici, c'est trop dangereux pour toi et pour Quentin. J'ai parlé à Massoud, leur passeur les a abandonnés en lisière de forêt il y a une dizaine de jours. Ils ont un seul téléphone, ils attendent un coup de fil d'un autre passeur.

— Tu en penses quoi ?

— Pour l'instant je vais les laisser tranquilles. Mais je te déconseille de rester dans les parages.

À cent mètres, Quentin et Rahim ramassaient du bois pour fabriquer une échelle. Au pied de l'arbre, Baqir et Sonia caressaient Douglas qui grognait de plaisir. Mathias secoua la tête d'un air découragé.

— Je vais encore devoir mentir à Kristell…

— Comment ça, encore ?

— Elle voulait que j'appelle les gendarmes. Ton ex-mari a fait passer un appel à témoins pendant son émission. C'était il y a quelques semaines. Il a arrêté de présenter « Le Choc du jour », depuis. Il est peut-être parti à votre recherche ?

Jeanne émit un petit rire dubitatif. Elle essaya d'imaginer Alexandre à Chêne-de-Cœur. Sa paire de baskets vernies, ses costards à col brillant, leur coupe ajustée. Toujours à la limite d'un mauvais goût irrésistible. *Improbable.* À moins d'un bon sujet ? « Une femme kidnappe son fils et part vivre en forêt », par exemple. Elle n'avait rien oublié de cette rhétorique sensationnaliste. *Un appel à témoins.* Elle était ébranlée, malgré elle.

Elle n'avait jamais songé aux moyens que son ex-mari mettrait en œuvre pour les retrouver.

Mathias prit la parole.

— Vous pouvez rester là tant que vous avez besoin mais juste une chose : vous ne faites pas de feu.

Massoud se leva et tendit une tasse de thé à Mathias.

— Mais pourquoi ? Comment on va faire si on veut manger ?

— Le butagaz, c'est parfait. Il y a vingt ans, un gigantesque incendie a ravagé plusieurs milliers d'hectares de cette forêt. Voilà pourquoi…

Son ton était sec, définitif.

Jeanne observait son ami qui semblait nerveux. Quentin était descendu de la cabane et regardait Mathias avec attention. Tout autour d'eux, la forêt était un écrin de verdure qui, en un craquement d'allumette, pouvait se transformer en fournaise mortelle. Tous trois s'éloignèrent quelques minutes en silence. Alors seulement, Quentin posa la question qui lui brûlait les lèvres.

— Qu'est-ce qui s'est passé ?

Jeanne avait la gorge sèche. C'était la première fois qu'elle évoquait l'incendie. Mathias demeurait silencieux, le visage grave. Le regard fixé sur les arbres, elle parla d'une manière monocorde, comme si elle récitait un texte appris par cœur.

— Ton grand-père s'occupait de la forêt à cette époque. Il travaillait avec le père de Mathias. Un soir d'été, ils ont senti une odeur de fumée. Mon père a appelé les pompiers, mais le père de Mathias s'est retrouvé bloqué derrière la barrière de feu alors qu'il essayait de mettre à l'abri un groupe de campeurs. Ton grand-père a réussi à le sortir de là, mais il a été à son tour coincé par les flammes. Il est mort asphyxié avant d'être dévoré par le feu. On a juste retrouvé son sac de secours ignifugé et son couteau dedans.

Quentin était suspendu à ses lèvres. Mais soudain, Jeanne se tut. Elle se tourna vers Mathias, plongea ses yeux dans les siens et poursuivit son récit un ton plus bas. Cette fois, les phrases avaient perdu leur fluidité. Chacun des mots qu'elle prononçait semblait la faire souffrir.

— Il y a quelque chose que tu ne sais pas, Mathias. Le jour de l'incendie, j'étais là. La dernière fois que j'ai vu mon père, c'est quand il s'est enfoncé dans les flammes.

— Mais je croyais que tu étais aux Bertranges ?

— Non. Les campeurs dont les gendarmes ont parlé, personne n'a jamais su si c'était vraiment eux qui avaient mis le feu à la forêt…

Mathias la scrutait avec intensité.

— Qu'est-ce que tu veux dire ?

— Je ne sais pas si te souviens, mais à l'époque, je commençais à étouffer à Chêne-de-Cœur…

Le garde forestier acheva sa phrase :

— Oui, tu en avais marre d'aller à la pêche ou de débusquer les ragondins. On se voyait de moins en moins.

— Voilà. J'avais rencontré des jeunes de Maré, avec qui parfois on allait fumer des cigarettes aux Aiguilles. Le jour de l'incendie, j'étais avec eux. Quand ils ont proposé de faire du feu, je ne leur ai pas dit que c'était interdit.

Sa voix s'étrangla. Elle s'était mise à trembler. Mathias, qui comprenait brusquement ce qui torturait son amie, la prit par le bras :

— Jeanne, à cette époque, il y avait toujours plein de gamins qui faisaient du camping sauvage et qui fumaient. Tu n'es pas responsable.

Elle ne réussit qu'à émettre un filet de voix pour répondre :

— Mais on était exactement là où le feu a démarré…

— … comme les campeurs qui ont admis avoir utilisé de l'essence pour allumer leur barbecue… C'est pour ça que t'as disparu, ensuite ?

Jeanne pleurait. Mathias la serra contre lui. Ce que venait de lui avouer Jeanne le laissait sans voix et il prenait toute la mesure de ce qu'elle avait enduré. Son départ peu de temps après la mort de Georges Tardy, le fait qu'elle ne soit jamais revenue, tout était limpide. Et d'une cruauté absolue. Quentin, qui avait assisté à l'échange, prit la main de sa mère. Mathias reprit :

— On ne saura jamais, Jeanne. Tu serais de toute façon partie. Comme mon père. Ce coin de forêt ravagé, la mort de son copain, il n'a pas supporté.

Jeanne hocha doucement la tête. Cette confession lui avait ôté ce qu'il lui restait d'énergie. Mathias regarda sa montre et prit Quentin par l'épaule :

— Je dois vous laisser, j'ai du boulot. Quentin, tu prends soin de ta mère, d'accord ?

— Oui, promis.

Une fois Mathias parti, Jeanne et Quentin retournèrent voir les Jalath.

Quentin rejoignit les enfants et Nour proposa à nouveau à Jeanne de boire le thé. Quand elle eut fini de le servir, elle sortit de sa poche un tube de rouge à lèvres qu'elle passa sur ses lèvres d'un geste sûr. L'instant ne dura que quelques secondes. Suffisamment pour que Jeanne eût honte de son allure négligée et de ses sourcils noircis au crayon. Mais Nour semblait déjà ailleurs. Assis par terre, Massoud scrutait la forêt. Jeanne en apprit un peu plus sur leur périple. Ils avaient quitté l'Afghanistan douze mois plus tôt. C'était le retour des talibans à Kaboul, à la fin de l'été 2021, qui les avait poussés à quitter leur pays. À l'époque, Massoud travaillait pour l'armée nationale afghane, Nour était institutrice. Mais avec les talibans au pouvoir, leur vie avait basculé. Cela avait commencé avec Nour, à qui les mollahs avaient interdit d'exercer son métier. Les Jalath avaient tenu un an, jusqu'à ce que le frère de Massoud quitte le pays après avoir échappé à une tentative d'assassinat. Peu de temps après, les talibans avaient voulu enrôler Khalil et Oumar. Les jumeaux avaient reçu des menaces de mort s'ils ne joignaient pas leur mouvement. C'est ce qui les avait décidés à partir.

Soudain Massoud prit la parole. Il regardait Jeanne avec intensité :

— Et toi, qu'est-ce que tu fuis ?

Jeanne eut l'impression qu'il voyait à travers elle. Elle n'eut pas envie d'éluder. Pas envie de mentir à un homme qui avait quitté son pays un an auparavant pour mettre sa famille à l'abri. Mais à quelle grille de lecture correspondait sa maladie, quel était le poids de sa mort, comparé aux dizaines de proches que Massoud et Nour avaient enterrés depuis 2021 ? Sa pensée se déporta sur Quentin, elle rougit. Elle n'avait pas d'autre choix que celui de se taire. Elle but une gorgée de thé, s'éclaircit la gorge, puis planta ses yeux dans ceux de son interlocuteur.

— Où avez-vous appris le français ?

— J'étais traducteur pour l'armée française il y a quinze ans. J'ai appris à ma femme, puis elle l'a appris aux enfants. Quand les talibans sont revenus au pouvoir, on a dû cacher qu'on parlait ta langue. Ils nous auraient pendus, rien que pour ça.

Massoud avait posé son téléphone – un récent modèle d'iPhone – à côté de la batterie externe. Il s'adressa en dari à sa femme, qui lui répondit d'un ton las. Le couple se disputait. Jeanne observait Nour, dont les yeux cernés trahissaient la fatigue. Elle fut saisie de pitié.

— Est-ce que je peux vous aider ?

Massoud répondit à la place de sa femme. Ses yeux noirs étaient cerclés de mauve et ses traits réguliers étaient tordus par l'inquiétude.

— On attend que le passeur qu'on a payé nous contacte, pour pouvoir continuer notre route. Mais regarde !

Massoud venait de se saisir du téléphone et le brandissait sous les yeux de Jeanne. Elle n'eut pas besoin de regarder l'écran pour comprendre quel était leur problème. Massoud reprit, plus bas.

— Il n'y a aucun signal ici, il arrivera pas à nous joindre. On est coincés, avec les petits on pourra jamais marcher jusqu'à Paris.

Jeanne ne mit pas longtemps à prendre sa décision.

— Il y a un endroit pas loin d'ici, en hauteur. Là-bas, il y a du réseau. Il vous suffit d'y aller tous les jours pour écouter vos messages. Je vous montrerai.

XXX.

Jeanne se trouvait au milieu d'une parcelle plantée de jeunes chênes. Mathias lui avait parlé de cet endroit, garde-manger des chevreuils, des biches et des faons qui, chaque année à la même époque, se régalaient de leurs pousses acidulées. « Tu verras aussi des coléoptères, c'est leur plat favori », avait ajouté Mathias. Mais elle n'était pas venue pour eux, même si, à peine postée sous les houppiers délicats, elle vit grouiller coccinelles, scarabées et autres doryphores. En colonne ou solitaires, tous dévoraient les feuilles tendres avec une application carnassière. Après avoir repéré une dizaine de troncs grignotés par des dents de cervidé, elle rebroussa chemin.

C'était là, juste avant la route, que Mathias lui avait dit qu'elle trouverait des fraises des bois. Elle voulait en ramener pour Quentin et pour les Jalath. Tandis qu'elle s'avançait, elle entendit un froissement derrière elle. Elle se retourna doucement. Sans doute était-ce un brocard, qui avait attendu son départ pour se gaver de bourgeons. Mais elle ne vit rien de la sorte. Elle s'apprêtait à repartir quand, cette fois, ce furent des chuchotements qui attirèrent son attention. Elle tendit l'oreille mais le murmure cessa. Elle fut soulagée lorsqu'elle tomba nez à nez sur Rahim et Quentin. Les deux adolescents étaient assis dans une excavation qui les dissimulait à peine.

— Qu'est-ce que vous faites ici ?

— On se promène.

C'était Rahim qui venait de lui répondre. Le jeune Afghan, pieds nus dans une paire de sandales de cuir éculées dont l'accroche était fermée par un bout de ficelle, la toisait avec insolence. En surprenant le regard admiratif que Quentin posait sur son nouveau camarade, elle reprit d'un ton plus sec :

— Tu devrais rentrer au campement, il ne faut surtout pas qu'on te trouve. Compris ? C'est valable pour toi aussi, Quentin.

Comme les deux adolescents ne bougeaient pas, Jeanne s'approcha plus près d'eux. C'est à ce moment-là qu'elle s'aperçut que Rahim dissimulait un téléphone portable entre ses jambes C'était celui de Massoud. Elle leur demanda avec nervosité :

— Qu'est-ce que vous faites avec cet iPhone ?

Rahim enfouit précipitamment l'appareil dans sa poche.

— Rahim, il faut que tu rendes ce téléphone à ton père, il en a besoin.

— Je vais lui rendre, je voulais juste montrer quelque chose à Quentin !

Quentin avait piqué du nez tandis que le visage de Jeanne s'était durci. C'était épidermique, elle ne supportait plus ces smartphones. Pourtant, elle le laissa continuer.

— On a découvert qu'on avait atteint exactement le même niveau à Zelda !

Jeanne ouvrit la bouche, accablée. Son fils la regardait d'un air suppliant. Elle songea aux dernières semaines, à sa solitude et à l'avenir incertain qui se dessinait devant lui. Puis elle se souvint de l'infinie douceur du regard que Rahim posait sur ses petits frères. Quentin reprit la parole, comme pour se rattraper :

— Moi aussi j'ai des trucs à lui montrer, tu sais, je lui ai promis de lui expliquer comment éteindre le feu à mains nues.

Les yeux de Rahim brillaient. Radoucie, Jeanne conclut :

— Je vous crois, mais Rahim, n'oublie pas que ton père attend un coup de fil important de votre passeur. Sans ça, vous n'arriverez jamais à Paris.

Quand elle revint aux Bertranges, deux heures plus tard, Quentin était là. Il avait posé sur le sol son arc, ses flèches, son carquois en peau de lapin, la gibecière en chevreuil, le couteau de son grand-père, la carabine de Mathias et une petite boîte ronde remplie de plombs. Elle le surprit assis sur la souche, un crayon à papier glissé derrière l'oreille. Il lisait tout haut le contenu d'un de ses cahiers d'école : « couper du bois, marcher en silence et sans lampe de poche, allumer un feu sans allumettes et sans briquet… »

— Qu'est-ce que tu fais ?

— J'ai fait la liste de ce que je dois apprendre à mes nouveaux copains !

Interloquée, Jeanne se pencha par-dessus l'épaule de son fils et lut la suite à voix basse : « … éteindre un feu avec ses mains, manger le cœur d'un chevreuil, poser un collet, lancer des couteaux, tirer à l'arc et à la carabine… »

Elle était incapable de continuer. L'écriture enfantine de Quentin dansait sous ses yeux qu'elle écarquillait, comme si cela suffisait pour cacher ses larmes.

— Ça va, maman ? dit Quentin, l'air soudain inquiet.

— Oui, mon petit bonhomme. Je suis très fière de toi, dit Jeanne en reniflant. Mais concrètement, tu ne comptes tout de même pas emmener tout ton matériel là-bas ?

Il l'implorait du regard. Elle inspira longuement, puis reprit la parole :

— Ok. Tu peux tout emporter, sauf la carabine et les munitions.

Quentin bondit de joie. Avant de partir, il dit à sa mère :

— Tu sais, maman, c'est pas parce que je joue à Zelda cinq minutes que j'aime plus la forêt…

XXXI.

Quentin passait ses journées avec ses copains. Tous possédaient maintenant un arc, des flèches, et même des pieux. L'adolescent leur avait montré comment fabriquer ces armes lors d'un après-midi passé sous les frênes. Quentin avait répété ce que sa mère lui avait appris et avait joint le geste à la parole en taillant des branches de cette essence, qu'il avait distribuées à chacun. Parfois, Douglas faisait irruption au milieu de leur groupe, pour la plus grande joie des jumeaux qui l'avaient adopté.

Lorsqu'il leur avait enseigné la piste du silence, Oumar et Khalil s'étaient moqués de lui. Puis ils avaient fini par faire ce qu'il leur disait, sous l'œil goguenard de Rahim qui s'était pris au jeu et leur avait montré comment marcher pieds nus sans se faire mal, en attaquant le sol par le talon, puis en déroulant par le bord extérieur avant de quitter le sol par l'avant du pied. Quentin leur avait aussi appris à allumer le feu avec un silex. Tout en riant à gorge déployée, les jumeaux avaient tour à tour réussi à faire jaillir une étincelle d'une planchette de bois sèche, encouragés par Quentin.

Les adultes avaient été clairs : leur liberté ne tenait qu'à un mot : discrétion. Aussi les enfants évoluaient dans les bois en silence, et si désormais Chêne-de-Cœur semblait vibrer à un rythme inhabituel, personne n'aurait deviné que deux familles et une bande de gamins y vivaient en autonomie presque totale.

Les jours passaient. Les enfants s'interpellaient en dari et en français. Quelques rares mots d'anglais, parfois. De leurs cris et leurs chants était née une autre langue, mélange hybride des trois idiomes, auquel venait s'ajouter chaque jour une nouvelle trouvaille. Ce dialecte opaque, dont ils étaient les seuls à connaître la grammaire, avait soudé leurs liens plus fortement et plus durablement que ne l'aurait fait un serment par le sang.

Quentin ne se déplaçait jamais sans son cahier d'école, dans lequel, jour après jour, il inscrivait le nom de nouveaux arbres et variétés de plantes ou encore différentes techniques pour aiguiser la pointe d'une flèche. Parfois, il s'asseyait sur la mousse et expliquait à ses copains les mille et un secrets de la forêt. Le soir, les jumeaux et Baqir faisaient des jeux de mime et se fabriquaient des masques avec de gros morceaux d'écorce tombés des arbres. Quentin leur montrait ses figurines en bois, qu'il avait taillées avec le couteau de son grand-père. Ils se mirent à façonner de petits personnages, mais aussi de minuscules maisons aux toits en mousse entourées de cailloux. Chaque jour, un enfant venait y ajouter un élément de plus jusqu'à ce que, peu à peu, émerge un village miniature, composé de plaques de mousse, de branches et de brindilles. Avant de revenir aux Bertranges pour la nuit, Quentin ouvrait le livre qu'il gardait dans la poche arrière de son bermuda. Sur la page de garde, le nom de sa mère s'étalait en cursive. Il l'avait trouvé parmi les rayonnages de la bibliothèque de son grand-père. C'était une édition illustrée des *Douze travaux d'Hercule*. On y voyait Hercule, avec sa peau de lion et son énorme gourdin, affronter l'Hydre de l'Herne, un monstre aux multiples têtes. Quentin montait dans la cabane et commençait à lire. Comme sa mère l'avait fait, il roulait ses yeux dans ses orbites, ouvrait grand la bouche comme une gargouille, sculptait l'air tiède avec ses mains. Les enfants buvaient ses paroles, en particulier Baqir. Depuis qu'il était arrivé à Chêne-de-Cœur, le jeune Afghan s'était pris d'affection pour Quentin, qu'il ne lâchait pas d'une semelle.

Un matin, alors que les enfants déambulaient dans les bois avec leurs arcs et leurs pieux, Quentin leur demanda de s'arrêter. Tout en leur montrant le sol, il leur fit signe de tendre l'oreille. Ils se trouvaient au niveau de l'excavation où Rahim et Quentin s'étaient cachés, aussi les deux adolescents échangèrent un regard complice. Quentin haussa le ton.

— Regardez par terre, ces traces ! Ce sont celles d'un sanglier !

Babar glissa une tête entre ses grands frères. Dans ses yeux, les paillettes d'or brillaient avec plus d'éclat que d'ordinaire.

— Un sanglier ?

— C'est un énorme animal, avec des défenses acérées. Il vit dans les forêts !

— Mais c'est un monstre ?

Quentin sourit. Oumar et Khalil riaient. Rahim, lui, avait très bien saisi de quoi il s'agissait.

— C'est presque un monstre, Babar, ça peut faire jusqu'à deux cents kilos ! Il y en a dans la montagne, chez nous.

En parlant, Rahim avait jeté tout autour de lui des coups d'œil inquiets. Quentin renchérit :

— Il y a un gros mâle dans la forêt. Si vous le croisez, grimpez dans l'arbre le plus proche et restez-y. Ok ?

Mais Babar ne décrochait pas son regard des empreintes sur le sol. Après s'être mis à genoux, il posa ses petites mains dans les traces de sabots. Quentin donna le signal du départ. Juste avant de partir, il désigna l'excavation :

— C'est probablement un chaudron, c'est là où la laie met bas et où se cachent les marcassins.

Derrière lui, Khalil et Oumar pouffèrent franchement. Mais Babar semblait fasciné.

— C'est quoi une laie ? Et un marcassin ?

— La femelle du sanglier, et ses petits. Allez, on y va ! Il est temps d'aller attraper les lapins !

La veille, Quentin leur avait montré comment poser un collet. L'heure de vérité était arrivée. Pieux farouchement portés sur l'épaule, les enfants progressaient dans la forêt à pas de loup. Parfois un trille joyeux de mésange vrillait l'atmosphère paisible et Rahim, Oumar et Khalil sursautaient, sous l'œil goguenard de Quentin.

— J'étais comme vous avant, vous savez ! C'était même pire, il faisait zéro degré, on avait froid, on n'avait pas à manger…

Comme son auditoire était suspendu à ses lèvres, Quentin s'arrêta de marcher. Les enfants formèrent un cercle autour de lui. Il reprit :

— Au début, avec ma mère, on dormait dehors, car on n'avait pas de tente. Une nuit, il a neigé. Le matin, je me suis levé avec les doigts tout bleus tellement il faisait froid. Si je ne m'étais pas réveillé, ils seraient tombés.

Les enfants l'écoutaient avec un mélange d'horreur et de fascination. Seul Rahim l'épiait d'un air narquois. Après s'être donné une claque sur l'avant-bras, où venait de se poser une nuée de moucherons, il rétorqua :

— Si tu t'étais pas réveillé, t'aurais eu un autre problème plus grave… Tu serais mort ! Parce que chez nous en Afghanistan, dans les montagnes l'hiver est bien pire qu'ici. Là-bas, dès que tu sors, tu gèles sur place. Et si tu fais pipi, tu peux perdre ton zizi tellement il fait froid. Je sais, c'est arrivé à des cousins, ils me l'ont dit…

Quentin, absorbé par ses fanfaronnades, ne l'avait pas vu venir. Les frères afghans se mirent à rire. Quand soudain la petite voix aiguë de Babar retentit :

— Tu as quitté quel pays, toi ?

— Aucun pays, j'ai juste quitté Paris !

Les enfants avaient maintenant les yeux braqués sur lui.

— C'est là qu'on va ! cria Oumar. Mais pourquoi tu es parti ? Il y a pas la guerre là-bas !

Soudain la voix joyeuse de Sonia le coupa :

— Non ! Il y a la tour Eiffel et des hélicoptères qui déversent du parfum dans les rues pour que ça sente bon !

Oumar reprit, le visage tourné vers Quentin :

— Alors ?

— On est partis parce que j'ai fait une grosse bêtise. Mais j'ai pas envie d'en parler.

— Y a que nous ici, allez, raconte !

Quentin resta muet. Pour la première fois depuis des semaines, il repensa à son geste. Cela faisait un moment que sa mère n'en parlait plus. L'adolescent se revit quelques mois plus tôt, en train de braquer son téléphone portable sur le corps sanglant d'un inconnu. Il rougit. Non, il ne pouvait pas en parler à ses nouveaux amis, il avait trop peur de les perdre.

Comprenant sa gêne, Oumar n'insista pas :

— On va chercher les lapins ?

Quinze minutes plus tard, ils se penchaient sur le piège posé la veille. Un lapin s'y débattait. Le collet, mal accroché, n'aurait pas fait de mal à une mouche. Prise d'un accès de tendresse, Sonia se saisit du petit mammifère pour le détacher. Les jumeaux tentèrent de l'en empêcher.

— Qu'est-ce que tu fais ?

— Regardez comme il est trop mignon ! On dirait Michael !

Quentin s'approcha.

— Michael ?

Les jumeaux se mirent à ricaner devant sa mine perplexe. Sonia, qui avait réussi à garder son sérieux, précisa :

— C'est le nom du lapin qu'on avait à Kaboul. C'était un lapin albinos...

Là, les jumeaux se roulaient littéralement par terre. Sonia compléta :

— Comme Michael Jackson...

Quentin se mit aussitôt à rire.

— Mais je croyais que vous aviez faim ?

Khalil s'était lui aussi avancé. Il lorgnait l'animal.

— Oui, on a faim. Donne-le-moi, Sonia.

Mais la fillette avait enfoui son visage dans sa fourrure et ne semblait pas vouloir le lâcher. Seuls ses yeux immenses émergeaient entre les longues oreilles duveteuses, implorant Quentin qui trancha :

— On n'a qu'à le garder comme mascotte ! On trouvera des faisans ou des ragondins pour manger !

Rahim proposa :

— Ou un chevreuil ?

— Oui, si on y arrive !

Ils rejoignirent le campement en milieu d'après-midi. Oumar avait perdu une basket et Babar semblait avoir plongé dans un bain de boue, mais ils avaient gagné un lapin pour lequel Quentin construisit une petite cage. Grâce à un système de treuil que Massoud l'aida à perfectionner, le petit mammifère fut hissé dans leur cabane et tout le monde se retrouva là-haut pour manger. Le repas achevé, Quentin, qui avait vu le père des jumeaux convoiter leur mascotte, donna le signal du départ. Pour rien au monde il ne l'aurait avoué, mais Massoud l'impressionnait, avec son visage émacié et sa haute stature.

— Le premier qui trouve du gibier, je lui prête ma carabine !

La troupe était de nouveau sur le pied de guerre. Avant de partir, Sonia les prit en photo devant la cabane, surtout Quentin, qu'elle ne lâchait pas d'une semelle depuis qu'il avait sauvé la vie du lapin.

XXXII.

Le crépuscule avait coulé sur les Bertranges comme du cuivre fondu. Jeanne regardait les flammes monter vers le ciel telles des danseuses. C'était hypnotique. Elle aurait pu rester là pendant des heures, à tisonner ces bûches sanglantes comme de gros quartiers de viande que le feu léchait jusqu'à ce qu'elles deviennent cendre. Tandis qu'elle ajoutait quelques branches d'épineux et qu'une odeur d'encens se répandait dans l'éther moite, Jeanne sentit la présence de son père. L'impression ne dura pas. Elle entendit un aboiement. Puis Mathias la salua.

— On fête quelque chose ?

Elle acquiesça en souriant. Quelques secondes plus tard Quentin apparut, suivi par les Jalath. Plus tôt dans l'après-midi, Quentin et Rahim avaient ramené un chevreuil, que l'aîné de la famille Jalath avait débusqué après l'avoir pisté tout l'après-midi. Quentin n'avait pas eu besoin de lui montrer le fonctionnement de sa carabine : en Afghanistan, Rahim était déjà parti chasser le bouquetin dans les montagnes avec son père. Tandis que les enfants s'égayaient devant la maison, les adultes se rapprochèrent de l'âtre. Massoud fixait les flammes d'un air dur. Il finit par ouvrir la bouche :

— Je croyais qu'on n'avait pas le droit de faire du feu dehors ?

Mathias s'empressa de répondre à la place de son amie :

— Jeanne a l'habitude, elle est née ici.

— Tu nous prends pour des sauvages, c'est ça ? Tu crois qu'on va brûler ta forêt ?

— Je veux juste éviter de prendre des risques inutiles.

Massoud se reprit et Nour se tourna vers Mathias et Jeanne :

— Je suis désolée, on a eu une mauvaise nouvelle aujourd'hui. Il y a de plus en plus de contrôles policiers en ce moment, notre passeur vient de nous prévenir qu'il viendra nous chercher moins rapidement que prévu.

Une demi-heure plus tard, les enfants avaient improvisé un atelier épluchage de pommes de terre devant le feu. Emballées dans du papier d'aluminium que Mathias avait ramené, elles seraient cuites sous la cendre pour le dîner. Plus loin Baqir, armé d'un pieu plus grand que lui, furetait devant les Bertranges avec une mine de conspirateur. Jeanne les observait par la fenêtre de la cuisine. Elle se sentait étrangement en forme. Presque euphorique. Il n'y avait pas d'air, mais chaque arbre, chaque plante, chaque fleur, chaque brin de bruyère émettait un parfum unique qui n'était destiné qu'à elle. Le hululement du soir retentit, familier comme une vieille rengaine. La fumée dégagée par le feu enveloppait les Bertranges d'une vapeur onirique.

Elle attendit que tout le monde soit installé, puis appela Mathias et Quentin pour qu'ils apportent les plats où elle avait disposé les quartiers de viande. Le feu, auquel les enfants avaient ajouté une nouvelle fournée de branchages, grésillait avec plus d'intensité et la chaleur avait rougi les visages.

La chair du chevreuil était d'un rose tirant sur le rouge, enveloppée par endroits d'une membrane opalescente. Les jumeaux ne quittaient pas des yeux les morceaux luisants tandis que Massoud et Nour interrogeaient Mathias du regard. Massoud demanda au garde forestier :

— C'est toi qui l'as tué ?

Alors Rahim s'approcha de son père.

— Non, c'est moi ! Avec la carabine de Quentin.

Massoud regarda son fils avec fierté et Quentin ne put s'empêcher de ressentir une pointe de jalousie, qu'il dissimula en saisissant un des morceaux de viande pour le déposer sur le feu. Aussitôt, l'odeur de chair grillée se dilata au-dessus de leur cercle.

Tout le monde était servi. Soudain Khalil, la bouche pleine, s'exclama :

— Je crois que c'est moi qui ai eu le cœur !

Oumar riposta :

— C'est moi ! Je le sens sous ma langue, il est moelleux.

Ce fut Quentin qui clôtura le débat :

— Vous êtes vraiment des gamins, je vous ai déjà dit, ça marche que si vous le mangez cru !

Jeanne fit le tour du feu pour s'agenouiller à côté de lui. Tandis qu'il enfouissait ses boucles blondes dans sa poitrine, elle ferma les yeux et appuya de toutes ses forces ses lèvres sur sa nuque veloutée.

Quand elle releva la tête, Massoud rangeait son smartphone dans sa poche. La dernière bouchée avalée, son air de préoccupation habituel était revenu sur son visage auquel l'obscurité donnait une teinte terreuse. Les jumeaux dodelinaient à côté de lui. Jeanne entendit Nour chuchoter des récits de Paris. Sonia, allongée par terre contre Douglas, les cheveux presque dans la cendre, l'écoutait religieusement, comme Babar, dont les yeux pailletés de doré comme de l'obsidienne étincelaient. Jeanne sentit l'air lui manquer.

— Vous ne devriez pas partir… C'est une erreur.

Nour avait interrompu sa description.

— Pourquoi tu dis ça ?

— Paris, ce n'est pas ce que vous croyez. La tour Eiffel, Montmartre, la liberté.

Khalil avait relevé la tête et la fixait avec intensité.

— Il n'y a pas la tour Eiffel ?

Nour s'était redressée.

— Ne l'écoute pas, Khalil.

Puis, se tournant vers Jeanne, elle souffla :

— Tu ne sais pas ce que tu dis. Tant qu'on n'est pas arrivés, on est morts.

Jeanne se tut. Elle aurait voulu raconter la misère. Les tentes agglutinées sous les ponts, le froid. Raconter cette *civilisation* qui avait fait d'elle une barbare.

Sonia s'était assoupie. Des bouches à peine ouvertes de Nour et de Babar s'échappait maintenant une mélopée sans refrains ni couplets, d'une langueur dépouillée de tristesse. La voix fluette de Babar résonnait avec une pureté surnaturelle dans la nuit, à tel point que Jeanne se demanda un instant si ce moment était réel.

Une fois ses invités partis et Quentin couché, Jeanne revint près du feu mourant. Elle aussi était fatiguée. Mathias s'installa à côté d'elle.

— Tu ne peux pas les empêcher de partir. Vous n'avez pas le même vécu, pas la même carte mentale.

— Je sais. Mais à Paris, les gens comme eux livrent des sushis aux gens comme mon ex-mari. Ils vivent comme des esclaves. C'est la seule chose qu'ils devraient savoir, et que je ne peux pas leur dire…

XXXIII.

L'obscurité tomba d'un coup. Les arbres se mirent à geindre, un roulement sourd ébranla la forêt. Les houppiers noirs, violentés par des bourrasques chaudes, crevaient maintenant les nuages violets qui défilaient en accéléré dans le ciel de plomb. L'apocalypse. Jeanne sortit devant la maison. Cela faisait des jours qu'elle attendait que l'orage éclate.

La migraine l'avait prise en même temps que les températures avaient augmenté, et maintenant que la pluie tombait dru sur les Bertranges, elle pouvait à nouveau respirer. De la terre remontaient des odeurs de feuilles pourries qui lui firent penser à l'automne. Tout proche, trop pour Quentin qui contemplait le ciel comme un ennemi, pas assez pour Jeanne que ce fracas excitait, le tonnerre résonnait comme la toux rauque d'un géant.

Soudain, la foudre s'abattit sur un arbre. Une détonation, à quelques mètres de la bâtisse. Quentin pâlit. Jeanne ferma la porte à regret. Le vacarme leur parvenait toujours, assourdi par le bois et la pierre. Suffisamment pour que Quentin reprenne des couleurs. Jeanne se tourna vers lui.

— Tu ne dois pas avoir peur : les orages, ce sont les dieux qui se disputent. Parfois ils crient, parfois ils pleurent. C'est ça, le tonnerre et la pluie.

Quentin la regardait, perplexe. Bien sûr qu'il ne la croyait pas. Elle s'en fichait. Elle voulait juste sortir. *Se décaper le corps et l'esprit.* Ils n'allaient pas rester enfermés toute la journée ! Elle pensa au campement qui, à quelques centaines de mètres de là, prenait l'eau.

Le temps qu'ils arrivent à Croche-Étoile, l'orage s'était éloigné. L'atmosphère était plus claire, mais il tombait toujours du ciel une mousson de jungle tropicale. Au milieu des fleurs dont elle se souvenait maintenant des noms – jonquilles des bois, anémones, jacinthes sauvages, digitales –, Jeanne se mit à danser. La Jeanne de dix ans. Ce n'était d'ailleurs pas vraiment une danse. Ni quelque chose de très gracieux. Un mélange d'ivresse maladroite et de concentration absolue. La grâce était là : dans cette soumission totale aux élans d'un corps ignorant sa propre existence. Quentin regardait sa mère avec embarras et fascination. Encouragé par Jeanne, il finit par esquisser quelques entrechats qu'il trouva ridicules, mais tandis que l'averse redoublait de violence, il éprouva, lui aussi – quelques secondes seulement –, une joie bestiale et dangereuse à s'abandonner à sa cadence millénaire.

Puis Jeanne donna le signal du départ. Ils dévalèrent la pente comme des oiseaux et se retrouvèrent quelques minutes plus tard à couvert. Au campement, les dégâts étaient moins importants que Jeanne ne l'avait craint. La zone était protégée par la canopée et, la veille, Massoud et Rahim avaient creusé des tranchées autour de la tente. Jeanne s'approcha.

— Venez, il va pleuvoir toute la journée. Vous serez mieux chez nous.

Une demi-heure plus tard, tout le monde s'était entassé dans la cuisine des Bertranges, où Jeanne venait d'allumer un feu. Après avoir proposé du thé à ses amis, Quentin s'installa à côté d'elle.

— Tu sais maman, je crois que je ne me suis jamais autant amusé que depuis que je suis ici.

Jeanne regarda par la fenêtre. Elle se sentait apaisée. La pluie avait faibli. Dans moins d'une heure, les oiseaux se remettraient à chanter et le soleil assécherait la terre. Massoud les rejoignit.

— Dès que la pluie s'arrête, j'irai là-haut. Je crois que notre passeur a laissé un message. Regarde !

Jeanne jeta un œil sur l'écran du téléphone de Massoud. Plusieurs appels en absence s'affichaient. Au-dessus de l'iPhone, le visage encore mouillé de Massoud rayonnait. Elle eut envie de dire quelque chose, mais rien d'autre qu'une toux sèche ne sortit de sa bouche. Interminable. Elle était en train de s'étouffer.

— Ça va ?

— Donne-moi de l'eau s'il te plaît !

Aussitôt Massoud lui tendit son verre, tandis que Nour et Quentin la regardaient d'un air inquiet.

Elle but de longues gorgées. Inspira. Expira. C'était passé. Mais une douleur lancinante courait le long de sa colonne vertébrale, comme si elle avait porté une charge trop lourde ou qu'elle s'était froissé un muscle. La sensation était maintenant arrivée au niveau de sa nuque. Elle réprima une grimace, qui n'échappa pas à Nour :

— Tu es sûre que tout va bien ? Tu es toute blanche.

— Mais *je* suis blanche !

Les deux femmes éclatèrent de rire. Dans la salle de bains, Jeanne se passa de l'eau froide sur le visage. Sa peau était d'une couleur cireuse. Elle avait de nouveau soif. Elle but au robinet avec avidité, puis se frotta les joues pour les rougir. Elle finit par prendre dans sa poche un comprimé de morphine, qu'elle avala avec une dernière gorgée d'eau. Après s'être donné un coup de peigne, elle rejoignit les autres.

XXXIV.

Nour et Jeanne somnolaient sur la berge, les enfants se baignaient. Rahim et Quentin étaient montés dans la vieille barque puis avaient ramé jusqu'au milieu de l'étang où l'embarcation vermoulue leur servait de plongeoir.

Jeanne s'enduisit le visage et le corps d'écran total, puis s'allongea sous les peupliers. « Vous devez absolument protéger votre peau du soleil. » L'infirmière d'annonce avait insisté sur ce point qui lui semblait dérisoire. Pourtant, elle s'exécutait. Elle avait toujours été une bonne élève.

Sur leur esquif, les enfants se jetaient à l'eau sans se lasser. La règle du jeu – que tout le monde s'élance au même moment – n'était jamais respectée. Il y en avait toujours un qui plongeait avec un temps d'avance et qui, forcé par les cris stridents des autres, remontait à bord avec tant d'énergie qu'une autre silhouette chutait. Les hurlements devenaient plus perçants. Cela durait depuis le début de l'après-midi et continuerait jusqu'à la nuit. Jeanne frissonna. L'eau, qui lui avait fait envie il y a quelques minutes, ressemblait à un cloaque gluant. Elle se frotta les mollets pour atténuer la chair de poule qui venait de redresser son duvet naissant. Le bout de ses doigts était violet. Gelé. Même sensation au niveau de ses orteils. Alors qu'elle tentait de les réchauffer, elle surprit le regard de Nour sur elle.

— Tu es malade ?

Jeanne mit un doigt sur sa bouche pour qu'elle se taise. Nour insista :

— Tu as des médicaments ?

— Ne t'inquiète pas pour moi, Nour. Est-ce que vous avez eu des nouvelles du passeur ?

— Massoud a dit qu'il serait là dans quatre jours.

— Tu es heureuse ?

Nour émit un léger sourire.

— J'ai hâte de voir Paris, mais j'ai peur aussi.

Se lever. Appeler Quentin, debout sur les épaules de Rahim. Faire un tour d'horizon et ressentir une vibration nouvelle, en écho avec Nour qui scrutait elle aussi la surface verdâtre. Elles crièrent en même temps.

— Baqir ? Babar ?

Ce n'était pas lui qui remontait sur la barque. Ni lui qui nageait jusqu'à la berge. Nour se retourna pour observer la lisière de la forêt. Son cri prit de l'ampleur :

— BABAR ? BAQIR ?

Les enfants étaient sortis de l'eau. Quentin s'était déjà rhabillé.

— Je l'ai vu partir dans la forêt, je pensais qu'il était revenu !

Jeanne entendit Nour soupirer de soulagement ; il ne s'était donc pas noyé. Quentin s'approcha, suivi par les frères de Baqir et Sonia. Leurs cheveux dégoulinaient sur leurs vêtements enfilés à la hâte.

— On va le chercher !

Jeanne encouragea son fils d'un mouvement de tête, sans cesser de sonder l'étang. Elle posa une main sur l'épaule de Nour qui, d'un bras, retenait Sonia.

— Attendons-les ici, il va sans doute revenir d'une minute à l'autre.

Les enfants avançaient dans la forêt. « Babar ! Baqir ! BABAR ! BAQIR ! » Leurs voix résonnaient à l'unisson. Mais la forêt restait insensible à leurs cris. Quentin progressait en tête du groupe, couteau à la ceinture et pieu à la main. Ils évoluaient ainsi depuis une vingtaine de minutes quand soudain, au milieu des fougères et des ronces, surgit Babar. Son visage était traversé d'un grand sourire et ses yeux brillaient comme des pépites d'or.

— Je l'ai vu, Quentin, il est là ! Regarde !

Babar désignait de profondes traces de sabots, qui s'achevaient dans une mare argileuse. Tout autour, les troncs des arbres étaient recouverts d'une croûte de boue. Khalil et Oumar se penchèrent sur le sol tandis que Quentin s'approchait.

— Comment ça, tu l'as vu ?

Babar se mit à crier d'un air ravi.

— Le monstre ! Il était là, dans la boue !

Quentin serra son pieu plus fort tout en regardant autour de lui. Tout semblait calme.

— Viens, ta mère te cherche !

Soudain le sol se déroba sous leurs pieds. Quentin et les enfants se regardèrent, le visage figé en une expression de terreur. Quelque chose vibrait derrière eux. Ils se retournèrent comme un seul homme. Le vacarme venait du taillis. Une cavalcade assourdissante. À cinquante, quarante, puis trente mètres, des profondeurs de la futaie, un énorme sanglier, à la toison souillée par la tourbière, fonçait sur eux. Quentin hurla en brandissant son pieu pour le faire dévier de sa trajectoire. Mais le colosse l'ignora. Vingt mètres. La grosse bête fumante chargeait Babar. Tétanisé, le petit garçon n'entendait pas les hurlements des autres qui l'imploraient de grimper dans un arbre. Dix mètres. Quentin s'écorchait les cordes vocales. Rahim, Khalil et Oumar s'étaient mis à geindre en dari. Mais l'effroi avait pétrifié Babar. Le choc fut d'une violence inouïe. Les défenses du sanglier s'enfoncèrent sans effort dans le torse fluet du garçonnet qui n'eut pas le temps d'émettre le moindre cri. D'un coup sec, l'animal se dégagea puis détala par le sous-bois, laissant la bande d'enfants muette d'horreur.

Nour glapissait comme une bête qu'on égorge. Sur le brancard que Quentin et Rahim avait fabriqué avec leurs vêtements et leurs pieux, le corps de Babar ressemblait à une poupée de chiffon imbibée de sang. En voyant le visage de sa mère taché de rouge, Sonia se mit à hurler.

Jeanne observait la scène comme si elle se déroulait dans un film. Cela ne pouvait pas être possible. Soudain, devant le visage défait de Quentin, elle reprit pied :

— Vite, il doit aller à l'hôpital, cours aux Bertranges et appelle Mathias avec le talkie-walkie, dis-lui de prévenir Kristell !

La complainte de Nour résonnait. Lancinante comme une musique qui ne cesserait jamais. Massoud étreignait le corps de son fils contre sa poitrine. S'il le lâchait, la terre l'avalerait comme une crevasse carnivore. Mathias apparut à l'entrée du campement. Il se précipita aussitôt vers Quentin.

— Que s'est-il passé ?

— Il est tombé sur le sanglier. C'est de ma faute, je lui en ai parlé la semaine dernière. Il avait l'air tellement impressionné, il voulait absolument le trouver.

Mathias le coupa aussitôt :

— Tu n'es pas responsable. J'appelle Kristell.

Jeanne avait entendu leur échange :

— Je crois que c'est trop tard !

— Mais tu en es sûre ?

— Oui.

Massoud avait confié son jeune fils et sa femme à Rahim et les avait rejoints. Son visage émacié était devenu grisâtre.

— Il est mort.

D'un geste maladroit, Mathias s'approcha pour le prendre dans ses bras. Massoud se laissa faire sans bouger. Son corps semblait pris dans du béton. Jeanne saisit doucement sa main et elle eut l'impression d'empoigner un gant en caoutchouc. Massoud se détacha.

— On ne peut pas l'emmener à Paris.

Le ton dur de sa voix glaça Jeanne. Comme Mathias demeurait silencieux, il précisa :

— Dans notre tradition, nous enterrons nos morts sous vingt-quatre heures. Est-ce que tu peux nous aider ?

— Je ferai ce que tu veux.

Les deux hommes s'enfoncèrent dans la forêt. Jeanne se tourna vers Nour qui s'était allongée à côté de Babar. Ainsi étendus, les yeux fermés, mère et fils semblaient dormir. Massoud murmura :

— Laissez-nous s'il vous plaît, on se verra demain matin.

Six heures de matin. Le soleil étincelait déjà sur les Bertranges, dur comme un marteau. Jeanne et Quentin se réveillèrent en même temps, hébétés par les événements de la veille. Tous deux se repassaient la scène pendant laquelle Nour et Massoud avaient découvert le corps de leur fils ensanglanté, leurs cris résonnant encore à leurs oreilles. Jeanne demeura longtemps à serrer son fils dans ses bras, lui murmurant des mots de réconfort qui lui semblèrent si dérisoires qu'elle finit par se taire pour l'enlacer encore plus fort. Elle but sans plaisir son café, elle avait la nausée. Quentin, lui, un pied déjà dehors, surveillait la forêt. Ils n'eurent pas besoin de se consulter pour savoir qu'ils iraient voir les Jalath.

Quand ils arrivèrent au campement, Jeanne était essoufflée et courbaturée comme si elle venait de marcher pendant des heures avec des chaussures de plomb. Elle s'approcha de la petite table qui était restée dépliée depuis la veille, tandis que Quentin allait chercher le butagaz. Elle fit du café pour tout le monde. Ses paupières étaient lourdes. Après avoir avalé la moitié d'une bouteille d'eau, sa gorge était toujours aussi sèche. À une dizaine de mètres, Babar reposait au milieu de sa famille.

Massoud apparut. Droit comme un spectre. Il but la tasse de café que Jeanne lui tendit, puis revint auprès des siens. Puis ce fut au tour de Rahim, Oumar, Khalil. Nour fut la dernière, Sonia dans ses bras, toujours vêtue de sa petite robe rose de poupée. C'était une scène étrange. Tout avait changé depuis la veille, mais ce cadre de terre, d'arbres, de taillis, de ciel changeant et de lumière plus ou moins chaude était le même. Jeanne était au bord du vertige. Quand elle ne serait plus là, ce serait pareil. La forêt demeurerait. Elle pensa à Babar, à la tour Eiffel et aux rêves fragiles du petit garçon.

Mathias était là. Massoud prit la parole.

— Nous allons enterrer Baqir en haut de la colline. Le plus haut possible, pour qu'il puisse voir le soleil et les étoiles.

Le garde forestier regarda Jeanne.

— Croche-Étoile sera parfait. Là-haut il sera bien, on va vous y emmener.

Nour les interrompit. Des cercles mauves entouraient ses yeux noirs et sa bouche rouge ressemblait à une morsure.

— Je ne veux pas qu'il reste tout seul ici. Je veux l'emmener à Paris. Il doit venir avec nous, je lui avais promis.

Jeanne fit un geste pour l'étreindre. Mais Nour se détacha avec colère. Elle psalmodiait.

— Qui va veiller sur lui ? cria-t-elle avant de fondre en larmes.

Massoud la pressa :

— On n'a pas le choix, Nour, il fait de plus en plus chaud. J'ai déjà prévenu le passeur que nous serions six au lieu de sept.

À ces mots, la jeune femme s'effondra. Avec l'aide de Mathias, Jeanne la raccompagna auprès de son jeune fils. Sonia avait fabriqué des colliers d'anémones qu'elle avait disposés tout autour de son corps et avec lesquels elle jouait en chantonnant à voix basse. Jeanne jeta un coup d'œil au visage du garçonnet. Ses joues s'étaient creusées en deux coupes livides, ses yeux étaient clos. Elle se détourna. Elle n'avait pas eu le temps de connaître de lui tous ces détails qui hanteraient Nour et Massoud jusqu'à leur mort.

De Croche-Étoile, la forêt était un paysage occulte. À perte de vue, ses chemins invisibles accentuaient l'impression d'un hermétisme parfait. Une fois sur place, Mathias et Massoud posèrent le brancard de fortune que les enfants avaient fabriqué avec leurs pieux. Le garde forestier avait emporté une valise dont il sortit des draps blancs, un bandage, un flacon de parfum, des bouteilles d'eau, un pain de savon et des linges. Au fond du coffre de la jeep se trouvait également une pelle dont il se saisit. D'un geste, Massoud indiqua un arbre du coteau herbeux, un majestueux chêne d'Amérique aux feuilles vert foncé qui semblait garder l'entrée de Croche-Étoile. C'est au pied de ce géant que reposerait Babar. Puis, avec ses fils, il emmena le corps du petit garçon. L'enfant fut lavé une première fois par son père et ses frères. D'abord la tête, puis ils inclinèrent son corps vers la gauche et vers la droite pour nettoyer son dos avec l'eau et le savon. Ils finirent par les pieds. Ces ablutions furent accomplies trois fois. Les hommes effectuaient les gestes rituels avec douceur, comme si la peau bleuie de Babar pouvait encore sentir la chaleur de leurs mains. Babar fut ensuite parfumé, puis Rahim et Massoud fermèrent délicatement sa bouche à l'aide du bandage. Ils enveloppèrent enfin le petit cadavre dans un drap et l'orientèrent en direction de La Mecque.

Il était bientôt onze heures du matin. Mathias avait fini de creuser. L'air était lourd et sa peau brillait comme si elle avait été enduite de vernis.

Les deux hommes se tenaient devant le linceul, les femmes juste derrière eux. Massoud lança trois poignées de terre sur les draps blancs. Au moment de prononcer la prière, le père de famille se mit à trembler. Après avoir posé une main lourde sur l'épaule de Rahim, il recula d'un pas. Mais pas un seul mot ne franchit la bouche de son aîné qui s'était lui aussi mis à trembler. Alors Nour s'avança. D'une voix claire, comme si elle n'avait pas passé les dernières heures à pleurer, elle psalmodia les mots qui emmèneraient son petit garçon dans l'autre monde. Jeanne frissonna. Devant elle, Quentin regardait l'étroit cocon blanc disparaître dans le trou.

Quand tout fut fini, Quentin récupéra son pieu. Jeanne le vit dévaler la colline, suivi par les jumeaux et Sonia. Mathias leur emboîta le pas. Il ne restait plus que Massoud et Nour, qui s'étaient couchés sur la terre fraîchement retournée pour prier.

XXXV.

Cela faisait une semaine que Babar était mort. Depuis, les enfants chuchotaient, un murmure constant comme celui des arbres, qu'aucun nouvel arrivant n'aurait su déceler. Chaque soir, Mathias accompagnait Nour et Massoud se recueillir sur la tombe fraîche, que Sonia avait recouverte de jonquilles des bois et de jacinthes sauvages. Le jaune et le pourpre composaient un tapis capiteux qui avait déjà commencé à flétrir. Le soleil ne s'était jamais couché avec autant de majesté. Sur la ligne d'horizon sombre se juxtaposaient des teintes sorties d'un rêve psychédélique. Alors Massoud et Nour laissaient couler leurs larmes. Mathias repartait doucement dans la nuit.

Les nuits étaient chaudes, aussi les Jalath avaient replié leur tente et dormaient tous les six à la belle étoile. Regarder le ciel collés les uns aux autres jusqu'à ce qu'un mauvais sommeil les surprenne, c'était le seul moyen qu'ils avaient trouvé pour ne pas mourir de désespoir. Bientôt, ils seraient à Paris, le passeur avait confirmé qu'il les récupérerait à la lisière de la forêt et envoyé à Massoud les coordonnées géographiques du lieu de rendez-vous. Cela se passerait cette nuit.

C'est Rahim, accompagné des jumeaux et de Sonia, qui annonça la nouvelle à Quentin. Oumar et Khalil libérèrent le petit lapin Michael sous l'œil désespéré de Sonia qui confia sa cage à l'adolescent. Ils passèrent la journée ensemble, comme si rien n'avait changé. Ils ne se dirent pas adieu ; tous étaient étrangement persuadés de se revoir.

Le dernier matin, il faisait encore noir lorsque Mathias amena Jeanne et Nour en haut de la colline. Une fois seule, Jeanne se tourna vers Nour :

— C'est aujourd'hui que vous partez ?

— Oui. Le passeur vient nous chercher ce soir. Ton ami a promis qu'il nous emmènerait au point de rendez-vous.

— Oui, bien sûr. Mais pour l'instant, regarde !

Les premières lueurs de l'aube perçaient les ténèbres, laissant progressivement apparaître la cime des arbres. Le ciel devint gris, puis bleu clair, mauve, orange, rouge. En réalité, Jeanne ne reconnaissait aucune des couleurs poudreuses qui pointaient dans le lointain. Un oiseau se mit à chanter, puis un autre, jusqu'à ce que la vallée flamboie. Jeanne se tourna vers Nour, dont le visage était transfiguré par cette lumière à la pureté minérale. Puis elle leva les yeux vers le soleil, se forçant à les maintenir ouverts jusqu'à ce que le charme soit rompu. Une minute encore, et c'était fini. Le ciel était maintenant bleu azur.

Un bruit de moteur indiqua le retour de Mathias. Nour, assise près de la tombe, ne voulait plus partir. Elle se leva et chercha Jeanne du regard, ses yeux soudain embués.

— Qui va veiller sur mon fils ? Tout seul ici, il va avoir peur, pleura-t-elle doucement, il ne connaît pas la forêt. Il va se perdre…

Jeanne embrassa le paysage.

— Ne t'inquiète pas, dit-elle sans réfléchir. Moi, je serai la gardienne de ton fils…

Nour la regardait d'un air étrange. Jeanne répéta :

— Je veillerai sur lui, tu as ma parole, dit Jeanne, les yeux dans ses yeux. Moi aussi, je vais rester ici. Je serai près de lui. Il n'aura pas peur la nuit. Il ne se perdra pas dans la forêt.

Doucement, elle ajouta :

— Je lui tiendrai la main.

C'était trop pour Nour, qui éclata en sanglots en tombant aux pieds de Jeanne. Agenouillée devant elle, la jeune femme s'agrippait à elle en embrassant ses mains.

— Je serai la gardienne de ton fils, lui répéta Jeanne en la relevant.

Nour balbutia :

— Mais il sera loin de son pays, loin de ses ancêtres…

— Mon père disait que le soleil est partout le même, pour tous les hommes. Ici, il sera en paix, lui dit Jeanne en l'entourant pour la serrer contre elle.

XXXVI.

L'été était un mirage. Un rideau de sable sur la sylve. Aux branches des arbres, où les oiseaux construisaient leurs nids, apparaissaient des esquisses de bourgeons qui se déploieraient au printemps prochain.

Jeanne avait maigri. Et puis il y avait cette sensation de détérioration, comme si son corps se désagrégeait. Elle avait souvent envie de l'ouvrir en deux. Racler les métastases, les brûler. Mais la douleur gagnait parfois le dos, poinçon s'enfonçant dans le bas de sa colonne vertébrale comme dans de la cire. Mathias lui avait apporté des coussins en mousse pour qu'elle puisse s'asseoir sans souffrir. Elle ne quittait plus les Bertranges sans ses comprimés de morphine. Le docteur Bertrand faisait parfois irruption dans ses songes, blouse blanche et bloc-notes à la main. Son bureau anonyme et la salle d'attente aux murs jaunes. S'était-elle trompée ? Un scanner, un bilan sanguin, trois mois de plus. Six mois, sept mois d'espérance de vie. Le miracle n'avait-il pas déjà eu lieu ?

Elle passait ses après-midi au bord de l'étang. Elle aimait son souffle ensuqué de vase, sa surface à l'apparence solide comme une croûte de lait. Elle bougeait avec le soleil, emportant avec elle les coussins, la morphine et une gourde.

Lorsque la lumière déclinait, elle marchait lentement jusqu'à Croche-Étoile. Là, elle s'asseyait sous le chêne, non loin de la tombe de Babar. Mathias avait creusé assez profondément pour qu'aucun animal ne la déterre. Elle pensait souvent à Massoud, à Nour, à leurs enfants. Où étaient-ils ? Avaient-ils réussi à rejoindre Paris ?

Contre le tronc du chêne, elle se laissait peu à peu envahir par une douce torpeur. La morphine maintenait la douleur à distance. Elle était en paix. La promesse faite à Nour la maintenait droite, un peu comme une mission qu'elle se serait donnée. Un but qui la maintenait en vie.

Depuis la mort de Babar, Quentin partait tôt le matin. Douglas ne le quittait pas d'une semelle. La peau de l'adolescent était tannée comme du cuir. Les braises, les ronces et les insectes avaient constellé son corps de brûlures, de griffures et de piqûres auxquelles il ne faisait plus attention. Chaque cicatrice avait son histoire. Une seule était invisible. Chaque soir, il grimpait en haut de Croche-Étoile et s'agenouillait sur la tombe de Babar. Le ciel enflammait la terre et des cris d'enfants résonnaient dans ses souvenirs. Khalil, Oumar et Rahim mugissaient à s'en arracher les cordes vocales tandis que lui-même hurlait comme un damné. Mais Babar demeurait immobile, foudroyé par une Méduse à tête de sanglier. Quand la nuit tombait, Quentin revenait aux Bertranges, où il déposait contre un râtelier improvisé l'un des cinq pieux qu'il avait taillés et brûlés au feu pour en durcir les pointes.

Un bouleau à l'écorce arrachée, une souille à moitié sèche au milieu d'un chemin. Des heures de marche à traquer la moindre touffe de poils rugueux accrochée à une branche, des traces de sabots dans la terre poussiéreuse. Les empreintes l'emmenaient dans la futaie. Puis le taillis, en direction de la Roncière. Un jour, c'était en fin d'après-midi, la chaleur avait déposé une couche de sueur sur son corps, Quentin perçut le vacarme d'une chevauchée. Douglas, qui s'était brusquement collé à lui, se mit à gémir. Cela venait du talus, au-dessus du sentier. Le sol bougeait. Le beauceron était maintenant surexcité. Quentin ne réfléchit que quelques secondes. Il passa une dernière fois le doigt sur la pointe de son pieu, puis se mit à taper du pied en hurlant. Les branches frissonnèrent, la terre vibra. Quentin s'était mis debout, mais soudain il eut peur. La bête fonçait sur Douglas qui aboyait. Elle était maintenant à moins de dix mètres, son énorme caboche fumant comme une apparition venue des enfers. Comme le sanglier s'élançait, il s'accroupit, le pieu tendu à la verticale devant lui.

La première chose qu'il vit en ouvrant les yeux, ce fut l'énorme gueule de Douglas. Ses babines luisantes et noires haletaient sur ses joues tandis que sa truffe fouillait ses cheveux. Il faisait nuit, quelqu'un parlait. La voix familière évoquait le fait d'accrocher une corde à la jeep. Un poids chaud l'enfonçait dans la terre. Des sanglots près de ses oreilles.

— Maman ?

Jeanne balbutia :

— Mon chéri, tu vas bien ? Mathias est là, il va te sortir d'affaire.

— Il est mort ?

Quentin reprit pleinement conscience sur le canapé de la Roncière. Il n'avait que quelques égratignures. Kristell, penchée sur lui, passait un coton imbibé de désinfectant sur ses plaies superficielles. Jeanne l'aida à se redresser afin qu'il puisse avaler le verre d'eau qu'elle venait de lui apporter. Elle entendit Mathias rentrer. Quand il les rejoignit dans la pièce, Quentin s'était assoupi.

Kristell planta ses yeux dans ceux de son mari :

— Qu'est-ce qu'il s'est passé ?

— Le sanglier a dû venir s'empaler sur Quentin. Il a eu beaucoup de chance, son pieu s'est directement enfoncé dans son groin, le foudroyant net.

— Ça n'explique pas ce qu'il fichait avec un pieu au milieu de la forêt…

— Tu sais, à cet âge, on sait jamais ce qui peut bien se passer dans leur tête. Laissons-le se reposer.

Quentin se réveilla une heure plus tard. Mathias lui avait prêté une chemise pour remplacer son T-shirt imbibé de sang. Jeanne le buvait du regard. Dans le vêtement trop grand pour lui, Quentin était de nouveau son petit garçon à la peau de velours, qui la suivait comme son ombre. L'impression, furtive, ne dura pas. Il s'était levé et jouait maintenant avec Douglas qui, debout sur ses pattes arrière, lui donnait de grands coups de langue sur le visage. Jeanne revit son fils apeuré devant le beauceron, ses yeux baissés, ses épaules enroulées. Il lui sembla que c'était hier. Et maintenant, il venait de tuer un sanglier à l'aide d'un pieu. Elle se sentit gelée de l'intérieur en songeant à ce qu'il aurait pu se passer. À cette image se juxtaposa celle de la vidéo prise dans le métro, la « pièce à conviction » que le commissaire lui avait montrée et qui lui avait glacé le sang. Ça aussi, c'était hier. Et pourtant à des années-lumière de ce qu'était devenu Quentin.

Mathias s'approcha de l'adolescent :

— Tu as eu de la chance, c'est Douglas qui nous a prévenus.

Quentin faisait mine de sortir dans la cour avec le beauceron. Quand elle le vit s'approcher de la porte d'entrée, Jeanne le retint :

— Faut que tu te reposes encore un peu, tu viens de subir un choc !

Mais Quentin avait déjà la main sur la poignée. Jeanne répéta :

— Qu'est-ce que je viens de te dire, Quentin ? Assieds-toi, tu m'as suffisamment fait peur pour la journée, j'ai aucune envie que tu ressortes !

— Mais c'est bon, maman, je me sens bien !

Comme Jeanne ne disait plus rien, Kristell poursuivit :

— Ta mère a raison, écoute-la, t'es encore un peu pâle.

Avant que Quentin ne rétorque quoi que ce soit, Mathias haussa le ton :

— Fais ce qu'on te demande, ta mère est malade.

La semaine suivante, Mathias prépara le sanglier. Presque deux cents kilos de chair, d'os, d'abats, de muscles. Couper, éviscérer, dégager la graisse, mettre les intestins de côté pour ne pas qu'ils souillent la viande, sentir la cage thoracique craquer sous les coups de marteau. Il avait l'habitude. Il jeta les entrailles, congela une partie du gibier. Douglas jappait comme un chiot. Le dernier jour, Mathias préleva un morceau sur le tas rouge vif qu'il avait prévu pour le dîner, puis sortit dans la cour, le beauceron sur ses talons.

La viande mijotait depuis une heure quand il vit arriver Quentin et Jeanne. Cinq jours seulement étaient passés depuis l'incident, mais Jeanne était méconnaissable. La maigreur de son visage faisait peur et sa bouche entrouverte témoignait de la difficulté qu'elle avait maintenant à déglutir.

Tandis qu'il arrachait une liane de lierre brûlée sur la façade de la maison, son regard croisa celui de Kristell.

Elle aussi était choquée. En voyant Quentin, Douglas lâcha sa pitance pour se précipiter vers lui. Mathias se pencha pour ramasser le morceau mâchonné. Il le lança plus loin, mais le chien ne bougea pas.

— Alors ça, c'est de l'amour !

Quentin sourit. Petit prince des forêts à la peau bronzée et aux muscles déliés. Le contraste avec Jeanne était frappant. Kristell jeta un œil sur ses cicatrices tandis que Mathias saluait son amie :

— Comment tu te sens ?

Il se maudit. Il suffisait de la regarder pour voir qu'elle n'allait pas bien.

— J'ai déjà été plus en forme, dit-elle d'une voix de fumeuse.

Jeanne arborait un pauvre sourire. Maintenant, il la reconnaissait. Une version ectoplasmique. Il ne parvenait pas à détacher ses yeux de sa peau couleur de cire. Malgré la température, elle portait un pull-over de laine épaisse qui ne dissimulait pas sa maigreur. Un pas de plus et ses os se briseraient.

Ils passèrent à table. La viande était dure et possédait une saveur âpre. Jeanne toucha à peine à son assiette. Elle avalait de petites gorgées d'eau, vidait son verre, avant de se resservir d'une main hésitante. Ces derniers jours, elle avait fait plusieurs fausses routes. L'infirmière l'avait prévenue que cela arriverait, alors elle mastiquait lentement. Il était hors de question qu'elle s'étouffe avec sa nourriture. Quentin mangeait en silence et en grande quantité, comme s'il n'avait pas fait de vrai repas depuis des jours ou pour honorer la bête.

Restée seule avec Jeanne, Kristell lui proposa une tisane puis s'assit à côté d'elle.

— Tu as la bouche sèche ?

— Les lèvres aussi. Parfois, j'ai dû mal à parler.

— J'ai remarqué. Il te reste de la morphine ?

Elle hocha la tête.

— Encore une boîte.

— Ça ne va pas être suffisant, je vais essayer de t'en procurer.

— Merci, dit Jeanne en lui touchant le bras, tu sais, tu n'es pas obligée.

— Ne me remercie pas, tu vas en avoir besoin.

Dans le hangar, Mathias était en train de décrocher la vieille peau de sanglier qui était fixée depuis des années sur un pan de mur. Il s'approcha de Quentin qui l'avait suivi.

— Maintenant tu as le droit de la porter, dit-il malicieusement.

— Et celle-ci ?

Mathias avisa la peau fraîche, aux poils rugueux et encore ensanglantés, qui était posée sur un coin d'établi.

— Je vais la déposer chez un copain écorcheur, il fera le nécessaire. Mais tu devras attendre plusieurs semaines. Il faut qu'il la racle, qu'il la sale pour enlever toute l'humidité. Puis il l'enduira d'huile. Ensuite seulement, elle sera à toi.

Quentin réapparut dans l'embrasure de la porte de la cuisine, la peau du sanglier étalée sur le dos. Une divinité primitive.

— Regarde, maman ! On va en faire un tapis pour la maison !

Jeanne se leva pour l'embrasser. Il avait tellement grandi qu'il faisait maintenant la même taille qu'elle. Dans quelques mois, il la dépasserait.

— On va regarder les étoiles ? Mathias dit qu'il va y avoir une pluie d'étoile filantes cette nuit.

— Comme tu veux.

Mathias était de retour. Kristell, le voyant prêt à repartir avec eux, le retint par le bras.

— Laisse-les ensemble, chuchota-t-elle.

Mathias la regarda, un air d'incompréhension sur le visage. Alors Kristell murmura :

— Le temps leur est compté, Jeanne ne tiendra pas longtemps, les métastases ont attaqué ses poumons et ses cordes vocales…

La nuit était claire et, du sommet de la colline, les lumières des premiers villages étaient visibles. Avant de s'allonger, Jeanne passa ses mains froides sur l'écorce du chêne. Avec les grosses chaleurs, celle-ci avait perdu de sa souplesse. Un lambeau, friable comme de la braise, se détacha alors qu'elle continuait à caresser le tronc du géant. Elle pria pour qu'il pleuve.

Les étoiles filaient dans le ciel bleu marine, rayant la nuit comme une myriade d'oiseaux brillants. Tout en serrant la main de son fils, Jeanne pensait aux dizaines de soirées passées avec son père. Au sang qui bouillait dans ses veines quand parfois le moment se prolongeait et que la voûte céleste lui semblait aussi peu lisible qu'un livre écrit dans un dialecte ancien. Aujourd'hui, tout était clair. Pourtant, rien ne l'était. La seule certitude, c'est que Quentin appartenait à ce cosmos indéchiffrable. Il était la preuve vivante que les miracles existaient. Une nouvelle traînée lumineuse stria soudain l'obscurité. Elle appuya plus fort sur la main moite de Quentin :

— Fais un vœu !

— C'est fait, maman, toi aussi !

Cette nuit-là, Jeanne dormit à la Roncière. Lorsqu'elle se retrouva dans sa petite chambre au papier peint champêtre, elle crut entendre son père. Cela venait d'en bas, le ronronnement tranquille d'un timbre masculin. Comme quand elle était gamine et qu'elle s'endormait en l'écoutant faire le point sur sa journée avec le père de Mathias. Ce dernier téléphonait, ou passait boire un verre pour discuter. Les arbres à marquer, les animaux à recenser, les parcelles à entretenir, tout cela composait une comptine rassurante qui la plongeait dans un sommeil paisible.

Mais ce n'était que Mathias, qui parlait à voix basse. Elle se réveilla avant l'aube. Dehors, il faisait encore nuit. Elle déposa un baiser sur le front de Quentin, qu'elle trouva allongé sur le canapé du salon. Elle posa sa tête sur son torse pour écouter les battements réguliers de son cœur.

La boule en fusion était en train d'apparaître sur la ligne d'horizon lorsqu'elle parvint au sommet de la colline. Une quinte de toux déchira sa gorge tandis qu'elle s'asseyait sur l'herbe. Le paysage dégagé ondoyait sous elle. La lumière éblouissait le paysage, réchauffant son corps. Elle avala une gélule rouge. En six mois, la couleur des gélules avait suivi l'arc de sa douleur. Du jaune, dix milligrammes de morphine toutes les quatre heures, le plus faible dosage, elle était passée au bleu il y a quelques semaines, trente milligrammes. Depuis quelques jours, elle ne pouvait se passer des gélules rouges. Soixante milligrammes de morphine, c'était le dosage maximum que Kristell avait réussi à lui obtenir. L'infirmière n'avait pas pu lui trouver un autre traitement : « Tu comprends, tout est sécurisé. Si je demande quoi que ce soit à Orléans, je vais éveiller les soupçons », avait-elle dit en lui donnant une dizaine de boîtes d'antidouleur, de quoi tenir quelques semaines.

Une semaine plus tôt, Jeanne avait murmuré à Mathias qu'elle rêvait de « voir le soleil tous les matins et les étoiles toutes les nuits ». La maison était devenue trop sombre, trop oppressante. Elle voulait de la lumière, de l'air. Puis, désignant la forêt, elle avait ajouté : « Je n'arrive pas à croire que je ne verrai plus jamais tout ça. Toute cette beauté. » Chaque jour, le sentiment d'étouffement s'était fait plus aigu. Comme une présence qui comprimait son souffle et aspirait sa vie. Ses « assassins » étaient devenus légion. Il avait compris. La veille,

Kristell lui avait dit que le moment était arrivé. Aussi sans rien dire, en un après-midi, Mathias avait démonté le lit en bois des Bertranges pour le réinstaller sur les hauteurs. C'était là désormais qu'elle restait. La douleur ne la quittait plus : parfois sourde, parfois molle, parfois tranchante comme un coup de poignard. Elle naissait à la pointe de sa colonne vertébrale pour mourir au niveau du plexus solaire. Ou l'inverse. C'était difficile de savoir. Elle entendit soudain une voix.

— Tu veux que j'aille te chercher de l'eau ?

Elle se redressa.

— Quentin ? Mais qu'est-ce que tu fais là ?

— Je t'ai suivie.

Déjà, l'horizon s'éclaircissait. Soudain, Jeanne ouvrit les yeux. En se redressant, elle laissa échapper un gémissement. La morphine se trouvait dans son petit sac.

Après avoir avalé une nouvelle gélule, elle nicha son visage contre la poitrine de son fils. Quentin remua doucement. Elle puisa dans ses dernières forces pour parler :

— Ton grand-père ne croyait pas en Dieu, juste dans les forces de la nature. En 1984, il avait été déployé au Tchad. Là-bas, la plupart sont musulmans, ou catholiques. Mais tous possèdent un fond animiste, ils croient à la force des arbres. Il avait été très impressionné, c'est aussi pour ça qu'il vouait un véritable culte à la forêt, à sa magie et à ses esprits toujours cachés.

Un aboiement se fit entendre dans le lointain. Douglas dressa les oreilles, prêt à répondre à cet écho familier. Jeanne avait cessé de parler et ne bougeait plus. Quentin chuchota en direction du beauceron :

— Laisse-la dormir !

Mais elle rouvrit les yeux. Elle avala un nouveau comprimé rouge alors que le soleil irradiait l'horizon.

— Regarde, Quentin, comme c'est beau ! C'est pour ça que j'ai voulu t'emmener ici, pour que tu voies tout ça.

— Mais tu ne vas pas mourir ?

— Mais non, mon amour, je vais me requinquer grâce à la forêt. Après on reviendra à Paris, je te le promets.

Elle se réveilla une heure plus tard, se demandant où elle se trouvait. Était-ce encore le mois de juillet, ou bien août avait-il déjà débuté ? Le 9 septembre, Quentin fêterait ses quatorze ans. Une éternité, quand Jeanne songeait au week-end d'anniversaire surprise qu'elle avait prévu d'organiser pour lui dans le Luberon. Le mot lui semblait aussi peu familier qu'un nom de village situé au fin fond de la Mandchourie. Luberon. C'était presque rigolo. La maison était-elle finie ? Elle ne se souvenait plus d'avoir payé les ouvriers. Elle s'étonnait parfois de sa propre futilité. Des détails lui revenaient, les coussins bariolés et parfumés de lavande qui attendaient dans l'ombre de la buanderie, le docteur Huzan et sa paire de lunettes en écaille. Elle ne lui avait même pas dit au revoir. 9 septembre. La sortie de l'enfance. Il fallait qu'elle tienne.

Sa voix s'éraillait. Un timbre de fumeuse de Gitanes sans filtre, plaisantait-elle. Ou de crapaud aphone, ajoutait-elle, juste pour entendre encore une fois le rire de grelot de Quentin. Elle avait appris à choisir ses mots puisqu'une seule phrase pouvait l'asphyxier. La toux était parfois si atroce qu'elle l'étourdissait. Ses poumons se remplissaient d'un mélange de cendres et de cailloux. Du gravas dans les bronches, qu'elle ne parvenait jamais à cracher. Quentin la guettait.

— Tu te souviens de *La Guerre des étoiles* ?

Son fils la fixait sans comprendre. Elle reprit :

— « Tu ne connais pas le pouvoir du côté obscur. »

— Arrête, maman…

— « Si nous associons nos forces, nous mettrons fin à ce conflit destructeur et ramènerons l'ordre dans la galaxie. »

— Maman…

Mais Jeanne ne s'arrêtait plus.

— « Je suis ta mère… »

Quentin riait.

— Quand tu avais cinq ans, je te faisais des chatouilles. Une fois sur deux, tu riais tellement que tu te faisais pipi dessus. Je te demandais à chaque fois si tu voulais que je t'emmène aux toilettes, mais tu refusais systématiquement. Tu voulais pas perdre une miette de rire.

— Si tu le dis…

— Avoue, sinon je continue à parler comme Dark Vador.

— Mais tu parles *déjà* comme Dark Vador.

Elle émit un rire qui se termina en quinte de toux :

— Je ne vois pas ce que tu veux dire.

Cette nuit-là, elle sentit quelque chose rôder autour d'elle, comme une présence. Peut-être la mort, la prévenant qu'il était maintenant temps de préparer ses bagages. Alors la peur commença, à monter, animale, comprimant sa cage thoracique. L'aspect définitif lui donnait le vertige. Qu'y avait-il après ?

XXXVII.

Commissariat de Palaiseau, samedi 20 août 2024

Assis derrière son bureau, le brigadier-chef Labrunie observait l'homme qui se tenait face à lui. Avec sa barbe de deux jours, son visage amaigri et sa chemise froissée boutonnée jusqu'au cou, il personnifiait l'accablement.

Les Jalath avaient été contrôlés sur une route secondaire juste avant l'entrée de Paris. Cela faisait près de trois semaines qu'ils se terraient au niveau de la bretelle de sortie de l'autoroute A10, dans un terrain vague où leurs passeurs les avaient abandonnés.

Toute une famille, avec de jeunes enfants. Des migrants qui tentaient de rentrer dans Paris. Suite aux récentes déclarations du gouvernement, les contrôles routiers s'étaient multipliés dans tout le pays afin de rattraper les personnes ayant l'obligation de quitter le territoire français. Les prises d'empreintes digitales et de photographies avaient déjà été effectuées et le téléphone portable de Massoud avait été saisi. Abdul, le frère de ce dernier, arriverait d'un instant à l'autre, avec l'avocat qui l'avait aidé un an plus tôt.

Tous étaient maintenant auditionnés. Puis la famille serait placée en rétention avant d'être convoquée devant le juge des libertés et de la détention d'Évry et le tribunal administratif de Versailles.

— Vous venez d'où ? demanda le brigadier, ennuyé par avance à la vue des papiers à remplir.

L'individu, fatigué par le stress et le manque de sommeil, avait du mal à parler.

— Je m'appelle Massoud et je viens d'Afghanistan.

— D'accord, mais avant de rentrer dans Paris, vous étiez où ?

Massoud laissa son regard errer sur la salle aux murs nus et débita d'un ton monocorde :

— Iran, Pakistan, Turquie, Italie…

Le brigadier-chef Labrunie le coupa :

— Et en France ?

— Nice, Grenoble, Lyon…

Massoud avait fini par donner le code de déverrouillage de son téléphone. Toute sa vie tenait dans ce parallélépipède de plastique, de cuivre et de carbone. Cela faisait plus de deux heures qu'il essayait de gagner du temps, espérant un miracle qui n'arrivait pas.

— Je n'ai plus mes papiers, je vous jure. Nos passeports ont été pris par le passeur. Ils nous les ont confisqués. Il disait qu'il nous les rendrait contre de l'argent.

Le fonctionnaire de police hocha la tête. Les histoires de migrants pris en otage par leurs passeurs étaient de plus en plus fréquentes. Ces pauvres hères étaient laissés perdus dans un pays qu'ils ne connaissaient pas, sans ressources, et à la merci du moindre trafiquant d'êtres humains. Il fit défiler la galerie de photos du téléphone du père de famille. Tout leur périple était là, sous ses yeux. Documenté à la manière d'un reportage télé d'une tristesse absolue. Le départ d'Afghanistan, le passage par la Turquie, le débarquement en Grèce, puis l'Italie. Tout cela pour finir dans un commissariat de France. C'était fascinant et absurde.

Le brigadier-chef Labrunie émit un soupir de lassitude tout en faisant passer le smartphone de Massoud de sa main gauche à sa main droite. Il jeta un œil à son ordinateur : quatre heures du matin, il avait hâte de rentrer chez lui. Cela faisait quinze ans qu'il faisait ce métier, mais il n'était arrivé à Palaiseau que l'année dernière, après une première partie de carrière à Boulogne-sur-Mer. Partout, les mêmes questions suscitaient les mêmes réponses, les mêmes visages hagards. La même histoire d'espoir de vie meilleure, dans un ailleurs fantasmé, une vie rêvée qui tournait très vite au cauchemar, sur un vélo à livrer des repas dans une grande ville déshumanisée.

Les avant-dernières photos montraient des gamins grimés, armés d'arcs et de flèches, posant fièrement en fixant l'objectif. Une bande d'enfants sauvages. L'un d'eux portait un gigantesque pieu, bien trop grand pour lui. Labrunie fronça les sourcils.

— C'est qui, lui ? Je ne crois pas l'avoir vu ici, demanda-t-il en désignant la silhouette menue.

Nour baissa les yeux. Le policier désignait un cliché de Babar en train de poser devant la cabane que les enfants avaient construite, à côté de la petite cage de Michael. Massoud prit la main de sa femme pour la serrer. Puis il dit lentement :

— Un cousin… il est resté en arrière… dans la forêt.

— Quelle forêt ?

Sans attendre la réponse, le brigadier-chef regarda les métadonnées des photos. Par chance, l'application GPS n'avait pas été enlevée, révélant la longitude et la latitude de l'endroit.

— Et c'est qui, elle ? dit-il en pointant Jeanne. Des gens qui vous ont aidés ? Des membres d'une association ?

Massoud ouvrit la bouche, mais fut coupé net par Nour qui venait d'émettre une sorte de sifflement. À son tour, elle serra la main de son mari, avant de prendre la parole :

— On les connaît pas. Ils nous ont juste donné un peu de nourriture.

— Ils vous ont pas donné leurs noms ?

— Non monsieur.

— À vos enfants non plus ?

— Non monsieur.

— Vous savez que je vais vérifier ?

— Oui monsieur.

Nour s'arrêta de parler. Elle inspira, puis reprit :

— Monsieur, je peux juste vous demander quelque chose ?

Le brigadier leva un œil.

— Dites toujours.

— Les photos, on pourra les récupérer ?

— Je peux rien vous promettre, mais oui, a priori…

— Alors s'il vous plaît, est-ce que vous pouvez juste imprimer la dernière ?

Curieux, Labrunie fit défiler les images. Quand il arriva à celle dont parlait Nour, il prit un instant pour l'observer. C'était un paysage où figurait seulement un grand arbre planté à flanc de coteau. En contrebas apparaissaient des bois. Perplexe, il présenta l'écran à Nour :

— Celle-là ?

— Oui, s'il vous plaît.

— Vous êtes tombée amoureuse de notre belle campagne française ?

Quand sa question retentit dans l'air confiné de la salle d'interrogatoire, il regretta de l'avoir posée. Il se sentit gêné lorsqu'elle lui répondit avec docilité.

— Oui monsieur.

— Je vais voir. On va vérifier. En attendant, vous allez tous les deux signer le procès-verbal.

Quelques minutes plus tard, l'entretien était terminé. Il était bientôt cinq heures du matin et l'aube commençait à pointer par les fenêtres coulissantes du bureau. Dans deux heures ce serait la relève et Labrunie pourrait rentrer chez lui. En attendant, il lui restait une dernière chose à faire. Une minute plus tard, il entrait dans le bureau du technicien numérique.

— Du boulot pour toi, chef, dit-il en tendant le téléphone portable de la famille Jalath à un jeune sous-officier à lunettes qui rangeait des clefs USB dans une boîte en plastique.

Le policier s'interrompit :

— Tu as besoin de quoi ?

— Il faut que tu me trouves la localisation précise des photos qui ont été prises dans ce téléphone.

— Ok chef ! Ça devrait être rapide.

De retour dans son bureau, il repassa en revue les images sur son écran d'ordinateur. Des enfants peinturlurés, armés de pieux, une jeune femme au sourire un peu pâle, le regard farouche d'un des garçons, un arc dans une main, un lapin sur son épaule. Il chercha dans sa mémoire. Les traits de ces inconnus lui étaient plus que familiers. Soudain, il percuta. Labrunie se précipita dans le couloir. Ces visages étaient dans tous les commissariats de France. Jeanne Tardy et son fils Quentin. L'adrénaline envahit le cerveau assoupi du policier. Il étouffa un « merde » sonore. Devant lui, sur le tableau des disparus, les photos de Jeanne et de Quentin étaient bien là. Des avis de recherche devant lesquels il passait tous les jours depuis six mois.

Après s'être connecté au serveur, il retrouva rapidement l'avis de recherche. Il l'afficha en plein écran sur son ordinateur puis appela le siège de la police judiciaire, à Paris.

XXXVIII.

Face à la canopée, Jeanne était allongée dans son lit sous sa moustiquaire, à profiter d'une rare brise tiède qui montait de la falaise jusqu'au plateau. À quelques mètres de là, Quentin avait tendu un hamac entre deux arbres. C'était là qu'il dormait désormais, suivant le rythme de sa mère, guettant ses mouvements. Il ne la quittait plus, siégeant au pied de son lit, comme un petit animal voulant protéger son maître contre les malheurs du monde.

Le matin, les réveils étaient de plus en plus difficiles. La douleur, intense, déchirait chaque centimètre du corps de Jeanne. Kristell ou Mathias venaient l'aider. Comme une machine rouillée, il fallait plusieurs heures et deux gélules rouges pour que ce qu'elle avait définitivement renommé sa carcasse se remette en route. Alors seulement elle parvenait à se mouvoir. Une fois assise dans le fauteuil défoncé que Mathias avait apporté quelques jours auparavant et qui surplombait la canopée à flanc de rocher, elle restait des heures à s'enivrer du spectacle de la frondaison écrasée par le soleil.

Kristell passait la voir deux fois par jour, pour prendre sa tension et vérifier sa réserve de morphine. Jeanne avait encore maigri. Ce n'est pas vraiment qu'elle n'ait plus faim, mais se nourrir ne l'intéressait plus. Les métastases, qui avaient commencé à attaquer ses cordes vocales de nombreuses semaines auparavant, l'obligeaient maintenant à économiser ses mots. Aussi Kristell avait installé à côté d'elle une gourde en fer et une cuillère d'acier : « Si tu as besoin d'appeler, tu tapes sur la gourde. » Jeanne avait acquiescé en souriant. Elle connaissait. C'était le signal utilisé par les plongeurs qui tapaient sur leurs bouteilles sous l'eau, pour alerter les autres.

*

Dans la gendarmerie du village de Maré, le chef d'escadron Perrotin se préparait à déjeuner. Après avoir désencastré de son bureau son épaisse charpente d'ancien rugbyman, il passa une main étonnamment fine dans ses cheveux dont il ne restait qu'une mèche filasse blonde, qu'il s'obstinait à fixer sur le haut de son crâne. Il essuya ses doigts collants de sueur et de gel sur son pantalon d'uniforme. Le bâtiment était calme. Le téléphone aussi. La chaleur s'était abattue sur toute la vallée. La touffeur était telle que même les oiseaux ne chantaient plus. Ou par trilles convulsives comme des barouds d'honneur. Dans cette fournaise, les bêtes ne se déplaçaient plus qu'à l'économie et la forêt semblait en sommeil. Hormis quelques fermiers des environs venus déclarer du bétail mort à cause de la chaleur, la région accablée semblait immobile.

Alors qu'il s'apprêtait à rejoindre ses collègues au Fer à cheval, l'unique troquet du village, son téléphone sonna. À l'autre bout du fil, quelqu'un prononça un ordre, puis raccrocha. Perrotin était troublé. C'était la première fois qu'il avait affaire à la brigade criminelle. Il se redressa mécaniquement. Puis, une fois la communication terminée, il inspira un grand coup. C'était urgent, d'après Paris. Délaissant son déjeuner, il téléphona aussitôt aux membres de l'équipe de techniciens forestiers avec laquelle il était en contact régulier.

Une heure plus tard, il les avait pratiquement tous contactés. Perrotin sentit son ventre se contracter, sans savoir s'il s'agissait d'un début d'anxiété ou de la faim. Un seul avait admis avoir vu quelque chose dans la forêt, au niveau de Maré justement. Cela datait d'il y avait un peu plus d'un mois. Une fausse alerte. Il ne restait plus qu'un garde à appeler. Celui-ci répondit dès la première sonnerie.

— Mathias Tabareau, c'est bien cela ?

— C'est bien moi, à qui ai-je l'honneur ?

— Chef d'escadron Perrotin, gendarmerie de Maré. Je ne vous dérange pas ?

— Pas du tout, en quoi puis-je vous aider ?

Après avoir expliqué à son interlocuteur l'objet de son appel, il attendit :

— À part quelques campeurs en goguette, je n'ai rien vu. Je suis désolé de ne pas pouvoir vous aider.

Mathias raccrocha, pensif. Il réfléchit rapidement tout en montant dans sa voiture pour prendre la route de Croche-Étoile.

Là, installé à l'ombre des chênes centenaires, Quentin taillait de nouvelles flèches pour son arc. À côté de lui, Jeanne dormait. En entendant le moteur de la jeep, l'adolescent lâcha ses flèches et se leva d'un bond. Mathias se dirigeait vers lui à grandes enjambées. À voix basse pour ne pas réveiller Jeanne, il lâcha :

— J'espère que tu n'as pas oublié tout ce que je t'ai appris avec le drone ?

Quentin releva la tête, interrogatif.

— Une autre bête à traquer ?

Mathias alla droit au but :

— Les gendarmes sont là, Quentin, ils vont vous retrouver si on ne les devance pas !

— Mais je ne peux pas la laisser, dit-il en désignant Jeanne.

— Je vais appeler Kristell, ne t'inquiète pas.

Une demi-heure plus tard, ils se garaient devant la Roncière. Après avoir donné le drone à Quentin, ainsi qu'un talkie-walkie, Mathias se précipita dans le hangar. Il en sortit deux jerricanes d'essence. Quentin le regardait sans comprendre.

— Prends-en un et fais le tour de la maison avec, un filet sans coupure.

— Mais pourquoi ? Tu veux y mettre le feu ?

— Les gendarmes risquent de venir avec un chien limier. L'essence va saturer leur odorat. Ils ne sentiront plus rien, et ça nous fera gagner du temps. Prends Douglas avec toi, il a l'habitude.

— Mais il va pas se faire repérer ?

— Frotte aussi son poil avec un peu de gasoil. Pour le reste, il a appris à ne pas aboyer.

XXXIX.

Le chef d'escadron Perrotin regardait sa montre. Dix heures du matin. Il faudrait rapidement partir, avant que le soleil ne soit trop haut. La météo prévoyait encore une journée caniculaire. Plus de trente degrés sur la région, et aucun orage en vue.

En face de lui, de l'autre côté du terre-plein recouvert de gazon jauni, la petite mairie du village était fermée. Même le Fer à cheval était vide. Il tendit l'oreille, puis sonda la masse d'arbres qui ceignaient la petite place, annonçant la forêt.

Un bruit de moteur. Une minute plus tard, deux Ford Focus bleu marine débouchaient sur la place et six hommes en sortirent. Un seul s'approcha. La quarantaine, sanglé de cuir malgré la chaleur. L'allure de sa fonction, se dit aussitôt Perrotin en posant avec regret une main sur son ventre adipeux. L'homme lui tendit une main ferme. Ses yeux, l'un vert, l'autre bleu, le scrutaient avec intensité. Perrotin n'avait jamais vu un tel regard.

— Commandant Charton, brigade criminelle de Paris.

— Chef d'escadron Perrotin. Bienvenue à Maré. J'ai déjà contacté un des gars de l'ONF, qui connaît le coin par cœur. On doit le retrouver au lieu-dit la Roncière. Pour le reste, je suis à votre disposition.

— Bien. Un de mes hommes est pilote de drone. Ça devrait pouvoir nous aider.

Charton se retourna vers son équipe.

— Richard, ramène-toi !

Un individu petit et râblé, à tête de rongeur et doté d'une paire d'yeux d'un bleu éblouissant, se détacha du groupe.

— Chef, je vous présente le brigadier Richard.

Le brigadier esquissa un salut réglementaire, que Perrotin interrompit en lui tendant la main.

— Et les autres ?

De loin, Charton les nomma l'un après l'autre.

— Capitaine Camara, major Satabin, brigadiers Bocquet et Leclerc. Ils connaissent le dossier Tardy.

Tout en les étudiant, Perrotin ne put s'empêcher de lancer une pique :

— Six hommes, plus moi et mes gars, ça fait quand même beaucoup de monde pour une mère et son fils, vous trouvez pas ?

Charton resta de marbre.

— On ne sait pas ce qui nous attend. J'ai du mal à croire qu'on ne tombe pas sur des complices. Au fait, vous avez des chiens ?

— Un gars de la brigade cynophile, il ne devrait pas tarder.

Curieux, le chef d'escadron continua :

— Vous avez appelé son ex-mari ?

— Je l'ai prévenu sur le trajet. J'ai eu du mal à le convaincre que son ex-femme et son fils se cachaient dans une forêt, il n'y croyait pas. On garde le contact avec lui.

*

Il était onze heures quand Mathias entendit son talkie-walkie grésiller. C'était Quentin.

Après avoir déployé les quatre rotors rétractables, il avait fait monter le petit drone dans le ciel. Les yeux sur son écran, il scrutait le paysage qui défilait devant lui. Il venait de les identifier. Deux voitures. Des 4 × 4 de la gendarmerie.

— Ils sont en train de rentrer dans la forêt, soufflat-il dans le talkie.

— Combien ? grésilla la voix de Mathias.

— Deux voitures et une camionnette. Là, je ne vois plus rien avec les arbres.

— Reste où tu es.

— Ils ont aussi un drone…

Mathias réfléchissait à toute vitesse. Jeanne était à l'abri à Croche-Étoile. Il en venait et l'avait laissée se rendormir sous sa moustiquaire. Elle avait plaisanté malgré la douleur. « Je continue à grimper dans les couleurs », avait-elle dit en désignant dans le pilulier les gélules rouges, de plus en plus présentes ces dernières semaines.

Le garde forestier revint à sa voiture. L'odeur entêtante émanant des bidons d'essence saturait l'habitacle. Arrivé devant les Bertranges, il répandit le gasoil tout autour de l'habitation. Puis, d'une main ferme, il aspergea toute la voiture ainsi que le début du chemin qui menait vers Croche-Étoile.

Son talkie-walkie grésillait de nouveau. Il jeta un œil à sa montre. Cela faisait une heure qu'il avait laissé Quentin. Il sortit devant la maison pour répondre.

— Je t'écoute.

— Ils se dirigent vers la Roncière.

— Tu es sûr ?

— Certain. Par contre je vois qu'une seule voiture, et une sorte de camionnette…

— Ils ont dû se séparer… Ils vont trouver la Clio de ta mère. Il faut que tu reviennes !

*

À la Roncière, le commandant Charton s'appuya un instant sur le capot de la Ford Focus. Les deux hommes de Perrotin étaient sortis de la fourgonnette avec leur mallette d'intervention pour forcer la Clio, aidés par le brigadier Leclerc. Un équipier de la brigade cynophile d'Orléans les avait rejoints, avec un grand berger malinois.

— Mes respects, commandant. Voici Daguet, dit-il en désignant le chien. Vous avez un élément à lui faire renifler ?

— Allez voir dans la Clio, le siège conducteur, et la place du mort.

Quelque chose n'allait pas. Après avoir foncé en direction de la maison, le chien venait d'en repartir, la queue entre les jambes. Il éternuait. En se penchant sur le malinois, son maître sentit tout de suite l'odeur de l'essence. Les pattes et la gueule du chien en étaient imbibées.

— Commandant, je suis désolé mais Daguet ne vous sera d'aucun secours. Ils ont mis de l'essence partout.

Le chef de groupe se redressa et se tourna vers son homologue gendarme.

— À qui appartient cette maison ?

— Mathias Tabareau. Fils de forestier et forestier lui-même. Un bon gars.

— Essayez de le joindre.

Le chef d'escadron composa le numéro de téléphone du garde.

— Messagerie, commandant. Je l'ai eu en début d'après-midi. Il devrait être en train de les chercher avec les autres.

Ou à la gare d'Orléans en train de prendre le premier train pour Marseille, pensa le commandant Charton. Des « bons gars » devenus des hors-la-loi, il en avait croisé des centaines.

— Vous avez une idée de l'endroit où il pourrait se trouver ?

— Vous savez, commandant, la forêt est immense. Votre Richard, avec son drone, il voit rien ?

Charton soupira :

— Des arbres…

— Et ça va pas aller en s'améliorant, commandant, dans quatre heures il fera plus sombre.

— Vous inquiétez pas pour ça, le drone possède une vision infrarouge et des capteurs thermiques.

— Il y a un certain nombre de zones blanches à Chêne-de-Cœur. Peut-être qu'on peut commencer par ça ?

Charton avait repris du poil de la bête.

— Tout à fait. Vous avez une carte ?

*

Quentin se déplaçait à pas feutrés, les sens aux aguets. Il savait où poser les pieds pour ne pas faire de bruit. Comme s'il avait compris la gravité du moment, Douglas restait collé à lui, la senteur de sève chauffée montait des profondeurs de Chêne-de-Cœur.

Les gendarmes étaient tout proches. Il pouvait sentir leur présence. Il était maintenant à l'orée du sentier menant au coteau. Quelque chose vibrait au-dessus de lui, comme un gros moustique. Il avait fait atterrir son propre drone quelques minutes auparavant. Le bruit continuait à vibrionner au-dessus de sa tête. Il ramassa une pierre de taille moyenne et la glissa dans sa poche.

*

Posté au milieu d'une trouée, le brigadier Richard dirigeait son drone au-dessus de la forêt. Une silhouette apparut. À moins d'un kilomètre à vol d'oiseau, un être vivant se déplaçait. Il ne contacta pas tout de suite le commandant Charton sur sa radio. Il pouvait s'agir d'un animal. Il attendit quelques minutes supplémentaires. La présence se déplaçait à un rythme régulier. Une cadence humaine. Il fit signe au capitaine Camara, au brigadier Bocquet et au major Satabin.

— Je crois que j'ai repéré quelqu'un.

Le major communiqua tout de suite l'information à Charton. Richard reprit. Il avait l'air excédé.

— Merde, je ne détecte plus aucun mouvement. Dis-leur de se dépêcher.

*

Le bourdonnement s'intensifia. Quentin se redressa pour armer son lance-pierre. Le drone ne stationnait maintenant plus qu'à une quinzaine de mètres au-dessus de lui. C'était maintenant ou jamais. Quentin serra les dents. Il était repéré. Après avoir essuyé la pierre sur son T-shirt, il arma son lance-pierre et visa lentement. À cette distance, il lui était impossible de rater la machine vibrante.

La pierre toucha le ventre du drone, le renversant cul par-dessus tête. Sur son écran, l'adjudant Richard vit son drone tournoyer inlassablement comme une machine sans pilote, avant de s'écraser dans les feuillages. La caméra était bloquée sur ce qu'il avait identifié comme un buisson. Puis une main anonyme saisit le drone, le positionnant vers lui. Une tête hirsute, recouverte de boue, apparut soudain sur son écran, faisant reculer l'adjudant d'un mouvement brusque. Un visage peint était en train de lui tirer la langue, grimaçant. L'image s'interrompit net.

— Commandant, je crois qu'on a perdu un drone, souffla Richard, encore sous le choc.

*

Trois kilomètres plus loin, Satabin contactait Charton.

— Commandant, dépêchez-vous, ils ont dégommé le drone.

— Ils sont armés ?

— C'est probable.

— Trouvez-moi d'où partait le tir, on arrive.

À cinquante mètres de là, ils tombèrent sur la jeep, que Mathias avait recouverte de feuilles. Dix minutes plus tard, le groupe Charton était au complet. Perrotin donna l'ordre à ses lieutenants de forcer le véhicule tandis que Chardon vérifiait que son gilet pare-éclats était bien en place. Il passa ensuite en revue ses hommes.

— Les gars, vous êtes parés ?

— On est prêts, chef !
— Richard, on commence par où ?
— Suivez-moi.
Le commandant se tourna ensuite vers Perrotin.
— Vous avez quelque chose ?
— Rien dans la jeep, à part du matériel de bûcheronnage et une valise. Il y a aussi des bidons d'essence vides.

Le chef d'escadron exhibait les deux pelles que ses gars avaient trouvées. L'un d'entre eux ouvrit la valise. À l'intérieur se trouvait un flacon de parfum pour homme et plusieurs rouleaux de bandes de gaze. Perrotin était perplexe. Du menton, il désigna les objets à Charton.

— Vous y comprenez quelque chose ?
— Non. J'espère juste qu'on n'arrive pas trop tard.

*

La chaleur était maintenant accablante. Perrotin regarda sa montre. Il était midi passé. Il fallait régler cette histoire au plus vite. L'affaire était d'importance, au vu des hommes déplacés de Paris.

— Essaie de joindre Tabareau, le gars de l'ONF. On avait rendez-vous avec lui à la Roncière et il n'y était pas. À la place, on a trouvé la voiture de la fugitive, vide.

Peut-être que ce Tabareau était complice, peut-être qu'il était mort, peut-être… Richard lui avait décrit la chute du drone ainsi que l'apparition.

Il n'aimait pas cela. Autour de lui, tout semblait hostile. Il préférait les histoires d'agriculteurs et de vols de tracteurs, c'était tellement plus simple. Là, ils opéraient à l'aveuglette.

— Qu'est-ce qu'on fait pour le drone, chef ?

Charton secoua la tête.

— C'est trop tard pour qu'ils nous en envoient un autre. On va devoir se débrouiller sans. Si on trouve rien ce soir, on demandera du renfort demain matin et on quadrillera la forêt.

Ils laissèrent la voiture vide et s'avancèrent sur le chemin. Ils n'avaient pas fait cinquante mètres qu'un bruit sourd suivi d'un tremblement les figea sur place. Immobiles, Charton et Perrotin se mirent à couvert, imités par leurs hommes.

— C'était quoi ? chuchota l'un d'eux.

Dans la lumière dorée, Perrotin se retourna vers ses hommes.

— Satabin, en pointe avec Camara ! Vous avancez doucement.

Le dos courbé face à une menace impalpable, les deux hommes commencèrent leur approche, avant de disparaître au bout du sentier. Dix minutes plus tard, le grésillement du talkie résonna étrangement dans le silence. « RAS Autorité, vous pouvez avancer. Je répète RAS. »

Perrotin plissa les yeux. « Autorité à Pionnier, montrez-vous qu'on vous identifie, je répète, montrez-vous qu'on vous identifie. »

Du bout du chemin, la silhouette allongée de Satabin apparut, faisant de grands signes et soufflant dans le talkie : « Venez, vous allez comprendre. »

Des dizaines de troncs d'arbres gisaient en désordre sur toute la longueur du sentier. Retenue par des piquets qui venaient de céder, la pyramide de grumes s'était écroulée, répandant ses dizaines de tonnes de troncs de chêne et interdisant jusqu'à nouvel ordre l'accès à Croche-Étoile par la route.

Perrotin et Charton discutaient à l'écart tandis que les hommes, engoncés dans leur tenue, commençaient à trouver le temps long.

— On escalade les troncs et on avance ? suggéra Perrotin en observant la lumière autour de lui. Il nous reste encore plusieurs heures de visibilité.

— On fait une reconnaissance rapide et on voit. On a les voitures. Si on ne trouve rien, on passera la nuit à la Roncière. Demain, on attaquera dès l'aube.

Mais Charton ne voyait pas l'intérêt de s'avancer plus avant sans support. En bon citadin, le commandant espérait être rentré à Paris avant la nuit. Il détestait la campagne. Seul le bitume trouvait grâce à ses yeux. Il se sentait déplacé dans toute cette verdure, mais il acquiesça. Après tout, peut-être que le chien aurait retrouvé son odorat.

— Leclerc, tu restes en arrière et tu gardes le contact, ok ?

Le brigadier Leclerc, satisfait, n'en demandait pas tant. Avec ses dents jaunies par le tabac et le café et ses cicatrices d'acné sur le visage, qu'il tentait de camoufler sous une barbe de deux jours peu réglementaire, il ressemblait à un adolescent qui aurait prématurément vieilli.

En file indienne, gendarmes et policiers laissèrent les 4 × 4, contournèrent les troncs et s'avancèrent sur le sentier.

Leclerc attendit qu'ils disparaissent de sa vue pour s'enfoncer dans le sous-bois afin de se soulager. Depuis deux heures, son estomac le faisait souffrir, malmené par le trajet dans la forêt. Alors qu'il déboutonnait son pantalon pour s'accroupir, une douleur fulgurante lui traversa la fesse droite, le déséquilibrant avant de le faire s'écraser dans les feuilles en hurlant. Tournant la tête, il vit un morceau de bois qui lui sortait du postérieur. Une flèche ! Il avait été touché par une flèche. Ses hurlements redoublèrent lorsqu'il vit une ombre s'accroupir près des voitures, se faufilant de l'une à l'autre. Encore lucide, il saisit son talkie et hurla avant de s'évanouir. Sa dernière vision fut une silhouette recouverte d'une peau de bête s'approcher de lui, un arc à la main, avant de disparaître.

Quand il revint à lui, Charton et Perrotin étaient auprès de lui, le regardant avec attention. Un filet d'eau lui coulait sur le visage.

— Putain ! Mais qu'est ce qui s'est passé ? On te laisse tout seul et on te retrouve avec une flèche dans le cul…

— Les pneus sont crevés, mon commandant, dit Satabin en s'approchant, le regard soudain anxieux.

— Tous ?

— Oui, les huit. Bien profond. Au couteau !

— On a des pneus de secours ?

Camara acquiesça.

— Mais on n'en a pas huit. On peut en changer deux et mettre de la bombe anti-crevaison sur les deux autres. Ça fera un véhicule fonctionnel.

Perrotin hocha la tête tandis que Camara faisait une piqure de calmant à son camarade qui venait de revenir à lui.

— Merde, ça aurait pu le tuer, lâcha Charton en observant la flèche de bois que Camara était en train de retirer le plus délicatement possible du fessier droit du brigadier.

Perrotin prévint par talkie qu'un homme était à terre et qu'il fallait qu'une ambulance les attende à l'entrée ouest de Chêne-de-Cœur, au niveau du lieu-dit de la Roncière.

XL.

Le jour était en train de tomber doucement sur Chêne-de-Cœur, modifiant le paysage alentour. Perrotin demanda des renforts auprès de la compagnie de gendarmerie d'Orléans et exigea un nouveau droniste pour l'opération du lendemain.

Tandis que le 4 × 4 se frayait un chemin jusqu'à la Roncière, Perrotin n'arrivait plus à cacher son trouble. D'abord il y avait eu la disparition du garde, ensuite l'essence autour de la maison et de la voiture, le drone descendu puis la pyramide de grumes effondrée. Pour finir, un de ses brigadiers s'était pris une flèche dans le postérieur, tirée par une ombre revêtue d'une peau de bête…

*

Dans la pénombre, Quentin s'était éloigné lentement, pour être sûr que personne ne le suive. Il était seul. Douglas était resté avec Tabareau à Croche-Étoile, auprès de sa mère et de Kristell.

Sur le promontoire, Jeanne respirait lentement. Autour d'elle, un vent tiède s'était levé en provenance de la canopée, peinant à rafraîchir la végétation. Elle avait soif. Kristell était là depuis le matin. Tabareau l'avait appelée en urgence devant l'état de faiblesse de Jeanne. Entrouvrant les lèvres gercées de Jeanne à l'aide d'une cuillère à soupe, elle lui versa de l'eau directement dans la bouche.

— Il lui faudrait de l'eau gélifiée…

Après quelques cuillères, Mathias prit le relais. Voir Jeanne souffrir ainsi lui était insupportable. Il n'avait pas la force de Kristell.

Calé par ses gros oreillers, Jeanne était presque calme, comme si la douleur avait été repoussée encore une fois. Kristell n'avait pas caché à Mathias qu'elle était dans son monde et qu'elle n'en ressortirait plus. Elle semblait ne pas le reconnaître et évoquait parfois son projet de partir au Népal faire un trek.

Soudain, Quentin apparut à l'autre bout du promontoire, courant à petites foulées. D'un geste rapide, il se débarrassa de la peau de sanglier pour se précipiter vers sa mère. De sa voix rauque, elle lui demanda s'il s'était bien amusé. Kristell soupira et, d'un regard vers Quentin, s'éloigna avec lui.

— Les métastases sont en train d'attaquer le cerveau. Elles ont déjà colonisé sa colonne vertébrale. Elle ne sait plus très bien ce qu'elle dit. Sa mémoire est troublée.

Devant les larmes de Quentin, l'infirmière se sentit désarmée et le prit contre elle en le serrant très fort. Elle connaissait l'implacable déroulé.

— Il faut juste être là et lui tenir la main pour qu'elle ne parte pas seule. Les larmes, ce sera pour après…

Mathias prit Quentin à part et lui demanda ce qui s'était passé en bas.

— On a gagné un peu de temps, c'est toujours ça.

— Demain sera un autre jour, essaie de dormir dans le hamac. Kristell et moi, on va s'étendre un peu plus loin.

XLI.

La nuit fut lourde, traversée de rares courants d'air. Sur le thermomètre accroché à l'un des montants du lit de Jeanne, le mercure ne descendit pas en dessous de vingt-cinq degrés. Quentin s'endormit contre sa mère. À quelques mètres, Douglas montait la garde.

*

En contrebas, réglés comme des horloges, Perrotin et Charton s'étaient levés aux aurores pour effacer l'humiliation de la veille.

Leclerc avait été transporté à l'hôpital d'Orléans où le morceau de flèche lui avait été retiré tard dans la nuit. Un nouveau droniste était arrivé avec sa machine en même temps que les renforts de la gendarmerie d'Orléans.

Perrotin et Charton avaient de nouveau briefé leur groupe en expliquant qu'un homme armé d'un arc et de flèches sévissait dans la forêt : « Hier, il a tapé notre drone et circule dans les bois. On n'a aucun contact avec la femme Tardy et son fils. On pense qu'ils sont encore vivants mais nous n'avons aucune preuve. Un autre homme manque à l'appel. Il s'agit de Mathias Tabareau, un garde forestier. Lui aussi a disparu, ainsi que sa femme Kristell. Ouvrez l'œil. »

Perrotin regarda sa montre. Le soleil allait se lever dans une demi-heure. Assis sur une souche d'arbre, le nouveau droniste, un petit jeune de vingt-deux ans, avait lancé sa machine dans les airs. Sur son écran, « l'œil de Dieu » s'élevait en direction de Croche-Étoile. Le promontoire apparut sur l'écran. La caméra thermique renvoyait plusieurs formes rougeâtres. Derrière le droniste, Perrotin compta sur l'écran en même temps que lui. Cinq formes étaient réparties sur la surface en hauteur. L'une semblait plus petite que les autres. Le technicien murmura, fasciné par les silhouettes qui se mouvaient :

— C'est un animal. Sans doute un chien.

Après avoir affiné la précision, il conclut :

— Il y a quatre personnes et un chien. Venez, commandant ! Regardez.

Perrotin le rejoignit, suivi de Charton qui chuchota, de peur que le vent ne porte les voix :

— On va les prendre en tenaille. Camara, Bocquet, vous montez par la route ! Richard et Satabin, vous prenez par le versant escarpé. Vous escaladerez par les rochers !

Cinq minutes plus tard, les deux binômes s'ébranlaient vers leurs objectifs respectifs.

*

Jeanne s'était réveillée instinctivement. La lucidité ne lui venait que par bribes. Quentin dormait contre elle, roulé en boule comme un petit animal.

Elle avait soif et de plus en plus de mal à respirer. Ses lèvres sèches n'aspiraient qu'à une chose : boire.

Le jour allait bientôt se lever. Rassemblant ses dernières forces, elle saisit une cuillère et tapa sur la gourde en fer.

Kristell fut la première à l'entendre. Elle s'avança, les yeux pleins de sommeil, et versa tout doucement un filet d'eau entre ses lèvres entrouvertes. Il était cinq heures trente sur l'horloge de son téléphone.

— Le fauteuil, soupira Jeanne.

Kristell comprit tout de suite. Après avoir glissé ses deux bras sous ses épaules, elle la souleva d'un coup. Son corps semblait vide. Une enveloppe de chair remplie d'un peu d'air. Les derniers souffles d'une vie. Elle ne devait pas peser plus de quarante kilos, se dit l'infirmière en la posant doucement dans le fauteuil aux accoudoirs déchirés.

Maintenant enveloppée dans une couverture de laine, Jeanne scrutait l'horizon. Lentement, l'astre lumineux émergea de l'obscurité, quartier par quartier. Accroupie près d'elle, Kristell lui tenait la main. Quentin s'était réveillé et avait posé la tête sur les genoux de sa mère.

La main de Jeanne vint se glisser dans ses cheveux. Elle respirait de plus en plus fort. Le soleil, sorti aux trois quarts, inondait maintenant la canopée.

Quentin les entendit avant de les voir. Des chuchotements en provenance des blocs de granit en contrebas. Puis il les vit. Des silhouettes bleues, qui escaladaient la roche. Sautant sur ses pieds, il courut vers son arc.

Un ordre, amplifié par un porte-voix, retentit soudain dans le jour naissant : « Rendez-vous, il ne vous sera fait aucun mal. Restez où vous êtes ! Rendez-vous ! »

Mathias s'était réveillé et tentait de calmer Doug. Mais le beauceron aboyait de plus en plus fort.

Soudain, Quentin se mit à crier :

— Allez-vous-en ! Allez-vous-en ! Laissez-la tranquille, allez-vous-en, laissez-nous tranquilles !

Pris de fureur, Quentin encocha une première flèche. En contrebas, les silhouettes s'étaient rencognées à l'abri de sa colère. De l'autre côté du promontoire, la colonne de Perrotin avançait au ralenti. L'officier de gendarmerie avait la gorge sèche. Le porte-voix devant la bouche, il s'arrêta pour prendre son talkie qui s'était mis à grésiller. C'était Charton : « C'est quoi, ce bordel, il y a un gamin avec une peau de bête qui nous tire des flèches ! » Rapidement, Perrotin articula : « Retenez vos tirs. » Puis, reprenant son porte-voix : « On arrive par-derrière ! »

Le soleil éclairait toute la forêt. Kristell n'avait pas lâché la main de Jeanne. Elle savait d'expérience que les malades s'en allaient le matin très tôt. Jeanne ne dérogea pas à la règle. Les rayons du soleil vinrent se déposer sur ses joues, puis Kristell sentit sa main se raidir, comme un cheval refusant l'obstacle. Elle l'entendit inspirer de l'air, hoqueter les yeux fermés.

Derrière elle, la voix de Mathias retentit dans le porte-voix : « Quentin, arrête, c'est fini. Quentin, s'il te plaît, arrête ! »

Un coup de feu partit des rochers. La voix ulcérée de Perrotin retentit dans le talkie puis dans le porte-voix. « Retenez vos tirs, bon Dieu ! Halte au feu ! »

L'arc à la main, prêt à décocher une nouvelle flèche, Quentin s'arrêta net. La déflagration venant du bas monta jusqu'à lui. Il se retourna vers sa mère. Kristell lui tenait la main.

— Elle est partie, Quentin, elle est partie, répéta Kristell.

Il se rua sur le corps et s'agrippa.

Au loin, les silhouettes bleues venaient de déboucher sur le plateau et se propageaient sur l'herbe sèche.

Après une discussion avec les deux commandants, il fut décidé que Jeanne serait transportée dans son lit. Six hommes furent désignés et en soulevèrent les montants. Le cortège se mit en marche.

Jeanne fit son dernier voyage telle une princesse ancienne dans son catafalque, oscillant au rythme des aspérités du terrain, escortée d'une colonne de gendarmes.

Quentin suivait d'un pas solennel, ses épaules recouvertes de la peau de sanglier, son arc à la main. Douglas était collé à ses semelles. Mathias et Kristell fermaient la marche.

La dizaine de gendarmes appelés en renfort, qui s'étaient postés en contrebas, furent saisis par cette vision. L'un d'eux prit rapidement quelques photos avec son téléphone, impressionné par la majesté du spectacle. On aurait dit une princesse barbare, à qui on rendait un dernier hommage avant de l'incinérer.

ÉPILOGUE

La voiture roulait depuis maintenant une heure. Derrière son volant, Alexandre Fairchaud tentait maladroitement de discuter avec son fils. Quentin, serein, ne laissait rien paraître de son émotion. Ces sept derniers mois, il lui avait fallu réapprendre à vivre sans sa mère.

Alexandre Fairchaud avait eu du mal à reconnaître son fils dans le petit sauvageon qu'il était allé chercher à l'hôpital militaire Bégin, à Vincennes. Le soir même, la gendarmerie avait envoyé une dépêche à l'AFP expliquant que Jeanne Tardy et son fils Quentin avaient été retrouvés dans la forêt de Chêne-de-Cœur, à côté d'Orléans. L'adolescent allait bien, il était en train d'être examiné par un médecin. Il avait été rendu à son père, le célèbre producteur-animateur Alexandre Fairchaud. Jeanne Tardy, sa mère, n'avait pas survécu. Atteinte d'un cancer, elle était décédée des suites de sa maladie.

Soulagé de retrouver son fils, l'animateur avait partagé son émotion le soir même sur le plateau du

« Choc du jour ». Alexandre Fairchaud restait Alexandre Fairchaud. Il avait d'abord remercié les forces de l'ordre pour leur action, et son public pour son soutien incroyable.

Le lendemain, les premiers articles étaient sortis dans la presse. On y parlait d'un enfant redevenu sauvage, vivant à moitié nu au soleil et qui avait été déscolarisé pendant sept mois. Les rares photos prises par les gendarmes lors de la montée vers Croche-Étoile montraient Quentin, le regard intense et triste, les cheveux ébouriffés, des traces de boue sur le visage, les épaules couvertes d'une peau de sanglier et armé d'un arc et de flèches. Très vite, les journalistes le baptisèrent l'enfant-sanglier, qui avait tué un sanglier à mains nues, armé seulement d'un pieu. Qui avait défendu farouchement sa mère malade. Tout dans l'histoire émouvait le public, qui en redemandait. Cela n'avait pas échappé à Alexandre Fairchaud, qui s'était empressé de solliciter Quentin pour un reportage sur son retour à la civilisation. Quentin avait décliné avec violence, l'animateur n'avait pas insisté. N'y avait-il que lui pour savoir que placer une caméra devant le réel était la seule et unique manière de le transcender ? Fairchaud avait fini par comprendre que son fils n'était pas complètement revenu de Chêne-de-Cœur et qu'il allait lui falloir faire de gros efforts pour se rapprocher de lui. Quelques jours plus tard, Quentin avait demandé à aller en pension. Alexandre Fairchaud avait été impressionné par sa requête. L'adolescent avait fait sa rentrée dans un établissement situé à côté de Paris. Il avait rattrapé le retard pris l'année précédente et passait la plupart de ses week-end à Chêne-de-Cœur, chez Mathias et Kristell. Une fois par mois, son père l'accueillait chez lui, à Paris. Ces tête-à-tête n'étaient pas toujours faciles, mais peu à peu, père et fils réapprenaient à se connaître.

Fairchaud avait été ébranlé par la lettre trouvée chez Jeanne. Son ex-femme avait frappé là où cela faisait mal.

Que vas-tu léguer à Quentin hormis de l'argent ? Rien. Rien de beau, rien de grand, rien de fort, rien de fier. Juste de la laideur. Car Alexandre, comment peux-tu penser un seul instant que ce que tu fais restera à la postérité ? Comment peux-tu croire que tes émissions tordues vont te faire entrer dans la légende autrement que comme un fabricant de monstruosités ? Pose-toi la question, juste une fois, entre deux directs et trois enregistrements. Que vas-tu léguer à Quentin ? Moi, j'ai fait mon choix.

Ces derniers mots, d'une femme qui allait mourir et qu'il avait aimée, lui avaient tordu le ventre. Il lui en voulait presque : de l'au-delà, elle réussissait à le faire culpabiliser. Pendant ces sept mois, il était passé de la haine pure à la peur, en passant par le déni. Les dernières semaines, c'est cette peur sourde qui avait pris le dessus. Lui qui avait toujours pensé tout contrôler n'était même pas capable de savoir où se trouvait son fils ni s'il était en sécurité. Il avait ressenti un immense soulagement lorsque la police l'avait appelé pour l'informer que Quentin était sain et sauf. Mais très vite, il avait été hanté par le souvenir de Jeanne. Pour éviter de réfléchir, il s'était mis à travailler de plus belle. Il haïssait les week-ends, les vacances. Ces moments de flottement étaient pour lui une torture. Il lui semblait qu'il s'effondrait de l'intérieur. Dans le silence de son appartement, où il finissait par revenir épuisé après de longues nuits passées à conduire dans Paris, la vérité le fracturait. Jeanne, sa partenaire. Il s'apercevait, trop tard, qu'elle était la seule femme qu'il avait vraiment aimée. La mère de son fils. Elle l'avait connu, jeune producteur, n'ayant de richesses que ses idées. Il avait bafoué tout cela, la trompant sans penser aux conséquences. N'étaient-ils pas censés former un duo indestructible que rien, pas même l'adultère, ne devait briser ? Il avait eu faux sur toute la ligne. Cette ligne rouge qu'il franchissait tant de fois par haine du sérieux, du tragique. Cynique, arrogant, il admettait l'avoir été. Mais le monde n'était-il pas qu'une cour de récréation peuplée d'enfants cruels ?

Il avait refait surface au bout d'un mois et pris quelques décisions salutaires pour se rapprocher de son fils. Leurs rendez-vous mensuels à Paris en faisaient partie, tout comme cette journée à Chêne-de-Cœur. L'animateur savait que ce serait long mais, pour la première fois, il se dit qu'il avait du temps.

La forêt apparut devant lui. La route principale bifurquait vers un carrefour au milieu des bois. Le chemin que venait d'indiquer Quentin était plus escarpé. Étroit avec le taillis chuintant débordant sur la voie. Le sentier sinua pendant cinq cents mètres environ. L'animateur remonta les vitres de son SUV, puis appuya sur le bouton du chauffage tandis que Quentin serrait de plus belle l'urne funéraire contre son ventre.

— Arrête-toi, c'est ici.

Fairchaud se pencha sur son volant. Des arbres aux feuilles jaunies, c'était tout ce qu'il voyait. Sur le tableau de bord, son smartphone n'émettait plus aucun signal.

— Tu es sûr ?

— Certain.

L'hiver avait été froid. L'humidité, emmagasinée par la terre depuis des mois, montait du sol en une odeur de vase presque irrespirable. Fairchaud, harnaché comme un aventurier d'opérette, semblait engoncé dans son anorak vert brillant et ses bottes rutilantes. Malgré la fraîcheur, sa peau luisait de sueur. Il passa une main fiévreuse sur son front collant, puis brandit son téléphone vers le ciel. Il ne captait toujours pas.

— J'espère qu'on va réussir à repartir, regarde !

Quentin suivit le regard de son père. Les grosses roues étaient fichées dans une ornière.

— T'étais obligé de venir en Porsche ?

— C'est ma bagnole…

— Tout est sec ici, t'inquiète pas…

— Si tu le dis.

— Au fait, tu peux laisser ton téléphone, tu sais.

— Il y a le GPS…

— C'est moi le GPS, papa.

Quentin, l'urne toujours dans les mains, s'était avancé sur le sentier, le regard droit devant. Autour de lui, la nature bourgeonnait déjà. C'est lui qui avait décidé que les cendres de sa mère seraient répandues le premier jour du printemps. Son père, téléphone à la main, le suivait maladroitement. Ils marchaient depuis une dizaine de minutes quand un bourdon noir, gros comme un petit oiseau, se mit à voleter autour d'eux. L'animateur jura.

— C'est rien, papa.

— On est encore loin ?

Pourtant habitué des salles de sport, l'animateur supportait mal le sol visqueux, la pluie fine que les branchages laissaient parfois échapper.

Le chemin s'était élargi pour déboucher sur une clairière. Quentin s'arrêta. À une centaine de mètres de lui, il pouvait distinguer la silhouette de Mathias Tabareau.

Il se retourna vers son père en lui désignant une grume sur le sol.

— Tu peux t'asseoir là, si tu veux.

— Tu ne veux pas que je vienne avec toi ?

Quentin esquissa un sourire.

— Non, je préfère pas, dit-il doucement. Je préfère que tu m'attendes.

— Mais tu sais où tu vas ?

Le sourire s'élargit. Un sifflement retentit soudain au loin. Alexandre fronça les sourcils.

— Qu'est-ce que c'est ?

— Faut que j'y aille. À tout à l'heure, papa.

Mathias l'attendait sous le chêne d'Amérique. L'herbe était détrempée, le tronc imbibé d'eau. Quentin passa sa main sur l'écorce granuleuse, puis regarda le ciel.

— Tu crois qu'il va encore pleuvoir ?

Mathias sourit.

— C'est probable.

C'était comme une phrase rituelle. Échanger quelques mots sur la météo avant d'en venir à l'essentiel. Une histoire de pudeur. Enfin, ils se serrèrent la main avec force. Quand tout serait fini, ils iraient à la Roncière où Kristell les attendait. Peut-être qu'Alexandre Fairchaud les accompagnerait.

L'urne était en acier bleu marine. Quentin dévissa son couvercle puis la pencha avec délicatesse sur le sol. *Maman, la gardienne des morts.* Les cendres glissèrent sur le talus gras. La terre les avalerait dans la nuit. Avant de partir, Quentin caressa l'humus poudré de gris. La petite tombe creusée par Mathias n'existait plus que dans son souvenir. Une feuille de chêne, d'un jaune éclatant, effleura sa joue tandis qu'il se relevait. Il frissonna. Il venait de le sentir : Baqir et ses yeux d'or, qui le guettaient.

— On continue ?

La jeep les attendait sur l'autre versant. Ils grimpèrent dedans puis se rendirent aux Bertranges. La maison n'avait pas bougé depuis le mois d'août. Le bout de jardin avant la forêt était maintenant envahi par les ronces. Quentin répéta la même opération que sur la colline. *Maman, qui danse sous l'orage.*

L'urne était encore remplie aux trois quarts quand il se releva. Mathias les conduisit ensuite à l'étang. Le massif de peupliers à la sève sirupeuse. En passant, Quentin arracha une petite feuille dont il gratta la surface pâle du bout de l'ongle. *Maman, la chasseresse.* Puis il versa les cendres sur la berge et dans l'eau immobile. Ils finirent par le Rond-Point des Aiguilles. *Maman, la lanceuse de couteaux.* Quentin se posta au milieu de la clairière. L'obscurité ourlait les derniers rayons du soleil. L'horizon se détacha en orange, une boule de feu crépitant derrière les arbres. D'un geste de danseur, l'urne à bout de bras, Quentin dessina un arc de cercle parfait autour de lui.

REMERCIEMENTS

Merci au docteur Nasrine Callet (cancérologue), maître Margaux Mathieu (avocate), Jean-Charles Millouet (garde forestier), Antoine de Soultrait (propriétaire forestier), et Ivan Zinberg (capitaine de police) pour leur science lumineuse.

Merci à mon agent, Sophie Langlais (BAM), pour sa disponibilité et son efficacité.

Merci à Chloé Deschamps, mon éditrice, pour sa ferveur inégalée.

Merci à Joachim Schnerf pour son enthousiasme.

Merci à Olivier Nora pour sa confiance.

Merci à Ségolène de La Motte pour sa première lecture.

Merci à Philippe Lobjois d'être un soleil.

Cet ouvrage a été achevé d'imprimer en avril 2025
par CPI Brodard et Taupin à la Flèche
pour le compte des éditions Grasset
61, rue des Saints-Pères, 75006 Paris
info@grasset.fr

Mise en pages
PCA 44400 Rezé

PAPIER CERTIFIÉ

Grasset s'engage pour l'environnement en réduisant l'empreinte carbone de ses livres.
Celle de cet exemplaire est de :
400 g éq. CO_2
Rendez-vous sur www.grasset-durable.fr

N° d'édition : 23580 – N° d'impression : 3060963
Dépôt légal : mai 2025
Imprimé en France